案内係

フィクションのエル・ドラード

案内係

フェリスベルト・エルナンデス

浜田和範 訳

Colección Eldorado

水声社

本書は、寺尾隆吉の編集による〈フィクションのエル・ドラード〉の一冊として刊行された。

案内係 ★ 目次

I

I

わが短篇に関する偽の解説

義務ゆえにあるいは不本意ながら、自分がどうやって短篇を作るか話すにあたり、ぼくはその短篇を外側から解説しようと思う。それは、意識が介入しないという意味において完全に自然というわけではない。だとしたらぼくは反発すると思う。意識の何らかの理屈に従っているわけでもない。だとしたらぼくは極度に反発すると思う。その介入は謎である、と言っておきたい。ぼくの短篇に論理的構造はない。意識が常に厳格に監視しているのだけれど、この意識というのもぼくにとっては謎だ。あるときふとぼくは、自分の片隅に植物が生えそうだ、と思う。その片隅で何か奇妙な、でも将来芸術になりそうなものが産まれたと思い、ぼくはそれを見張りだす。こうした考えが全くの間違いでなければ、幸せなことだろう。だがぼくは、いつまでとも知れぬ時間待たねばならない。その植物を発芽させる方法も、何をしてやれば喜ぶかも、生長を見守るすべも知らないのだ。ただ詩の葉っぱが生えるのを予感する、あるいは望むのみだ。あるいは特定の目が眺めることで詩に転化するような何かを。ぼくはそれが場所をとりすぎないよう、それが美しくなりたいとか強烈でありたいなんて思いに走ったりせず、なるべき植物になるよう気を配らなければならない。さらに、そうなるよう手伝ってやらなければならない。同時に植物の生長は、鑑賞者にも左右される。ただし彼が植物に対し過度に意図や威厳を示そうとしても、大方無視されるだろう。もしも植物が自らをよく理解するならば、自分でも気づかない自然の詩情を得るだろう。それは、自分の寿命も知らずに生き、己の必然性、慎み深い自尊心を持った、すこし不器用で、即興で動くように見える人間のようでなければならない。それは己を統べる法則を知らないだろう。とはいえ深いところではちゃんと法則があり、意識では到達できないのかもしれない。それは意識が介入する程度や方法を知らないが、最終的には己の意思を押し付けるだろう。そして意識に対し、無関心でいるよう教え諭すだろう。

一番確かなのは、ぼくは自分の短篇をどうやって作るのか知らないということだ。一篇一篇が固有の奇妙な生を有しているのだから。だが同様に、意識が託してくる余所者たちを避けるべく、短篇たちが意識と争っているということも知っている。

誰もランプをつけていなかった

ずいぶん昔のこと、ぼくは古めかしい広間で一本の短篇を朗読していた。はじめのうちはブラインドから少しだけ陽光が射し込んでいた。それから光はだんだんと幾人かの上に落ちていくと、やがて、今は亡き愛しい人たちの肖像が置かれた机の上にまで伸びていった。ぼくはふいごの壊れた楽器のように、やっとの思いで体から言葉を絞り出していた。一列目の椅子に座っていたのは、家の主《あるじ》である二人の未亡人だった。かなりの齢だったが、結い上げた髪はまだ豊かだった。ぼくはいやいや朗読しながら、ときおり原稿から頭を起こした。でも特定の一人だけを常に見つめることのないよう心がけていた。すでにぼくの目は片方の未亡人の、その服と結い上げた頭の中間に位置する青白い領域へと毎度向かうのにも、慣れっこになっていた。そこにあるのは、これからも一つの同じ過去をしばし思い出すのだろうと思われる、落ち着きはらった顔だった。時としてその目は、裏側に誰もいない曇りガラスのように見えた。不意にぼくは、集まった聴衆のなかに大事な人が来ていることに思い至り、短篇の生命に入り込もうと努めるのだった。いくども集中力を失うなか、あるとき、ブラインドの向こうに鳩が何羽か石像の上で動いているのが見えた。そのあと広間の片隅で、壁に頭をもたせかけた若い女が見えた。そのウェーブのかかった長髪はあまりに広がっていて、ぼくはまるで廃屋の壁に育った植物を見るように彼女に視線を走らせていた。あの短篇をもう一度理解してその意味を伝えなければならないのが、ひどく億劫だった。しかし時折、言葉それ自体とそれを発する習慣とが、こちらが介入してもいないのに効果を産み、ぼくは聴衆の笑い声に不意をつかれるのだった。壁にもたせかけられた頭にふたたび目をやり、ひょっとしたら女が勘づいているのではと考えた。そこで、ぶしつけにならないよう石像の方へ目を向けた。ぼくは朗読を続けながらも、石像が自分でもよくわからないある人物を演じ続けるのに必要な無邪気さに思いを致していた。たぶん石像は、鳩とのほうがずっと心が通じ合うのだろう。石像は、鳩が頭の周りをめぐったり、あるいは自分が演じる人物が体を預ける円柱で羽を休めたりするのにも同意している風だった。すると突然ぼくは自分が、壁にもたせかけられた頭にふたたび目を向けていること、ちょうど彼女が目を閉じたことに気づいた。そのあと、はじめてあの短篇を読んだときの興奮を思い出そうとしてみた。その短篇には、自殺しようという思いを胸に毎日橋まで出かける女が登場する。しかし毎日のように障害が立ちはだかる。そんなある夜のこと、ある男のプロポーズに女が恐れおののき駆け足で家に逃げ込む、というくだりで聴衆の笑いが起こった。

壁の女も笑い、まるで枕の上に乗っているかのように壁にもたせかけた頭の向きを変えるのだった。ぼくはすでに、あの頭から視線を外し、石像へと向けるのにも慣れていた。石像が演じる人物のことを考えようとした。でも真面目なことは何一つ思い浮かばなかった。多分その人物の魂も、生前持っていた真剣さを失い、今は鳩とたわむれているのだろう。ちょうどここで、自分の言葉がまた「受け」を取ったのに不意をつかれた。未亡人たちの方を見やると、その中でも一番悲しそうな女の目のなかに誰かの影が差したのが見えた。壁にもたせかけられた頭から視線を外したあるときのこと、石像ではなく隣の部屋を見やると、置かれた机の上に炎が見えたような気がした。何人かがぼくの動きに続いた。だが机の上には赤と黄の花が活けられた、かすかに陽が射している一本のびんがあるだけだった。

短篇が終わって喧騒に火が付き、みんなに取り囲まれた。次々に短篇の感想を述べるなか、一人の紳士がぼくに向かってある自殺した女の話を語りだした。うまいこと説明しようとしていたが、言葉を見つけるのに手間取っていた。しかも持って回った言い回しや脱線に走る。他の人たちを見ると、やはりいらいらしながら聞いている風だった。ぼくたちはみな立ったまま、手のやり場に困っていた。ウェーブヘアを広げていた女が近くに寄ってきていた。彼女を見て、ぼくは石像に目をやった。言葉を探してやっきになっているあの男の様子を見ているとこっちまで苦しくなるので、話を聞いていたくなかった。まるで石像が鳩を手で追っ払いだしたみたいだった。

ぼくを囲んでいた人たちは、男の話を聞かないわけにはいかなかった。男は意固地になって話を続けていたが、まるで「私は政治家ですから即興の演説もお手のものなんです。あなた方の興味をひくような小咄《こばなし》だってね」とでも言いたげな様子だった。

聴衆の中に、額のあたりにどこか違和感のある若者がいた。額の生え際に暗色の縁があり、その色――剃ったばかりの、パウダーに覆われた濃いひげの色のような――が額のかなり上方まで続いていた。ぼくはウェーブヘアの女を見つめたが、なんと彼女もぼくの髪を見つめているのがわかった。まさにそのとき、政治家の話が終わりみんなが拍手をした。ぼくは賞賛する気分にはなれなかった。片方の未亡人が「さあ、どうぞおかけになって」と言った。みなそれに従い、全員ほっとため息をつくのが感じられた。だが未亡人の一人が例のウェーブヘアの女を紹介してきたので、ぼくはまた腰を上げねばならなかった。女は未亡人の姪とのことだった。ぼくは三人がけの大きなソファに招かれて座った。片脇にその姪が座り、もう一方の脇には例の額のそり上がった若者が座った。姪が何か話そうとしたが、若者が割って入った。指をすべて上に向けた状態で手を上げ――風で折れ曲がった傘の骨組みたいだった――、こう言った。

「あなたは一本の木以外に友だちがいなくてもそれでいい、そんな孤独な人のようにお見受けします」

ぼくは、彼は額をもっと広げたくてこんな風に頭を剃っているのだと考えた。悪意に駆られてこう答えた。

「まさか。木が相手じゃ散歩にも誘えないじゃありませんか」

三人とも笑った。若者は剃り上がった額を後ろに投げ出し、こう続けた。

「確かに。木はいつもその場に残る側の友人ですね」

未亡人たちが姪を呼んだ。彼女は不愉快そうなしぐさをして立った。彼女が去っていくのを眺めていると、実は体格のがっしりした荒っぽい女であるのにはじめて気づいた。

首を戻すと、例の額の剃り上がった男に紹介された一人の若者に出くわした。若者は髪をととのえたばかりで毛先には水滴がついていた。ぼくも小さいころこんな髪型にして、祖母に「なんだか牛になめれれたみたいだねえ」と言われたことがあった。若者はやってくるなり姪のいた場所に座り、話しだした。

「やれやれ、あの小咄の男、まったくしつこいんだから！」

ぼくはおおいに「で、あなたは？　どうしてこうもなよなよしてるんです？」とでも言ってやりたかった。だが訊いたのはこうだ。

「名前は何とおっしゃるんですか？」

「誰がです？」

「その……しつこい男」

「ええ、何だったかな。貴族っぽい名前だったけど。政治家なんですが、文学賞があると毎回必ず審査員に名前が入ってるんです」

例の額の剃り上がった男を見やると、こちらにむかって「で、こいつどうすればいい？」とでも言いたげなしぐさをした。

未亡人の姪がやってきてその〈なよなよ男〉の腕を取ってソファから引きずり出すと、しずくがスーツに垂れた。そしてすぐさま「それは納得できないわ」。

「なぜ？」

「……どうしてみなさん、木が私たちと散歩する方法をご存じないのかしら」

「どうやって？」

「いつも大股でついてくるじゃありませんか」

ぼくたちが彼女の発想をほめると、彼女はがぜん夢中になった。

「いつも大通り沿いに同じ姿をして、私たちに道を示してくれるでしょ。で、遠くから見ると一つにまとまって、私たちを見ようと姿を現しますの。こちらが近づくとまた別れて、道を開けてくれる」

彼女はこんなことを、どこか冗談がかった調子で、ロマンティックな考えを心に忍ばせているように話した。羞恥と喜びでその顔が赤くなった。その魅力に割って入ったのがなよなよ男。

「でも、夜の森だと木は四方から襲ってくるじゃない。こちらに踏み込んで覆いかぶさるように身を屈めてきたり、道をふさいで、枝を広げたり閉じたりして驚かすんだもの」

未亡人の姪はこらえきれなかった。

「まあ、あなたまるで白雪姫ね！」

そこでぼくたちが笑うなか、彼女がぼくに一つ訊きたいことがあると告げたので、二人して例の花瓶の部屋へ行った。彼女はテーブル板が体で隠れるほどテーブルに身をあずけた。そして髪をかきあげながらこう訊いた。

「正直におっしゃって。あの短篇の女性、なぜ自殺してしまったの？」

「いやあ、それは本人に訊いてみないと」

「あなたから訊いてくださらない？」

「それは夢に出てきた姿形に質問をするのと同じぐらい無茶な話です」

彼女は笑みをうかべ、視線を下げた。するとその口全体を眺めることができた。大きな口だった。両端に向かって広がっていく唇の動きはいつまでも終わらないかのようだった。だがぼくの目は、湿った赤色の距離が広がりゆくのを楽しく追っていた。彼女は睑越しにお見通しだったのかもしれない。というあるいは、あの沈黙のなかでぼくがよからぬことを行っていると考えていたのかもしれない。

のも彼女は頭をぐっと下げて顔を隠したのだ。そうして今、髪の毛の塊を見せつけていた。ウェーブヘアのつむじからちらりと地肌が見えて、ぼくは、風に吹かれて羽毛がめくれ肉があらわになった一羽のめんどりを思い起こした。あの頭が大きくて暖かい人間めんどりだと想像しては、悦びを感じていた。ぬくもり具合も絶妙だろうし、髪は羽毛のきわめて上品なバージョンといったところだ。

叔母の一人――潤んだ目をしていない方――が、リキュールのグラスを持ってきてくれた。姪が顔を上げると、叔母はこう言った。

「この男《ひと》にはお気を付けよ。狐の目をしている」

ぼくはまためんどりのことを考え、答えた。

「およしください！　鶏小屋じゃないんですから！」

再度二人きりになり、こちらがリキュール――甘すぎて吐き気がした――を味わっていると彼女に訊かれた。

「未来に興味をお持ちになったことはないんですの？」

まるでグラスのなかに隠すみたいに口をすぼめた。

「いえ、それよりも今この瞬間に他人の身に起こっていることの方に興味があるんです。それか、今もし自分が違う場所にいたら何をしているだろうか知りたいんです」

「じゃあ、今ここにいらっしゃらなかったら何をなさってる？」

「それならちょうどわかります。花瓶にこのリキュールをぶちまけてるでしょうね」

ぼくはピアノを弾くよう頼まれた。広間に戻ると、潤んだ目の未亡人は頭を垂れ、妹がしつこく話しかけるのを耳で受けていた。しかし弾きはじめるやいなや、潤んだ目の未亡人がわっと泣き出し、ぼくたちはみな口をつぐんだ。妹と姪が彼女を奥へと連れていった。やがて姪が戻ってきて言うには、叔母はその夫が死んでからというもの、音楽を聴きたがらないのだとのことだった――二人は無邪気なまでに愛し合っていたのだ。

招待客が帰りはじめた。残ったぼくたちは、光が消えていくにつれますます小さな話し声になるのだった。誰もランプをつけていなかった。

ぼくも家具にぶつかりながら最後の帰宅者たちに混じって帰ろうとしていたそのとき、姪に止められた。

「お願いがありますの」

だがそれから何も言わなかった。彼女は玄関の壁に頭をもたせかけ、ぼくのジャケットの袖をつかんだ。

案内係

思春期を終えてすぐ、ぼくはある大都市に出て暮らすようになった。その繁華街——そこでは誰もが高層建築のあいだをせわしなく動いていた——は河の近くにあった。

ぼくはとある映画館の案内係だった。しかし映画館を出ても、あちこちで同じようなことをやっていた。ぼくは古い家具の下をうろちょろするネズミのようだった。まるで近くの穴に入って思いもよらない繋がりを発見するかのように、自分のお気に入りの場所に通った。そのうえ、あの街の自分が知らない部分を想像しては楽しんでいたのだった。

映画館でのぼくの持ち回りは、午後の最終上映回だった。楽屋にかけ込んで金ボタンをみがきあげ、チョッキとグレーのズボンに燕尾服を羽織る。またたく間にぼくは一階席左側の廊下に場所をさだめ、紳士方の席番号を訊いて回る。でもぼくが赤じゅうたんに自分の足音を消すとき、まずこちらの足どりに続くのはご婦人方だった。ぼくは立ち止まる際に手を広げ、メヌエットのステップで会釈した。いつもあっと驚くようなチップを期待して、敬意と侮蔑を込めて頭を下げるのだって心得たもの。ぼくの方がはるかに高等な人間だと向こうはつゆも思わない、なんて大したことじゃなかった。ぼくはボタン穴に一輪の花を差した、世知に長けた独身貴族といった気分だった。それにいろんな服を着たご婦人方を眺められて幸せだった。スクリーンに光がともり一階席が薄闇に包まれる瞬間の当惑を見るのも。そのあとぼくはチップを数えてから、ようやく街の探索に繰り出すのだった。

くたくたになって部屋に戻り、階段をのぼって廊下を渡りながらぼくは、半開きのドアからもっと何か見えないか期待したものだ。灯りをつけるとすぐ、壁紙の花がとつぜん色づく。黒地の上に赤と青の花だ。ランプは天井の中央から伸びたひもで低く吊り下げられていて、ほとんどベッドの脚に届かんばかりだった。ぼくは新聞紙でシェードをつくり、横になるときは頭を足の方へ向けた。それで光を和らげ、壁の花を少しだけ消すことができた。枕元にはいろんなびんやその他の物が置いてあり、ぼくは何時間もそれらを眺めたものだ。それから灯りを消し、骨をのこ引きしたり斧で叩き切ったりする音や肉屋の咳きこむ音が窓から入ってくるのが聞こえるまで、ずっと目を覚ましているのだった。

週に二度、友人が無料食堂に連れていってくれた。入るとまず劇場なみに広いホールがあり、それが食堂のふんだんな静寂へと続く。ここの主《あるじ》は、人生最期の日まであんな夕食をふるまい続けるのだろうという風体の男だった。それが、彼の娘が河の水に飲まれて一命をとりとめたときに交わした約束だったのだ。会食者の顔ぶれは、思い出で燻製にされているような外国人だらけだった。各人とも週二回、友人を一人だけ連れてくる権利があった。家の主は月に一度食事を共にした。彼は、演奏者がすでに準備万端のところに現れる指揮者のように姿を見せる。しかしそこで彼が指揮するのは、ただ沈黙のみだった。八時になると、奥の大きな玄関扉が開き、隣の一室の薄闇にがらんどうの空間が現れる。その暗がりから黒の燕尾服に身を包み首を右にかしげた長身の人影が出てくる。彼は片手を上げ、ぼくたちに立ち上がらないよう指示しながらやってくる。全員の顔が彼の方を向いている。だが目はその限りではない。目は、その瞬間頭に居座っている無数の思いに支配されていた。指揮者は座りしなに挨拶し、全員とも頭を皿に向け、各自の〈楽器〉を指でさぐる。はじめのうちこそ食器の立てる音が聞こえるが、少しするとその音も消散し、忘れ去られるのだった。ぼくはといえば、いそいそとただ食べはじめるだけだった。友人は周りの人間同様、あの時間を使って故国を思い出していた。突然ぼくは皿の円形の中に押し込められたように感じ、己の考えというものを持っていないような気になった。誰もがまるで眠っているようで、同じタイミングで食べ、給仕に監視されているみたいだった。一つの料理がいつ終わるのかはすぐわかった。その時が来ると皿を取り上げられるからだ。ほどなくして、次の料理に舌鼓を打つというあんばいだ。そうやって驚く合間に、白いナプキンにくるまれたワインボトルの口に注意を傾けることもあった。またあるときは、ワイングラスのガラスに包まれ、中空に広がっていくような葡萄酒の暗い染みに不意を打たれるのだった。

　無料食堂での集いに出るようになって間もないのに、ぼくはすでにテーブルの上に置かれた各種の物にも慣れ、自分のためだけに〈楽器〉を鳴らすこともできた。だが、招待客のよそよそしさはいつまでも気にならずにいられなかった。ふた月目に〈指揮者〉が姿を現したとき、ぼくは、あの男がぼくたちをもてなしているのは娘が一命をとりとめたからではないのではと考えていた。娘は溺れ死んだという説にこだわった。ぼくの思考はぼんやりと大股の足どりで、河とぼくたちを隔てるわずかな街区を闊歩する。そうして、水面から数センチほど沈んだ娘の姿を想像するのだった。娘はそこで黄色がかった月の光を受けていた。だが同時に、その豪華なドレスと腕の肌と顔は白く輝いていた。たぶんその栄光は、父親の富と人知れぬ献身とによるものなのだろう。正面に座り河に背を向ける格好で食事している人たちも、やはり水死した人間なのだと思い浮かべていた。みな河のただ中から浮き上がりたがっているような、水から出たがっているかのような面持ちで皿の上に身をかがめていた。向かい合って食事をとるこちら側は、礼儀こそわきまえてはいるものの、手を差しのべることはない。

　一度だけあの食堂で、言葉が放たれるのを聞いた。ある太りじしの列席者が「私、もう死にます」と言ったのだ。言うが早いかスープの中に頭から、まるでスプーンなしで飲もうとでもするかのように崩れ落ちた。全員が振り返って皿に盛られたような格好になったその頭を見つめ、食器という食器が鳴りを潜めていた。それから椅子の脚をひきずる音が聞こえ、給仕たちが死者を帽子の部屋へ運び出し、医者に電話をかけた。だがみな、死体が冷たくなるよりも先に各自の皿へと戻り、食器の立てる音が響くのだった。

すぐにぼくは映画館勤めもおろそかになり、沈黙を病むようになった。沼に入るみたいに自分自身の内に沈み込むのだ。ある時同僚に言われた。「早くしろよ、カバ野郎!」その言葉がぼくの沼に落ち、ぼくに貼り付いて沈みだした。そのあとほかにもいろんなことを言われた。そんな言葉が汚いがらくたみたいにぼくの記憶を埋め尽くしたころには、みんなぼくとぶつかるのを避け、ぼくの沼をよけるように違うところを歩き回っていた。

しばらくしてぼくはクビになり、例の外国人の友人がさらに格下の映画館の仕事をあてがってくれた。やってくる女たちはだらしない身なりで、男たちはろくにチップもくれなかった。とはいえ、ぼくはその職を続けるよう努めた。

だがそんな不幸続きの日々のなか、目の前に、不幸を埋め合わせるようなことが現れた。それはじわじわと生じてきた。ある夜、暗い静寂に包まれた自分の部屋で目を覚ますと、すみれ色の花模様の壁紙の貼られた壁の上に、ひとすじの光が見えた。最初の瞬間からこれは何かすごいことが起こるぞとひらめいて、驚きもしなかった。一方に目を動かすと、光の染みも同じ動きをくり返した。テーブルランプを消したばかりのとき暗闇に見える光の染みと似たような染みだった。だがこちらは長い時間残ったままで、その明かりを通して物が見えるほどだった。テーブルまで視線を落とすと、いろんなびんやら自分の持ち物やらが見えた。疑問の余地はない。あの光はぼく自身の目から出ていたばかりか、かなり前から成長を続けていたのだ。顔の前に手の甲をかざすと、指の広がっている様子が見えた。すぐに疲労感がおそった。光が弱まり、ぼくは目を閉じた。やがて、あれは本当のことだったのか確認すべくまた目を開けた。電球に視線を向けると、それがぼくの光で輝くのが見えた。再度確信を得て、にんまり笑った。いったいこの世界で、自分の目で暗闇を見わたせる奴なんて存在するだろうか？

光は夜ごと強まった。ぼくは昼のうち壁じゅうに釘を打ち込んでおき、夜になるとガラスや陶器製の物をそこに吊り下げた。それが一番見栄えがよかったのだ。小さなたんすのなかに――ぼくのイニシャルが彫ってあったが、やったのはぼくじゃない――、糸で足元をくくったグラスだとか糸で首を結わえたびん、縁飾りの部分をつなぎ合わせた皿、金文字の彫られたティーカップだとかをしまっておいた。ある晩、ほとんど気も狂わんばかりの恐怖に襲われた。たんすのなかに、何か他に残っているものがないか見ようと起き上がった。電灯をつけていなかったので、鏡のなかに、自分自身の光に照らされて、自分の顔と目が見えた。ぼくは卒倒した。目覚めると頭をベッドの下に突っ込んだ格好になっていて、まるで橋の下にいるみたいに金属製の脚が伸びているのが見えた。この世のものとは思われないあの顔とあの目を二度と見ることのないよう、固く心に誓った。それは緑がかった黄色をしていて、未知の病気が勝ち誇るかのように輝いていた。目は大きな円で、顔はといえば、誰もくっつけることも理解することもできないようないくつもの破片に分裂していた。

骨がのこ引きされ、斧で叩き切られる音が上ってくるまで、ぼくは寝ずに過ごした。

あくる日、そういえば何日か前の夜に薄暗い一階席を歩いていたところ、一人の女が眉をひそめてこちらの目を見つめてきたのを思い出した。また別の夜、例の外国の友人が、ぼくの目が猫の目のように光っていると言ってからかった。ぼくはくすんだショーウィンドーに顔を映してみようとしたが、ガラスの向こう側の物体は見ないようにした。光の使い道をよく考えた結果、常に、光を使うのは一人のときでなければという結論に達していたのだった。

ある晩の夕食時、主がまだ姿を見せていなかったときのことだが、半開きのドアの向こうの暗がりが見え、そこに目を突っ込んでみたい欲望に駆られた。すでに部屋の中にいろいろな物体の入ったショーケースがあるのがちらりと確認できたし、目の光が増すような感覚もあったので、さっそくあの部屋に入る算段をはじめた。

食堂のホールはある通りに面していた。しかし屋敷が一区画全体にまたがっていたので、入口は別の通りにあった。ぼくはもう何度もホール正面の通りを散歩したことがあったので、家の執事の姿もずいぶんと見かけた。その時間帯にあの辺りを歩いているのは彼しかいなかった。正面を向き、脚と腕を外側にねじって歩く姿はオランウータンそっくり。だが横から見ると、燕尾服の固い尾がはみ出て何かの虫みたいだった。ある晩の夕食前、思いきって話しかけてみた。彼が太い眉毛の奥に目を隠してこちらを見つめるさなか、こう切り出した。

「ちょっと妙なことで相談があるのですが。ただ、どうか内密に」

「どうぞおっしゃってください」

「実は私……」相手は床を見つめ、言葉を待っていた。「目から光が出て、暗闇でも物が見えるんです」

「ええ、なるほど」

「なるほど、じゃない！」イラッときて返した。「今まで暗闇で物が見える人間に会ったことなんてないはずだ」

「貴方のお言葉になるほどと申し上げたのです、お客様。ただそれを聞いて仰天している所もございます」

「いいですか。今から二人であの部屋に入って――帽子の部屋です――ドアを閉めたら、そのポケットに入っているものを何でも出してテーブルの上に置いてごらんなさい。当ててみせますから」

「ですがお客様」と執事。「そのときもしも誰か……」

「ご主人が来たなら、今申し上げたことをあちらに伝えてくださって構いません。お願いします。すぐに済みますから」

「しかし、何だってこんな？」

「いま説明します。私がドアを閉めたらどんなものでもいいからテーブルの上に置いてください。そしたらすぐに当てます……」

「なるべく手早くお願いいたします……」

執事はすっ飛んでテーブルに着き、ぼくはドアを閉めると、たちどころに言った。

「あなた、手を開いて乗せてるだけじゃありませんか！」

「さあ、もうよろしいでしょう」

「ポケットのものを何か出してくださいよ……」

執事はハンカチを出した。ぼくは笑いながらこう言った。

「汚いハンカチだなあ！」

向こうも笑った。だが突然ウゲッとしわがれた声を出すと一目散にドアへ向かった。ドアを開けたときの彼は手で目を覆い、ガタガタと震えていた。それでぼくは、顔を見られたのだと感づいた。これは想定外だった。執事は哀願するように、何度もくり返していた。

「お帰りください！　お客様、お帰りください！」

そうして食堂を突っ切って去っていった。食堂はすでに灯りがともされていたが、がらんどうだった。

次に主が列席したとき、ぼくは友人に、上座の方――主が陣取るあたり――に座らせてくれるよう頼んだ。執事はその辺りで給仕するだろうし、ぼくを避けるわけにもいくまい。前菜を運んできた執事はこちらの目線に感づき、手が震えだした。食器の音がホールをにぎわすあいだ、ぼくは執事を追い回した。やがてまたホールではち合わせた。向こうが口を開いた。

「お客様、私もう頭が狂いそうです！」

「こちらの話を聞いてくださらなければ、狂わすことにもなるかもしれません」

「いったい何をお望みで？」

「食堂の隣の部屋にあるショーケースを眺めさせていただきたい。部屋を出るときボディチェックをしてくださってかまいません、ただ眺めさせてくれるだけでいいのです」

執事は言葉を組み立てることができないまま、手や頭で身ぶりを作った。

「お客様、私めはこの家に来てもう何年にもなりますので……」

ぼくは申し訳ない気持ちになった。が、申し訳なく思うことに腹立ちを覚えてもいた。見たいという自分の劣情のせいで、ぼくは彼のことをやっかいな障害物としか思えなくなっていたのだ。執事は己の身の上を語り、主人を裏切るわけにいかない理由について説いていた。そこでぼくは話をさえぎり、すごんでみせた。

「そんなもの、向こうは知らないんだから余計な話です。しかも、私があの人の頭を内側からかき回してみせでもしたら、おたくはさらに悪い振る舞いをしたことになりますよ。今晩二時に来ます、それから三時まであの部屋にいますので」

「お客様、どうか私めの頭をかき回してひと思いに殺してください」

「いや。あんたには死ぬよりもっと恐ろしいことが待ってる」

そして帰る時分に、もう一度くり返した。

「今晩二時、このドアの所にいますので」

その場を去るとき、ぼくは自分を正当化してくれるようなことを考えつく必要があった。そこで自分にこう言い聞かせた。「何事もないとわかれば、向こうだってもう悩むこともないだろう」。その晩に行こうと思っていたのは、あそこで夕食をとることになっていたからだ。それにあの葡萄酒付きの食事のせいでぼくは興奮し、眼光もさらに増していたのだった。

夕食のあいだ、執事は思っていたよりびくびくしていなかったので、ドアを開けてくれないのではないかと案じた。だが二時に行ってみると、ドアを開けてくれた。そうなってみると、彼と彼の持つ燭台を追って食堂を横切りながらぼくは、執事はぼくに脅かされた心痛に耐えきれず主にすべてを告げたのではないか、そして今みんなして自分を罠にかけようとしているのではないかという思いに駆られた。ショーケースの部屋に入るやいなや、ぼくは執事を見た。彼は目を伏せて無表情をしていた。

そこでぼくはこう伝えた。

「マットレスを持ってきてください。床から眺めたほうがよく見えるし、体を楽にしたいので」

執事は手にした燭台を揺らしてためらいを見せたものの、やがて部屋を出た。独りになってあたりを眺めだすと、ぼくは自分が星座の中心にいるような気がした。そのあと、もしかして捕まってしまうのではという思いがよぎった。だが執事はなかなか帰ってこなかった。ぼくを捕まえたいのなら、こんなに時間は要らなかったろう。執事は片手にマットレスを引きずりながら現れた。反対の手は燭台をつかんでいたからだ。そしてショーケースのあいだにひどく響く声で言った。

「三時にまた参ります」

はじめのうち、ぼくはあの大きな鏡やショーケースの表面に自分の姿が映って見えるのが怖かった。だが地面に這いつくばっていれば、そのどれにも捉えられないだろう。それにしても、執事はなぜああも落ち着きはらっているんだろう？　ぼくの光はあの宇宙をさまよった。だが嬉しい気分になれなかった。あの場所までたどり着くのにあれだけ大胆なまねをしたあとでは、落ち着くのに度胸がいった。ぼくは物を見つめ、それをしばらく自分の光のなかに置くことで自分のものにすることができた。だが必要なのは、気兼ねなしに、自分にそれを見つめる権利があると知っておくことだった。ぼくは目のほど近くにある片隅を観察してみることにした。炙った砂糖みたいな縞模様をしたべっ甲表紙のミサの本があった。だが角の一つに刺繍細工があって、その上で押し花がやすらっていた。その横にはへびのようにとぐろを巻いて、宝石の散りばめられたロザリオが横たわっていた。そんな数々の物体は、ゆったりしたスカートを広げた踊り子たちのような姿をしたいくつもの扇の足元にあった。スパンコールで飾られた扇の上を通過するとき、ぼくの光はすこし安定を失った。やがてついに、絹の服に身を包み真珠のようにまんまるの顔をした中国人の描かれた扇に止まった。あの中国人だけが、あの広大な空間のなかで孤立しおおせていた。その微動だにしない様子は、愚劣なるものの謎について考えさせるところがあった。しかし、あの夜ぼくが自分のものにできたのはその人形だけだった。去り際に執事にチップをあげようとした。だが彼はこう言って拒否した。

「私めは私利私欲でこんなことをしているのではございません、お客様。貴方に強要されてやっているのです」

二回目のときは、碧玉細工を見つめた。だがぼくの光が象を何匹も乗せた小さな橋の上を通過したとき、あの部屋の中にぼくのものでない光がもう一つあるのに気づいた。顔よりも早く目を向けると、燭台を持った一人の白い女が進んでくるのが見えた。女はショーケースにふちどられた大通りの始点からこちらに向かってきた。ぼくの首筋でけいれんが始まり、すぐさま眠れる川のように頰を伝った。それからけいれんはターバンを巻くようにぼくの髪を包んだ。最後にそれは脚を下って、膝のあたりで止まった。女は頭を動かさず、ゆっくりした足どりでやってきた。ぼくはその光のふくらみがマットレスまでたどりつき、彼女が叫びをあげてくれるよう願っていた。女は少しのあいだ立ち止まった。そしてまた歩みだしたとき、ぼくは逃げるならまだ間に合うと思った。だが一歩も動けなかった。小さな影がいくつも顔に差していたにもかかわらず、絶世の美女なのが見てとれた。その姿はまるで、紙の上に素描したうえ手を使って造り上げられたようだった。女はあまりに近くまで寄りすぎていた。が、ぼくはこの世の終わりまでじっと動かずにいようと思っていた。女はマットレスのそばで立ち止まった。それからまた、片方の足で床を、もう片方の足でマットレスを踏みながら歩きだした。ぼくはまるでショーウィンドーの中に寝かされた人形で、そのかたわらを彼女が、片方の足で歩道を、もう片方の足で車道を踏みしめながら歩いているような感じだった。そのあと女の光が奇妙な動き方をしたが、ぼくは微動だにしなかった。きびすを返すと彼女はショーケースのあいだをSの字を描くような道どりで戻ってゆき、ケープの裾がショーケースの脚にやさしく絡まった。ぼくは彼女が奥の扉に着く前に少し寝入ってしまったような心地を覚えた。彼女は来る際に扉を開け放しにしていたが、帰りも開け放しのままだった。彼女の光がまだ完全には消えていなかったそのとき、ぼくは自分の背後にもう一つ光があるのに気づいた。もう起き上がることもできた。マットレスの端をつかみ、執事を探して部屋を出た。執事は全身震えあがっていて、入れ歯がカチカチいうので喋っていることが聞き取れなかった。

次の回も彼女がまたやってくることはわかっていた。ぼくは何も集中して見られず、ただただ彼女を待った。彼女が姿を見せると気が落ちついた。起こったことは一度目と同じだった。目のくぼみは相変わらずじっと一点を見つめていた。しかし毎晩、よくわからないがどこかが前と違っていた。と同時にもう、毎度おなじみの甘い時間という感じもあった。女がマットレスに近づくと、急に不穏な気分におそわれた。マットレスのふちではなく、ぼくの上をまたぐつもりだと気づいたのだ。ぼくはまた恐怖に駆られ、女が叫びだすのではと思った。女はぼくの足の近くで立ち止まった。それからマットレスに一歩踏み出した。さらにもう一歩、ぼくの膝の上に――膝は震えて開き、彼女の足を滑らせた――。反対の足でマットレスをもう一歩。次の一歩はぼくのみぞおちに。またマットレスをもう一歩、そんなわけで次の一歩で彼女の素足がぼくの喉に乗っかった。やがてぼくはきわめて繊細な形で、起こっている事態への感覚を失った。香水の染み込んだケープの裾がまるまる、ぼくの顔を撫でたのだ。

夜ごと、出来事はますます似かよってきた。でもぼくは毎回ごとに違った感情を抱いた。やがてあらゆる感情が一つに溶け合い、幾夜も経っていないような心地がした。ケープの裾が汚れた記憶を消し去り、子供のころベッドシーツが起こすような微風のそよぐさまざまな空間がふたたび頭をかすめた。ときどき彼女は、裾でぼくの顔を撫でるのを一瞬中断する。するとぼくは交信が途切れたという不安を覚え、見知らぬ現在に脅かされるように感じた。でもまた撫でられ続けて絶望の淵が救われると、ぼくはこれもじゃれ合いならではの冗談と思い、喜び勇んで裾の残りを飲むのだった。

ときどき執事がこう言うのだった。

「ああ、お客様！　じきにすべて発覚してしまいますよ！」

だがぼくは、家に帰ってスーツの膝と腹の部分をじっくりブラシで払い、横になって彼女のことを考えるのだった。自分自身の光のことは頭になかった。そんなもの、燭台の光が彼女を包む様をより鮮明に思い出せるのなら、人にくれてやったろう。彼女の足どりを心でたどり直しつつ、いつかの晩ぼくの近くに立ち止まりひざまずいてくれるのではと想像した。その折にはケープではなく、彼女の髪と唇を感じられることだろう。諸々こんなことを、ぼくはいろんな風に組み立てた。「いとしいお方、わたし嘘をついていましたの……」なんて言葉を割り振ったりして。でもそんな言葉が彼女の口から出るとは思えず、また一から思い浮かべなおさねばならなかった。そんな予行演習にあれこれかまけていては眠れるはずもなかった。しかも予行演習は夢にまで入り込んできた。一度などは、彼女が大きな教会の真ん中を横切る夢を見た。赤や金の色の上に、ろうそくの光がいくつも輝いていた。とりわけ光を放っていたのは、しずしずと歩く彼女が身にまとう、引き裾の長い白のウェディングドレスだった。結婚するのだ。だが片方の手を反対の手で引きながら、一人で歩いていた。ぼくはふさふさと黒光りする犬で、花嫁のドレスの引き裾の上に寝転がっていた。彼女は得意満面でぼくを引きずっていて、ぼくはどうやら眠りこけているようだった。同時にぼくは、花嫁と犬のあとにしたがう大勢の人たちのあいだを進んでいくようにも感じていた。そっち側だとぼくは、自分の母親の抱くのとよく似た感情や考えを抱いていて、できるだけ犬の近くに寄ろうとしていた。犬はあまりに平然としていて、まるで浜辺で眠りこけてしまい、ときどき目を開けては自分が泡に包まれているのを見ているかのようだった。ぼくは犬に一つ思念を送っておいたのだが、犬はそれを笑顔で受け止めた。いわく、「きみはなすがままに任せているけど、全然違うことを考えているね」。

やがて明け方になり、肉をのこ引きしたり斧で叩き切ったりする音が聞こえるのだった。

ろくにチップをもらえなかったある晩、ぼくは映画館から出ると河に一番近い通りまで下った。足が疲れていた。だが目の方は見たいという必要にひどく駆られていた。ぼろい古本屋で立ち止まると、外人のカップルが通り過ぎるのが見えた。男は黒ずくめで、ひさし付きの帽子をかぶっていた。女は頭をスペイン風のスカーフに包み、ドイツ語を喋っていた。ぼくは二人の方向へ歩いていたが、向こうが急ぎ足だったので差をつけられていた。だが、角のところで二人は飴売りの子供にぶつかって飴の袋をぶちまけてしまった。女は笑い声をあげ、子供が売り物をかき集めるのを手伝うと最後に小銭を渡してやった。そして振り返って売り子に最後の一瞥を投げかけたとき、ぼくはそこにわが夢遊病者の姿を認め、エアポケットに落ちたかのような感覚をおぼえた。ぼくは不安に駆られてカップルの姿を追った。ぼくも一人の太った女にぶつかり、こう言われた。

「ちょっと、どこ見て歩いてやがんのよバカたれ」

ぼくはほとんど走らんばかりで、今にも嗚咽《おえつ》がもれそうだった。二人は安っぽい映画館に着いた。男がチケットを買いにいくと、彼女が後ろを振り返った。ぼくの不安を見てとってこちらをぽかんと眺めたが、ぼくが誰だかわかっていなかった。ぼくは微塵の疑いも抱いていなかった。入場するとぼくは彼らの数列前に陣取り、何度か振り返って彼女を見つめた。そのうちのどこかで、彼女が暗闇のなかこちらの目を見たに違いない。興奮して男に話しかけはじめたのだ。ほどなくしてぼくはもう一度振り返った。二人はまた話しだしたが、口数は少なく大声になっていた。そしてたちどころに上映室を出た。ぼくもそれに倣った。先の見当もつかぬまま、走って彼女の後ろ姿を追った。彼女はぼくのことがわからない。しかも違う男と連れ立ってぼくから逃げている。いまだかつてこんなに興奮したことはなく、ハッピーエンドにはならないだろうと思いつつも止めようがなかった。今起きている何もかもが、あきらかに進む道を間違えている。だが彼女の腕を取って進む男は耳まで深々と帽子をかぶり、足どりはますます軽やかだった。ぼくたち三人は火事が迫っているかのように急いでいた。ぼくはもう彼らのそばまで来ていて、誰にも予測できない結末を待ちかまえていた。彼らは歩道を降り、走って道を渡りだした。ぼくも続こうとしたその矢先、帽子をかぶった別の男に制された。男は車の運転席に座り、クラクションを鳴らしてぼくに罵声を浴びせていた。車が走り去るやいなや、例の二人組が警官へ近寄るのが見えた。ぼくは彼らの後ろを歩くのと同じ歩調でその場を立ち去ろうと決めた。数メートル歩いてから振り返ったが、誰も後をつけてこなかった。というわけで速度をゆるめだすと、日常の世界が舞い戻ってきた。ゆっくり歩いてたっぷり考えなければならなかった。これからえらく不安におそわれることになると気づいて、明かりの暗い閑散とした居酒屋に入った。葡萄酒を頼むと、家賃の支払いに取っておいたチップを使いはじめた。開いた窓の格子のあいだから、表へと光が漏れていた。歩道のへりに立つ一本の木が、葉を輝かせているのが見えた。ぼくはわが身に起こっていることに思いを巡らす踏ん切りがなかなかつかなかった。床板は古く、いくつも穴があいていた。ぼくは、彼女とぼくが出会った世界は誰にも侵すことはできないのだと考えていた。ぼくの顔をあんなにもケープの裾で撫でておいて、彼女がその世界を捨て去るなんて無理な話だろう。あれは何か司令の遂行を告げる儀式だ。何かしなければ。それとも、彼女がそのうちある夜にぼくに何か知らせてよこすのを待とうか。だが彼女は、眠れぬ夜に夢の足どりが彼女に示してくれるものを踏み荒らして、自分がどんな危険を冒しているのかわかっていない風だった。ぼくは、自分が案内係であること、ひどくみすぼらしい居酒屋にいること、そして自分の光で他の人間には閉ざされた世界に入り込んだのを知っているのはただ自分だけだ——彼女ですら知らない——ということが、誇らしかった。居酒屋を出ると、帽子をかぶった一人の男を見かけた。やがてそんな男を何人も見かけた。そこでぼくは、帽子の男についてこんなことを考えた。彼らはいたるところにいる存在で、でもぼくとはなんの関わりもないのだと。今度ショーウィンドーの間に行くとき帽子を隠し持っていこう、そしていきなり彼女に見せつけてやろう、と考えながらぼくは路面電車に乗った。太った男が一人、その巨体をどっかりと下ろして隣に座ると、ぼくはもうそれ以上何も考えられなかった。

次の回にぼくは帽子を持っていったが、使おうかどうか決めかねていた。だが彼女が部屋の奥に姿を現すや、ぼくは帽子を取り出し、黒い灯台のように合図を送りはじめた。女は急に立ち止まり、ぼくは本能的に帽子をしまった。だが彼女が歩き出すとまた取り出し、合図を送った。彼女がカーペットの近くで立ち止まるとぼくは怖くなったが、彼女に帽子を投げつけた。帽子はまず彼女の胸に当たり、それから足元に落ちた。もう少し間があってから、彼女が叫び声をあげた。燭台がすべり落ちて音を立てると火が消えた。すぐさま、おそらく頭がぶつかったのだろう強い打撃音に続いて、彼女の体のふやけた影が倒れるのが聞こえた。ぼくは立ち上がると腕を広げ、ショーケースを探った。だがその瞬間、自分の光が彼女の体の上に広がりだすのに気づいた。彼女は、まるで今にも幸福な夢を見そうな様子で崩折れていたのだった。両腕をなかば広げ、頭を一方に投げ出し、顔は波打つ髪の下にうやうやしく隠れていた。ぼくはランタンで彼女の体を調べ上げる盗賊のようにして、自分の光で彼女の体を見わたす。ぼくの光はあの女を照らすだけでなく、彼女から何かをぶん捕っていた。ぼくはうっとりと帽子を見つめ、これはぼくのものだ、他の誰のものでもないのだと考えていた。だが突如ぼくの目が、彼女の足元辺りに、たんすの鏡で自分の顔を見たあの晩の顔の色に似た緑がかった黄色を映しはじめた。その色は足のあちこちで輝いていている部位もあれば、暗くなっている部位もあった。すぐに、手の骨を思わせるような白いかけらが姿を現した。すでにぼくの頭のなかでは、恐怖が行き場のない煙のように渦巻いていた。もう一度あの体を調べ上げた。もう同じ体ではなく、見覚えのある形とは思えなかった。お腹のあたりに、はぐれたように片方の手があったが、ぼくにはその骨しか見えないのだった。ぼくはこれ以上見つめるのがいやで、瞼を閉じるのにずいぶん努力が要った。でもぼくの目は、眼窩のなかを勝手に動く二匹の蛆虫のように暴れ回り、そこから発する光はついに彼女の頭部に達した。毛が一本も生えておらず、顔の骨は、望遠鏡で見た天体のような幽霊めいた輝きを発していた。突如、執事の声が聞こえた。力強い足どりで、灯りという灯りをつけ、狂ったような話しぶり。彼女はふたたび自分の形を取り戻した。でもぼくはその姿を見つめたくなかった。ぼくが見たことのない扉から家の主が入ってきて、娘を起こしに駆け寄った。抱きかかえて部屋を出るところで、別の女が現れた。全員がその場を去ろうとするが、執事は叫び続けていた。

「この方が悪いんです。目から地獄の光が出るんです。嫌だと申し上げたのに、無理やり……」

ぼくは一人残されるや、何やら深刻なことが起こっているぞと思った。立ち去ってもよかった。だが主が戻るまでその場に留まった。後ろについてきた執事が言った。

「まだいる！」

ぼくは言い返そうと思った。返す言葉を見つけるのに手間どった。おおよそこんなところだったろう。「ぼくはそんな風に屋敷を逃げ出すような人間ではありません。それに説明する必要だってある」。だが、執事の言葉に応じない方が毅然としていいだろうという思いも頭をよぎった。主はもうぼくのところに来ていた。手で髪を整えつつ、ずいぶん不安げな様子だった。プライドをふるい立たせて頭を上げ、眉間にしわを寄せて目を細めながら、ぼくに尋ねた。

「こちらへは、娘の招きでおいでに？」

彼の声は、その人格に隠し持つ二重底の奥からくるかのようだった。ぼくはあまりに狼狽して、こう言うのがやっとだった。

「いえ。わたしはこちらにある物をいろいろ見にきて……そしたら彼女が歩きながら踏んづけて……」

主は何か話そうとしていたが、口を半開きにしたまま思いとどまった。また髪に手をやり、「こんな厄介事になるなんて」とでも考えている風だった。

執事は再び、地獄の光やらなんやらについて彼に説明しだした。ぼくは、自分の人生は他人には理解できないものなのだと感じていた。プライドを取り戻してこう言った。

「ご主人、あなたには決して理解できないでしょう。お望みならば、さっさと警察へ突き出してください」

向こうもプライドを取り戻した。

「招待客に対して、警察を呼んだりはしません。だが貴方はわたしの信頼を損ねた。貴方ご自身の品位が、なすべきことを教えてくれるはずです」

そこでぼくは、ひとこと罵ってやろうと考えた。まず頭に浮かんだのは、「薄汚いやつ」と言い放つことだった。でもすぐさま、違う言葉にしようと思った。だがまさにそのとき、ショーケースのガラス戸がひとりでに開き、マンドリンが床に落ちた。全員が共鳴箱と弦の音に耳をすませた。それから主はきびすを返して奥に引きこもり、同時に執事がマンドリンを拾いにいった。何か呪いでもかかっているのではという風に、つかむのをためらっていた。だがその哀れなマンドリンは、どちらかといえば、剝製の鳥みたいだった。ぼくもきびすを返すと、足音を響かせて食堂を突っ切りだした。まるで楽器の内部を歩いているようだった。

その後の日々、ぼくはひどい鬱にかかり、またしてもクビになった。ある晩、壁にガラス製の物をいろいろ吊り下げてみた。だがばかばかしい感じがした。しかもぼくは光を失いつつあった。目の前に自分の手をかざしても、かすかに手の甲が見えるだけだった。

フリア以外

学校の最終学年の年、ぼくはいつも水彩画の描かれた壁にもたせかけられた、大きな黒い頭を見ていた。その子の縮れ毛はさほど長くなかった。だがまるでツル科の植物のように頭じゅうにのさばっていた。縮れ毛はえらく白いその額を隠し、こめかみも覆い、首筋をつたって青いラシャの上着のなかに入り込んでいた。彼はいつも物静かで、宿題はほとんどやってこず、授業も聞いていなかった。あるとき先生が彼を家に送り返したことがあったが、先生はぼくたちの中で誰か彼に付いていって、父親へ学校に来て私と話し合うよう伝えてくれる人はいないかしらと言った。ぼくが立ち上がってその役目を申し出ると彼女は怪訝な顔をした。進んでやりたがるような使いではないからだ。ぼくとしては、なんとかしてあのクラスメイトを助けてやれる気がしていた。だが先生は疑りはじめ、ぼくたちの思惑を制してあれこれ条件を突きつけてきた。それでも外に出るとぼくたちは公園に向かい、もう学校には行くまいと誓い合ったのだった。

　去年のある朝のこと、娘から、雑貨店に行って帰ってくるまで街角で待っていてほしいと頼まれた。いつまでたっても帰ってこないので探しに行ってみると、雑貨店の主人は例の幼なじみであることが判明した。というわけでぼくたちは話し込みはじめ、娘はぼくを置いて帰るはめになった。

　雑貨店の奥に消える通路を、一人の少女が手に何か持ってやってきた。友人はぼくに、自分は人生の大半をフランスで過ごしてきたと告げているところだった。彼も向こうで、ぼくたちが学校に通っているとそれぞれの両親に思わせるためでっちあげた策をいろいろ思い出したらしい。今は一人暮らしだった。だが雑貨店では、父親であるかのように近寄ってくる四人の少女に囲まれていた。奥からきた少女は彼に、水の入ったコップと錠剤を持ってきた。あとになって彼が付け足した。

「この娘《こ》たちはすごくよくしてくれるんだ。それに大目に見てくれるし……」

　ここで彼は言葉を切り、手をやるかたなく宙に舞わせた。だが顔は笑みを浮かべていた。ちょっとからかうように、ぼくは言ってやった。

「もし君が何か……困っているような異常があるなら、友人に医者がいるから……」

　彼は最後までしゃべらせなかった。その手は壷の縁に置かれていた。人差し指を上げると、あの指は今にも歌い出しそうな感じがしたものだ。そして友人はぼくに言った。

「ぼくは自分の……病気の方が、人生より大事なんだ。ときどき、治ってしまうんじゃないかと考えるとひどく絶望するんだよ」

「でも一体……何なんだい？」

「いつか話せると思うよ。君がぼくの……病気を悪化させてくれる側の人間とわかれば、娘さんお気に入りのあの螺鈿細工の椅子をプレゼントするさ」

ぼくは椅子を見つめたが、なぜだか、友人の病気はその椅子に座っているのだと思った。

彼が自分の病気について話そうと決めた日は土曜日で、雑貨店を閉めた直後のことだった。郊外行きのバスに乗り、後ろに四人の少女と、雑貨店の奥で帳簿に囲まれた姿を見たことのある、もみあげの長い男がついてきた。

「今からみんなでぼくの別荘に行くんだ」と彼はぼくに言った。「あれを知りたいなら夜まで付き合ってくれよな」

そうして他の連中が近くにやってくるまで立ち止まり、ぼくに従業員たちを紹介した。もみあげの男はアレハンドロという名で、下男のように視線を落としていた。

バスが街を出て旅も単調になったころ、ぼくは友人にすこしでいいから教えてくれるよう頼んだ……彼は笑ったが、ついにこう言った。

「すべてはトンネルの中の話でね」

「バスがトンネルに入ったら知らせてくれるかい?」

「いや。トンネルは別荘にあるんだ。歩きで中に入るんだ。夜になるころかな。この娘《こ》たちが中で待っていてくれるんだ、左側の壁にそって祈祷台にひざまずいて、暗色の布を頭にかぶってね。右側には細長の古い陳列台があって、いろんな品物が載っている。ぼくがその品物を触って、言い当てるんだ。それから、この娘《こ》たちの着けている品物にも触って、この娘《こ》たちには見覚えがないぞと考えるというわけ」

友人は一瞬黙りこくった。両手を上げていたが、その手は何か品物だか顔だかが近づいてこないか待ち構えている風だった。黙りこくったのに気づくと彼は手をひっこめた。でもその動作は、窓の後ろに頭が隠れるみたいだった。彼は説明に戻ろうとしたものの、こう言っただけだった。

「わかったかい?」

ぼくはこう答えるのが精一杯だった。

「わかるよう頑張ってみる」

彼は風景を眺めた。ぼくはこっそり後ろを振り返り、少女たちの顔を注視した。向こうはぼくたちの話の中身などつゆ知らず、無邪気さが容易に見てとれるようだった。少ししてぼくは友人の肘をつつき、こう言った。

「あの娘《こ》たち、暗闇にいるんだろ。なら何で頭に布なんか?」

彼はぼんやり答えた。

「さあ……ただその方が好きでね」

そしてまた風景を眺めだした。ぼくも窓に目を向けた。けれども注意を向けたのは友人の頭だ。彼の頭は空の片隅にある一切れの静かな雲みたいで、ぼくはそれが通ってきただろう別の空の広がる別の場所に思いを馳せた。今、この頭にはトンネルのことが浮かんでいると知り、ぼくはこの頭を新たな目で認識するのだった。たぶんあの学校での日々の午前中、緑色の壁に頭をもたせかけているとき、すでにそのなかでトンネルの姿が形作られつつあったのだろう。二人して公園を散歩していたころ、ぼくがそれを認識していなかったのも不思議ではない。でも、当時そうとは知らぬまま彼にくっついていたように、今も同じように接しなければならない。何はともあれぼくたちは以前の共感をいまだ保ち続けていたし、ぼくはまだ人間の何たるかを学んでいなかった。

バスの騒音と目に映る物事のせいで、ぼくは気もそぞろだった。それでもときおり、トンネルのことを考えずにはいられなかった。

友人とぼくが別荘に着くと、アレハンドロと少女たちが鉄の扉を押しているところだった。大木の幹の周りには葉が落ちていて、満杯のくずかごに見えた。また扉と木の葉の上に、鉄さびの暗雲がかかっているようなあんばいだった。みんなして低木のあいだに小径を探すかたわら、ぼくの目には一軒の古い屋敷が映っていた。屋敷に着くと、少女たちが悲痛な叫びをあげた。玄関前の階段脇に、粉々になったライオンの像があった。ベランダから落っこちたのだ。ぼくはあの家のいろんな片隅を発見して悦びにひたっていた。だができれば独りきりで、それぞれの場所に長く留まれないものか願っていた。

出窓から一本の小川が見えた。友人が言った。

「あそこの、大きな扉で閉め切られたガレージが見えるかい？　まず、あのなかにトンネルの入口がある。小川と並行に伸びてるんだ。あと奥の階段の近くにあずまやがあるだろ？　あそこにトンネルの出口が隠されてる」

「全行程でどのぐらいかかるんだい？　つまり、品物やら顔やらを触りながらだと……」

「ああ！　あっという間だよ。一時間もすれば全員トンネルに消化済み。でも終わってから、ぼくは長椅子に寝転がって思い出やトンネルでの出来事なんかを心に浮かべるのさ。ここじゃ話しづらいな。光が強くてトンネルのことが考えられない。画像がまだ定着していないのに写真家のカメラに割り込んでくる光みたいだ。トンネルにいるときは、強い光のことを思い出すだけでも気分が悪くなる。翌日の朝の劇場の装飾みたいに、すべてのものが幻想を剝ぎ取られてしまうんだ」

彼がこう言ったとき、ぼくたちは階段の曲がり角に立ちつくしていた。そのまま降りていくと、上から食堂の薄暗がりが見えた。その真ん中に巨大な白いテーブルクロスが、まるで上に乗った品物によって蜂の巣にされて死んだ幽霊さながら漂っていた。

　四人の少女たちは上座に、男三人は反対側に座った。両陣営のあいだに広がる白いテーブルクロスは数メートルに及ぶ長さだった。年配の召使いは、大所帯であった友人一家全員が住んでいた時代以来、テーブル全体をくまなく給仕するのに慣れていた。話をしていたのは友人とぼくだけだった。アレハンドロはもみあげに挟まれた細い顔をして微動だにしない。「向こうから信用されてもいないのに自分から信用なぞするものか」とか「俺から信用するなんてお門違いだね」なんて考えていたのだろうか。反対側では少女たちが言葉を交わし、騒がしすぎない程度に笑っていた。こちら側では友人が話しかけていた。

「君は、ものすごく孤独でいたいって思ったりしない？」

　ぼくは空気を飲み込んで大きくため息をつき、それから言った。

「ぼくの部屋の正面に、いつもラジオをつけているお隣さんがいてね。目覚めるが早いかわが家にラジオで乱入だ」

「でも、何だって家に入れちゃうんだ？」

「いやつまり、あんまり音がでかいからまるで部屋まで押し入ってくるみたいなんだよ」

　ぼくは別の話をしようとした。だが友人が割り込んで、

「あのね、ぼくも別荘を歩いていてラジオの騒音が聞こえると、木とか人生とかについて考えていたことがすっ飛んでしまうんだ。こんな風に辱めを受けると、あらゆるものについての考えが変わって

しまう。自分の別荘が自分のものじゃない気がしてきて、なんだか自分が間違った世紀に生まれてしまったと思うことがよくあるよ」

ぼくはといえば笑いをこらえるのに必死だった、というのもちょうどそのときアレハンドロが、いつものようにうつむいたまましゃっくりのようなしぐさをして、頬がクラリネット奏者のようにふくらんでいたからだ。けれどもすぐに友人に言った。

「で、今はもうラジオに悩まされないの?」

会話がなんだか馬鹿みたいで、ぼくは食べるのに専念しようと決めた。友人は続けた。

「別荘を騒音だらけにしてくれた例のやつが、月賦の保証人になってくれって頼みにきてさ……」

アレハンドロが中座を求めて少女の一人に合図した。彼らが立ち去るあいだ、またしゃっくりが戻ってきてもみあげを動かしていた。もみあげは海賊船の黒い帆みたいだった。友人はまだ話していた。

「そこで言ってやったんだ。『保証人になるだけでなく、月賦も払ってさしあげます。でもその代わり、土日はそのラジオを消してください』ってね」。それから友人はアレハンドロが座っていた空の椅子を見つめ、言った。「こいつが俺の相棒さ。交響曲さながらにトンネルを作ってくれるんだ。いま席を立ったのも何かやり残しがないか見に行ったのさ。昔はずいぶんとあいつに無駄働きさせたよ。品物を言い当てられないでそれが何なのかあいつに尋ねるだろ。そうするとあいつが全部処分して、いちいち新しいのを用意してくれたんだ。今はもう、言い当てられない品物があっても次の回に取っておくし、何かわからないまま触り続けるのに飽きたら、ポケットから札を出してそれに貼り付けておくんだ。するとあいつがしばらくのあいだそれをレパートリーから外しておいてくれる」

アレハンドロが戻るころには、ぼくたちはもうだいぶ食事も葡萄酒も進んでいた。そこで友人がアレハンドロの肩を叩いて言った。

「こいつは大したロマン主義者でね。トンネルのシューベルトだよ。しかも内気ぶりももみあげもシューベルト以上ときた。一度も会ったことない、名前も知らない女の子に恋してるんだぜ。夜の一〇時になると本を持って小屋に籠もるんだよ。木材の匂いに囲まれて独り静かに過ごすのが大好きなんだ。ある晩、電話が鳴ったんで本の山から飛び上がってさ。電話の女はかけ間違いだったんだが、そのあと毎晩かけ違えてきてね。でこいつときたら、聴覚と意図でもってほとんど彼女に触れんばかり」

アレハンドロの黒いもみあげは顔まで上ってきた恥じらいに囲まれていて、ぼくは彼に共感を覚えはじめた。

食事が済むと、アレハンドロと少女たちは散歩に出た。だが友人とぼくは部屋にあった長椅子に横になった。シエスタのあとぼくたちも外に出て、午後の残りをずっと歩き通した。空が暗くなるにつれて友人は口数が減り、動きもますますゆっくりになった。もう日の光は弱く、品物たちは光と争っていた。夜は真っ暗になるだろう。友人はすでに木や植込みを手で探っていて、ほどなくぼくたちは日の光が消失前にぼやかしていったものすべての思い出を抱えながらトンネルに入ることになる。友人にガレージの扉の前で呼び止められたが、彼が話しだす前に小川の音が聞こえた。それから友人が言った。

「今はまだ、あの娘《こ》たちの顔には触れないでくれ。きみのこともまだ全然知らないし。右側の陳列台に載ってるものだけ触るように」

アレハンドロの足音が聞こえていた。友人はひそひそ声で、またぼくに注意点を課した。

「絶対に自分の位置からはずれないこと。常にアレハンドロとぼくのあいだだ」

彼は小さなランタンに灯をともし、最初の段をぼくに示した。段は土でできていて、色あせた草が生えていた。別の扉に着くと彼はランタンを消した。さらにもう一度、ぼくに言った。

「いいかい、陳列台は右側だ、二歩も歩けば見つかる。ここが台の端で、この上に一品目がある。ぼくは何度やっても当てられなかったから、きみに任せるよ」

ぼくはさっそく、小さな四角い箱の上に手を置くと、そこからなにか表面がカーブしたものが飛び出ていた。素材が固いものかどうかわからなかった。でも爪を立ててみる勇気はなかった。ゆるやかな溝があって、一部はざらついており、箱の隅に近いところにほくろがあった……それともいぼか。いやな感触を覚え、手をひっこめた。彼が訊いてきた。

「何か考えたかい？」

「これはあまり興味ないな」

「今の反応からすると何か考えたみたいだけど」

「子供のころ見た、大きなひきがえるの背中にあるいぼのことが浮かんだよ」

「おお！　さあ次だ」

次は、大量の小麦のようなものに出くわした。ぼくは楽しい気分で手を差し入れた。すると彼が言った。

「陳列台の端に、画鋲で手拭きが留めてあるよ」

そこでぼくは、悪意を込めてこう答えた。

「小麦を敷きつめた浜辺があってほしいところかな……」

「なるほど、さあ次だ」

次は、仏塔の形をした檻に出会った。中に鳥がいるかどうか揺すってみた。だがその瞬間何かがかすかにきらめいた。光がどこから来たのか、何の光なのか見当もつかなかった。友人が歩いてくるのが聞こえ、ぼくはこう訊いた。

「何があったんだ？」

彼は彼でこう尋ねた。

「どうした？」

「何か光ったのが見えなかった？」

「ああ、気にしないでいい。これだけ長いトンネルにあの娘《こ》たちだけなんで、距離を置いて散らばってもらう必要があるんだ。で、それぞれこのランタンでこちらに位置を知らせる」

ぼくが振り返ると、ホタルのように光が何度もきらめくのが見えた。そのとき友人が言った。

「ここで待っててくれ」

そして光の方へ向かう際、その体で光をふさいだ。するとぼくは、彼は暗闇の中に指を植えているのだと考えた。じきに彼が指を拾い集め、全部の指が少女の顔の前で再会することになるのだろう。

突然、彼の声が聞こえた。

「お前が一人目の位置に立つのはこれでもう三度だぞ、フリア」

だが、か細い声が答えた。

「私はフリアじゃありません」

そのときアレハンドロの足音が近づくのが聞こえたので、ぼくは尋ねた。

「一つ目の箱には何が入ってたの？」

彼は答えに手間取った。

「カボチャの皮です」

友人の怒った声が聞こえてびくっとした。

「アレハンドロに何も訊かないでもらいたいね」

ぼくはその言葉を唾といっしょに飲み下し、陳列台に手を置いた。あとはすべて一言も話さずにやった。ぼくが認識した品物は、次の順だった。カボチャの皮、大量の小麦、鳥のいない鳥かご、子供用の靴、トマト、オペラグラス、女物のストッキング、タイプライター、にわとりの卵、簡易コンロの脚、ふくらませた牛の膀胱、開いた本、手錠一組、それと羽を毟った鶏肉の入った獲物箱。アレハンドロが鶏肉を最後に設置したのは残念だった。そのぶつぶつした冷たい皮を手で探る感覚がひどく不快だったのだ。トンネルから出るとすぐ、アレハンドロがあずまやに続く階段を照らしてくれた。廊下の灯りにたどり着くと、友人がぼくの首に優しく手をかけたが、それはまるで「今日はつっけんどんにしてすまない」とでも言いたげな様子だった。だが同時に首を違う方へ向け、「でもぼくはもう別のことを考えていて、そっちに付き合わないといけないんだ」とも言っているようだった。

部屋に戻る前、彼はぼくに人差し指で付いてこいと指示した。そしてその指を口に当て、静かにするよう頼んだ。部屋に着くと彼は長椅子を動かして、それぞれの長椅子が反対方向を向き、互いが顔を見合わせないようにした。彼は長椅子の一つに、ぼくは別のもう一つにそれぞれ体を沈めた。ぼくは自分の思考に身をゆだね、それにできるかぎり専念しようと心に決めた。

少しして、友人のささやく声に不意をつかれた。

「明日もずっとここで過ごしてくれたら嬉しいな。ただ申し訳ないが、一つ条件を出さないといけなくて……」

ぼくは数秒間待ってから答えた。

「それを飲むなら、こちらも条件付きでないと」

最初彼は笑い、それから言った。

「よし、お互い紙に条件を書き合おう。それでいいかい？」

「よしきた」

ぼくは一枚のカードを取り出した。それから、互いの頭が近いところにあったので、ぼくたちは視線を交わすことなく紙を渡し合った。友人のにはこう書いてあった。「日中、独りで別荘を散策させてほしい」。ぼくのはこうだ。「どこか部屋に籠もりきりで過ごしたい」。彼はまた笑い出した。それから立ち上がって数分ほど部屋をあとにした。戻ってきて言った。

「君の部屋はこの真上だ。さて、食卓に着くとするか」

着いた先に、知り合いがいた。トンネルの鶏肉だ。

夕食が済むと、こう言われた。

「ドン・クラウディオの四重奏曲をお聴かせしよう」

ドビュッシーを親しげにそう呼ぶのが可笑しかった。ぼくたちは長椅子に寝転んだ。そして彼が何度かレコードを裏返しに向かったうちのあるとき、手にレコードを持ったまま言った。

「あそこにいると、別の場所へ向かう途中の考えがぼくをかすめるような心地がしてね」

レコードは終わったが、彼は話を続けた。

「人のかたわらで暮らしていると、記憶の中に自分のじゃない思い出がたくわえられてくるんだな」

その晩、彼はそれ以上何も言わなかった。ぼくは自分の部屋で独りになると、うろうろ歩きだした。幸福な興奮状態のなか、トンネル一の品物はほかならぬ友人だと思うのだった。まさにそのとき、彼が急いで階段を上りかけていた。ドアを開けて笑顔を突き出し、こう頼んだ。

「足音で気が休まらないよ。あんまりにも下に響くから……」

「ああ、ごめん！」

彼が去るとただちにぼくは靴を脱ぎ、靴下で歩き回りはじめた。ほどなくしてまた彼が上ってきた。

「もっとひどくなったよ、きみ。足音がまるで心臓の音だ。以前もこんな風に心臓の音を感じたことがある。びっこの男が体じゅうを歩き回ってるような感覚だ」

「ああ！　家に泊まらせたりしてずいぶん後悔してるだろう」

「とんでもない。そのうち君の泊まった部屋に誰もいないと気づいたらがっかりするだろうなと思ってたところなんだ」

ぼくが作り笑いで応じると、彼はすぐに去った。

やがてぼくは寝入ったが、ほどなくして目を覚ました。遠くで稲光と雷鳴がしていた。ぼくはそろそろと床に足をつけて起き上がると窓を開けに行き、分厚い雲ともどもこの家に覆いかぶさろうとしている白んだ空を見つめた。と突然、草の這うなかを何か探そうと道の上に屈んでいる一人の男が目に入った。しばらくすると男は数歩横歩きした。ぼくは友人に知らせに行くことに決めた。階段がきしんだ音を立てるので、ぼくは友人が目を覚ましてぼくのことを泥棒だと思いやしないかびくびくした。部屋のドアは開いていて、ベッドはもぬけのからだった。上の階に戻ると、男の姿はなかった。ぼくは横になり、ふたたび眠った。翌日、下の階で体を洗うあいだ、召使いが上の階までマテ茶を差し入れてくれた。マテ茶を飲みながら、ぼくは夢の内容を思い出した。友人とぼくが墓の前に立っている。友人が言う。「ここに誰が眠っているか知ってる？　箱に入った鶏肉だよ」。死という感覚は二人ともぜんぜん感じなかった。あの墓はおどけて墓場をまねてみせた冷蔵庫のようで、ぼくたちは、そこに住まうのはあとでぼくたちのご馳走となるありとあらゆる死者たちだとわかっていた。

　こんなことをぼくは思い出しながら、黄ばんだカーテン越しに別荘をながめ、マテ茶をすすった。突然、友人が道を横切るのが見え、思わずぼくはスパイのそぶりをした。それから、姿を追わないことにした。さらに彼にはぼくの声は聞こえないと考え、ぼくは部屋を歩き回りはじめた。何度目かに窓までたどりついたとき、友人が車庫の方へ向かうのが見えた。トンネルに行くのだろうと思うと、頭の中が疑念でいっぱいになった。でもそれから彼は服が吊るしてある場所の方へ曲がり、おそらく濡れているとおぼしきシーツの真ん中に手を置いた。

ぼくたちは夕飯のときしか顔を合わせなかった。彼はこう言うのだった。

「雑貨店にいるとき、いつもこの日を待ちこがれてるんだ。あそこは退屈で、ひどく悲しい気分になる。でも孤独に、人に会わないでいることが必要なんだ。あ、すまない！」

そこでぼくは言った。

「昨日の晩、別荘のあたりをきっと犬がうろついてたんだろう……今朝、道にすみれの花がちらばってたね」

彼は微笑んだ。

「それはぼくだよ。夜明けの少し前に葉っぱをかき分けてすみれを探すのが好きなんだ」そこでまた微笑んでぼくを見ると、こう言った。

「ドアを開け放しにしておいたのに、戻ると閉まってたんだ」

ぼくも微笑んだ。

「泥棒じゃないかと思って、君に知らせようと下の階に行ったんだ」

その晩ぼくたちは繁華街に戻った。彼は上機嫌だった。

次の土曜、ぼくたちがテラスにいると、とつぜん、例の少女たちの一人がぼくの方にやってくるのが見えた。なにか秘密を打ち明けようとしているのだと思い、頭を横に向けた。すると少女はぼくの顔にキスをした。それがどこかお決まりの感じに見えて、友人が訊いた。

「何だねそれは?」

少女が答えた。

「今はトンネルではありませんので」

「でもぼくの家だぞ」と彼。

すでに、他の少女たちもやってきていた。罰ゲームをやっているところで、あのキスが罰なのだそうだ。ぼくは平静を装おうとして言った。

「あんなきつい罰はもうこりごりだよ!」

小さな少女がこう答えた。

「その罰、わたしにやってほしかった!」

すべて丸くおさまった。でも友人は不機嫌になった。

いつもの時刻に、ぼくたちはトンネルに入った。ぼくはまたカボチャの皮に当たった。でももう友人が、陳列台から外すよう札を貼り付けておいたのに。それから、砂のような物質の大きな塊を触りはじめた。これには興味を惹かれなかった。ぼくはぼんやりしながら、もうすぐ第一の女の灯りがつくだろうと考えた。だがぼくの手は、ぼんやりしながらずっと塊のなかにいた。それから、なにか房のついた布製品を触った。すぐに手袋だと気づいた。ぼくは、このことが手にとってどういう意味を持つか考え込んだ。これは手にとっての不意打ちであって、ぼくにとってではない、と。ガラスを触るあいだふと、両手が手袋を試着したがっているという考えが浮かんだ。さっそくやってみようとした。だがふたたび思いとどまった。ぼくは娘の気まぐれを許さない父親みたいだった。友人は手の世界で、あまりにも先を行っていた。おそらく彼は、あまりに独立然とした生活でもやっていけるよう、手の好みを発達させてきたのだろう。ぼくは、前回のとき手があああも大喜びで触った小麦のことを考え、「手は生麦が好きなのか」と内心思った。そこでぼくはこんな考えを振り払おうと、さっき触ったガラスに戻った。ガラスの背後に支えがあった。これは肖像写真だろうか？　どうすればそれと判るかな？　鏡かもしれないし……それはもっと嫌だな。ぼくは想像力が一杯食わされ、暗闇がなんだか嗤《わら》っているのに気づいた。ほぼその直後、一人目の少女の灯りの光彩が見えた。そのときなぜだか、ぼくははじめに触った物質の塊に思いを馳せ、あれはライオンの頭部だと悟った。友人は一人の少女にこう言っていた。

「これは何だね？　人形の頭？……犬？……めんどり？」

「いえ」と向こうは返す、「これはあの黄色い花の一つで……」

彼が制した。

「何も持ち寄るなと言わなかったか？」

少女が言った。

「ばか！」

「何だと？　誰だお前は？」

「フリアよ」と決然とした声。

「金輪際、手に何も持たないように」と友人は弱々しく答えた。

陳列台に戻ると彼はぼくに言った。

「この闇の中に黄色い花があると知るのは、いいもんだね」

そのときぼくは、何かがスーツに触れているのを感じた。はじめに考えたのは手袋のことだった。まるで手袋がひとりでに歩けるかのように。だがほぼ同時に、誰か人間だろうと考えた。そこで友人に告げた。

「誰かがスーツに触れた」

「絶対ありえないよ。きみの幻覚だ。トンネルじゃよくある話さ！」

さらにまったく予期していないことに、突風が吹くのが聞こえた。友人が叫んだ。

「何だこれは？」

不思議なことに、風の音は聞こえていたが手にも顔にもその気配は感じなかった。そこでアレハンドロが言った。

「劇場の小道具係が貸してくれた、風の音をまねる装置です」

「なるほど」と友人、「だが手とは関係ないじゃないか……」

友人は少しのあいだ黙り込んだが、とつぜんこう訊いた。

「誰が機械を作動させた？」

「一番目の娘《こ》です。あなたがお触りになってから、あちらへ向かったんです」

「ああ！」とぼく、「ね？　ぼくにかすったのは彼女だったんだ」

その晩、レコードを替えながら友人が言った。

「今日はとてもいい気持ちだった。いろんな品物を混同したり、違う品物のことを考えたり、それに予想外の思い出に浸ったり。暗闇の中で体を動かしたとたん、何か変なものに出くわすような、体が普段とは違う仕方で生きだすような、頭が何か重要なことを悟ろうとしているような気がしてさ。で突然、品物をあとに残して誰かの顔を触ろうと振り返ったとき、仕事で誰にだまされたのかはっきりしたんだ」

ぼくは自分の部屋に行き、眠る前に、女の手にはめられてふくらんだセーム革の手袋のことを考えた。でも夢に移ろうとするさなかに、手袋はバナナの皮に変わっていった。ずいぶんと長いこと眠りこけていただろうというとき、ぼくは誰かの手で顔に触れられているのを感じた。声を上げて目を覚まし、暗闇をしばしのあいだ漂ったあげく、悪夢を見ていたのだと気づいた。友人が階段を駆け上がってきてこう訊いた。

「どうした？」

ぼくは言いかけた。

「夢を見て……」

だがそこで思いとどまった。彼がぼくの顔を触ってみようなんて考えを起こすかもしれないと恐れ、夢の話をしないようにと思ったのだ。彼はすぐに去ったが、ぼくは目を覚ましたままだった。だがまもなくドアがゆっくり開く音が聞こえ、ぼくはうろたえ声で叫んだ。

「誰だ？」

まさにその瞬間、階段を下りる蹄《ひづめ》の音がした。友人がまた上ってきたとき、君がドアを開けっ放しにしていたから犬が入ってきたよと告げた。彼は階段を下りだした。

次の土曜、ぼくたちがトンネルに入るやいなや、甘えたようなうなり声が聞こえた。ぼくは犬かなと思った。少女の一人が笑いだし、すぐにぼくたち全員も笑った。友人はたいそう怒り、不愉快な言葉を口にした。ぼくたちはただちに口をつぐんだ。だが友人の言葉の合間に犬の声がさらにはっきり聞こえ、ぼくたちはまた笑った。すると友人が叫んだ。

「みんな帰れ！　失せろ！　ここから出てけ！」

ぼくをはじめ近くにいた者には、彼があえぐのが聞こえた。そしてすぐ、もっと弱々しい声で、暗闇に顔を隠すかのように、こう言うのが聞こえた。

「フリア以外」

ぼくの頭に、せずにいられないことが浮かんだ。トンネルに留まろう、と。友人は全員が出て行くのを待った。そのあと、遠くから、フリアが手に持ったランタンで合図を送りだした。光は灯台のように規則正しい間隔で出現し、友人が力強い足どりで歩いていくと、ぼくは自分の足音が彼のと重なるよう努めた。ぼくがフリアの近くにいたとき、彼女はこう言っていた。

「私の顔を触るとき、他の顔をお思い出しになるの？」

友人は「そうだよ」という前に、短いあいだ「そ」の音を耳障りに響かせた。そしてすぐに付け足した。

「……つまり……今はパリにいたウィーンの女のことを考えてる」

「友人でいらしたの？」

「夫の方と友人でね。でも一度、そいつが木馬から落ちて……」

「本当に？」

「いま説明するから。そいつは病弱な男で、田舎に住む裕福な伯母から運動するよう言われてたね。彼女が育ての親なんだ。あいつは彼女にスポーツウェア姿の写真をよく送ってた。でも読書以外何もしたためしがない。結婚してすぐのころ、乗馬姿の写真を撮ろうとした。つばの広い帽子がご自慢でね。でも木馬の木が蛾に食われてたんだ。とつぜん脚が一本折れて、騎手はあっというまに落馬、腕を骨折さ」

フリアはかすかに笑ったが、彼はそのまま続けた。

「で、そんなわけであいつの家に行って、奥さんと知り合った……はじめのうちは、どこか馬鹿にしたような笑顔で話しかけられたね。旦那の方は腕を吊っていて、見舞い客に囲まれてた。奥さんがスープを持っていってやるとあいつは、こんな状態じゃ食欲も湧かないなんて言ったよ。見舞客はみんな、確かにこんな状態ならそうもなるよ、と口々に言ってた。ぼくはその場にいる全員が骨折したことがあるのかと思って、みんながあの部屋の薄暗がりで、白い包帯で腕や脚がふくれあがってる姿を想像した」

(思いがけないところで、仔犬のうなり声がまた聞こえ、フリアが笑った。ぼくは、友人が犬を探しに出てぼくとぶつかるんじゃないかとびくびくした。だが少ししてからまた話を続けた。)

「立ち上がると、あいつは腕を包帯で吊った状態でゆっくり歩くんだ。後ろから見ると、上着の片方の袖だけ下ろしてるから、手回しオルガンでも持って運勢占いでもしてるみたいだった。最高級葡萄酒のボトルを持ってこようとして、地下室に行こうとぼくを誘った。奥さんは、あいつ一人で行ってほしくなかったんだな。あいつがろうそくを手に、前を進んだ。その焔でクモの巣が焦げ、クモが逃げてた。その後ろに奥さん、さらにその後ろをぼく……」

友人は止まった。フリアが尋ねた。

「ついさっき、その奥さんに馬鹿にしたような笑い方をされたっておっしゃったけど。それからどうしたの？」

友人はいらいらしはじめた。

「ぼくだけ馬鹿にしてたわけじゃない。そんなこと言ってないだろう！」

「最初はそうだったっておっしゃいましたわ」

「そうか……だがそのあともはじめと一緒だったよ」

子犬がうなり、フリアが言った。

「心配なのじゃありませんからね。でも……頭がカッとしちゃて」

背もたれ付きの椅子が引きずられていく音、二人が出て行く足音と、ドアの閉まる音が聞こえた。

そこでぼくは駆け出して、大慌てでドアを手と足で叩いた。友人がドアを開けて訊ねた。

「誰だ？」

ぼくが返事すると、彼はたどたどしくこう言った。

「もうトンネルには来ないでくれないか……」

ほかにも何か言いたげだったが、その場を去るほうを選んだ。

その夜ぼくは少女たちとアレハンドロと一緒にバスに乗った。彼らが前でぼくが後ろの席。こちらを向く者は誰もおらず、道中ずっと裏切り者の気分だった。

数日後、友人がわが家に来た。夜のことで、ぼくはもう床に入っていた。友人はぼくに、起こしてしまったこと、この前トンネルの出口で言ったことについて詫びた。ぼくは喜んだが、彼は心配そうだった。そしてとつぜんこう言った。

「今日、雑貨店にフリアの父親が来たんだ。金輪際、ぼくに娘の顔を撫でてほしくないそうだ。でも、婚約してるのならいっさいの口出しはしないと匂わせてきた。フリアを見つめると、ちょうど向こうはうつむいてマニキュアを引っかいてた。そのとき、彼女が好きだと気づいたんだ」

「いいじゃない」ぼくは答えた。「で、結婚できないのかい?」

「無理だよ。彼女、トンネルで他の顔に触ってほしくないって言うんだ」

友人は膝の上に肘をついて座っていたが、とつぜん顔を覆った。その瞬間ぼくは、子羊の顔並みに小さい顔だなという気がした。肩に手をかけてやろうとすると期せずして彼の縮れ毛の頭に触れた。するると、トンネル内の品物を触ったような思いがした。

初めての演奏会

初めての演奏会の日、ぼくは奇妙な苦しみにおそわれ、それまで知らなかった自分の姿を知った。起きたのは朝六時。夜はカフェで演奏していたし眠りに入るのも遅かったから、これは習慣に反することだった。アパートに戻ったものの、まるで石棺のような黒々としたピアノに出くわしては眠れなくなり、また散歩に出る夜もあった。しかしその日はかなり早くから、誰もいない劇場に籠もった。小劇場といったほうがいいいか。桟敷の手すりは白塗りの真鍮の柱で作られていた。ここで演奏会を開くのだ。すでに舞台にはピアノが置かれていた。古い黒のピアノで、周りは赤と金の紙の壁で囲われ、一つの部屋のようになっていた。窓穴から射し込む陽光には埃が舞い、天井ではクモの巣が風に吹かれていた。ぼくは自分の力が信じられず、あの朝は、前の晩に金を盗まれていやしないかと金を数える人のようにプログラムを見返した。間もなく、考えていたものがすべて揃っているわけではないのに気づいた。最初に怪しいと思ったのはすでに数日前、劇場の支配人連中と言葉を交わした時だ。腹のあたりが妙に熱くなり、今すぐにも危険なことが起こりそうな予感にとらわれた。ただちに練習に向かった。だがまだ何日も余裕があったので、いつものあやまちで、残った日々で何ができるか計算しはじめた。コンサート当日の朝になってようやく、今までの練習の成果を差し引いても自分の望む状態にはほど遠いばかりか、あと一年練習しても届きっこないことに気づいた。ゆっくり全ての音符を押さえられるか確かめようとどのパッセージを試してみても、まったく音符が思い浮かばないのだ。ぼくは絶望して表に出た。角を曲がると、でかでかと自分の名が書かれたポスターを二枚脇に貼り付けた車に出くわした。あれがさらによくなかった。もっと字が小さかったら、影響もずっと小さかっただろう。そんなわけでまた劇場に戻り、平静を心がけ、これからの予定を考えた。ぼくは一階席に座り舞台を眺めていた。ピアノがぽつんとあって、黒い蓋をぽっかり開けてぼくを待っていた。今座っている席からほど近く、ぼくの二人の兄弟がよく座っていた座席があった。その後ろにある一家が座っていた。この一家は以前、地元の女の子が出演したコンサートでひどい野次を飛ばしたことがある。娘たちは舞台の真ん中で頭を抱え、ピアノを離れて出口を探した。おびえためんどりみたいだった。そんなことを思い出していたときふと、演奏会の演劇的な部分、つまり入場を練習してみようとはじめて思いついた。まず劇場中を見渡して誰も見ていないことを確かめてから、舞台を横切る練習をはじめた。飾りのドアからピアノまで歩くのだ。一回目はあわただしく肉をテーブルの上に放る配達人みたいに軽快に入場した。これではいけない。第一九シーズン第二四回公演をおこなう人みたいに、ゆったりと、ほとんどうんざりした様子で入場しなければ。虚栄心がおびやかされようとも急ぐべからず。その知られざる人生の中で磨き上げられてきた固有の謎めいたものを飄々《ひょうひょう》と抱えているような印象を与えるべし。ぼくはゆっくりと入場しはじめた。頭をしぼって観客を想定したが、ふと気づくと自分がうまく歩けておらず、かといって足どりに集中すると自分がどう歩いているのかわからなくなってしまった。そこで、舞台でない所をぼんやり歩き、自分のその足どりをまねてみることにした。何回かは思いがけずうまくいった。しかし体をリラックスさせて自然な感じを目指しても、出てくる足並みはバラバラだった。あるときは闘牛士みたいに腰を振り、またあるときはお盆を運んでいるかのように固く、またあるときはボクサーのように左右に揺れながら。

やがて、もう一つの困難にぶち当たった。手だ。奏者が舞台に出て聴衆に応えるとき、振り子みたいにぶらぶら手を垂らしているのは醜いとかねてより思っていた。で、歩くリズムに合わせて手を振ってみた。だが、むしろ軍隊パレード向きになってしまった。というわけで、ずっと革新的だと思ってきたことをやってみようとひらめいた。カフスボタンをはめるかのように、左拳を右手で握りしめながら入場してみよう。(数年後、ある俳優に月並みな表現だと言われた。普通は「ダンサーのポーズ」と言うらしい。そうして笑ってダンスのステップをまねながら、交互に左手を右手で、次に右手を左手で交互につかんでみせるのだった。）

その日は昼もほとんど食べず、午後はずっと舞台で過ごした。夜になると電気工がやってきたので、一緒に客席と舞台の薄明かりの具合を調整した。そのあと友人がプレゼントしてくれたスモーキングを試着したが、サイズが小さくてまともに動けなかった。この服では、自然で気ままな感じを目指してやってきた練習がすべて水の泡だ。いつ破れてもおかしくなかった。ついに、自分の外出着で出ることにした。これで何もかも自然に運ぶだろう。もちろん、くだけすぎた感じも好きではない。それと同時に、どこか奇妙な所を醸し出したかった。だがぼくはとても疲れていたし、スモーキングのせいで脇の部分が傷つけられていた。なので、一階席の薄明かりで開演時間を待つことにした。落ち着きを取り戻すと、どんなパッセージでもいいから音を思い出そうとまた力を注いでみた。やめようとしても無駄なことだった。唯一心を軽くしてくれるのが、音楽を求めて音に注意を向けることだったのだ。

演奏会の直前、友人の二人兄弟と調律師がやってきた。ちょっと待ってくれとぼくは彼らに告げ、楽屋に籠もった。ちょうど確認中のパッセージが終わらないと心が休まらないと思ったからだ。そうしておけば、あとで彼らと言葉を交わしていても、ちゃんと会話に注意を向けられるし、他のパッセージを思い出すこともないだろう。会場にはまだ誰もいなかった。来客の一人が舞台装置のドアから姿を現し、まるで棺でもあるかのようにピアノを見つめた。それからみんなしてぼくに、まるで死者の一番の近親者相手よろしく小声で話しかけるのだった。会場に人が入りだしたとき、ぼくたちは舞台装置に小さな穴を開け、塹壕にいるみたいに少し体をかがめながら観客に目をこらしていた。ときどきピアノが、大砲のように立ちふさがり、一階席の大きな一角を見るのをさまたげた。ぼくは命令をくだす将校みたいに、他の二人の穴をちょこちょこ見て回った。観客があまり来ないよう願った。そうすればさんざんな出来でも話はそこまで広がらないだろう。それに、音楽通の平均レベルも下がる。純粋に音楽だけを判断できない人たちに対して上演したほうが、まだ支持してもらえる。少しだけなら心得のあるという人だって、せいぜい首を傾げる程度だろう。そこでぼくは大胆になり、友人たちに言った。

「いやはや！　この手のものへの無関心ときたら！　あれだけ身を粉にしたのがとんだ無駄足だよ！」

それからもっと客が入ってくると、緊張もゆるんだ。だがぼくは手をこすり合わせて、友人たちにこう言うのだった。

「いいんじゃない、いいんじゃない」

彼らは彼らで、怖がっているように見えた。そこでぼくはあるとき、彼らが心配しているのに今しがた気づいたかのように、声を張り上げ語りかけた。

「おいおい……ぼくの心配してるの？　人前に出るのが初めてだとでも思ってるのか、拷問器具に向かうみたいにピアノに着くとでも？　まあ見てろって！」ここまで言って口をつぐんだ。だが、ぼくはこの夜を心待ちにしていた。「カフェのピアニスト」が――ぼくはとあるカフェに演奏の仕事で通ったことがあるのだ――どれほどの演奏会を開けるのか、おしゃべりばかりしている例の女教師どもにあとで教えてやりたかったのだ。女教師たちは逆の考えがありうる、つまりこの国ではコンサートピアニストもカフェで演奏しなければやっていけないというのがわからないのだ。

こちらの声がホールに漏れたわけではないが、友人たちはぼくをなだめようとした。

もう時間だった。鐘を鳴らさせ、友人たちには一階席にご退場願った。去り際に、また終わったら感想を述べにくるよと言われた。電気工に、ホールの明かりを落とすよう指示した。歩き方を思い出し、右手で左手のカフスボタンを握りしめ、ほとんど火事でも起きているかのようなまばゆい光のなかに入っていった。自分の足どりを上から、目から見つめていたものの、一階席から眺めているという感じの方が強く残り、飛ぶ鳥の群れが行く手をさえぎるようにさまざまな考えが頭の周りを巡った。だがぼくは力を込めて歩き、自分の足どりがどうやって舞台を横切るか見ようとした。

椅子の所までやってきたのに、拍手はまだ起こらない。ようやく拍手が聞こえてくるが、ぼくはすでに座ろうとしていたので、その動作を中断し、お辞儀で応えなければならなかった。こんなアクシデントに見舞われながらも、ぼくはプログラムを続けるよう努めた。観客の方を、どちらかといえばぼうっと全体を見るように見渡した。しかし薄闇のなかでは、まるで卵の殻みたいなその顔の白っぽい色が目に入るだけだった。白塗りの真鍮の柱でできた例の手すりに掛けられたビロードの上に、ぱらぱらといくつもの手が見えた。そこでぼくも自分の手をピアノに置いて何度か和音を弾きならしたところ、すぐに落ち着きを取り戻した。あとはプログラムにしたがい、精神を統一しミューズだか作曲者の精神——この場合バッハだったが、えらく遠くにいるにちがいなかった——だかの訪れを待つようにしばし鍵盤を見つめている必要があった。だがお客は相変わらず入ってくるので、ぼくはその交信を断ち切らざるをえなかった。ここで思わぬ休憩が入って、元気も戻った。ぼくはまたホールを見わたし、自分がある可能世界にいるのだと考えた。しかし少し時間が経つと、今しがた捨てたばかりの恐れがまたやってくるような感じがした。はじめの和音で押さえる鍵を思い出そうとしたけれど、でもそんなことをしたら、何かの和音をど忘れしているのに気づいてしまう予感がした。最初の音にとりかかろうと腹をくくった。黒鍵だ。その上に手を添え、押す前の時間で、すべてが始まろうとしている、準備は万端、これ以上遅れるわけにはいかないと気づいた。迫り来る事故の前に感じられる空白みたいに、聴衆が沈黙した。最初の音が鳴ると、石が一個、池に落ちたような感じがした。ついに来た、と気づくとまるで合図のように忘我の感覚に囚われ、手を広げて和音を弾くと、まるで平手打ちのように響いた。ぼくは出だしのリズムの作用にしばらく従った。そしておもむろにピアノに身を乗り出し、ぶっきらぼうに音を切り、「ピアニッシモ」で高音を弾きはじめた。弾いてみると、もっといろいろ即興してみようという気になった。音の塊に手をつっこみ、変形する熱した物質を扱っているかのように形を整えていった。ときどき規定のテンポを変更して立ち止まり、塊に別の形を与えようとしたのだ。だが塊が冷えてしまいそうだと見るや、動きを速めふたたび熱するのだった。魔法使いの部屋にでもいる気分だった。この火を起こすのに魔法使いがどんな物質を混ぜたのか、見当もつかなかった。だが彼にある形を提示されるやいなや、ぼくは急いで従うのだった。と突然ゆっくりしたテンポに至り、炎はじっと静かになった。そこでぼくは乗り出していた頭を上げ、祈祷台にひざまずくような姿勢を取った。聴衆の目線が頬に突き刺さり、たこができそうな気がした。演奏を終えると、拍手がわき起こった。ぼくは立ち上がって悠然とお辞儀をしたが、嬉しくてしかたなかった。

座り直しても、桟敷の柱と拍手する手を眺めていた。

「オルゴール」にさしかかるまで、すべては事もなく進行した。弾きやすくするために、ぼくは前もって椅子を高音部の方に寄せた。雨の降りしなのしずくみたいに最初の音が落ちはじめた。この曲は今までの曲よりうまく弾けるだろう、と確信していた。だが突然、ホールにざわめきが走るのを感じた。笑い声さえ聞こえたように思った。ぼくは芋虫のようにちぢこまり、自分の感覚器官を信じないよう、感覚器官を鈍らせようとした。さらに、舞台の上で一個の長い影が動くのも見えたような気がした。ちらりと視線を投げると、本当に影があった。だが影は動いていなかった。演奏を続けたが、ホールのざわめきはやまなかった。もう注意は向けていなかったものの、その影が動いているのが目に入ってきた。化け物というわけではないだろう。誰かがぼくをからかっているわけでもない。比較的簡単なパッセージにさしかかったとき、影が長い腕を動かすのが見えた。そこで目を向けたが、もうなかった。すぐにまた目を向けると、一匹の黒猫がいた。こちらはもう曲を終わろうとしているところだったが、ざわめきと笑い声はさらに増した。猫が顔を洗っているのに気がついた。こいつ、どうしようか？　つまみ出すか？　それも物笑いの種だと思った。曲を終え、拍手が起こった。応えようと立ち上がると、猫がズボンの裾に体をすり寄せているのが感じられた。ぼくは体をかがめ、笑みを浮かべていた。また腰を下ろすと、猫を撫でてやろうという気が起こった。次の作品に取りかかるのにちょうどいい間が過ぎたが、猫をどうすればいいのか見当もつかなかった。舞台の上、聴衆の前で追いかけ回すのはいくらなんでも滑稽だ。そこで、猫はそのまま脇にほったらかしで弾くことにした。だがもはや前のように、どういう形を作り上げよう、とか、どんな楽想《イデー》に従おうか、なんて考えていられなかった。頭に浮かぶのは猫のことばかり。そのあと恐ろしい考えが起こった。作品の途中、左手で叩き付けるように演奏するパッセージがいくつかあったのだが、これが猫のいる側だった。猫も一緒に鍵盤の上で飛び跳ねるだろうことは想像に難くない。だがそのパートに行き着く前に、こんな風にじっくり考えた。「もし猫が飛び跳ねたら、まずい演奏も猫のせいになるじゃないか」。そこでぼくはあえて馬鹿をやってみようと腹を決めた。猫は飛び跳ねなかった。曲は終わり、これで第一部も終了した。拍手の中、ぼくは舞台を見回した。だが猫はいなかった。

友人たちが終演を待たず休憩時間にやってきて、後ろに座っていた例の家族、前回のコンサートではあれほど辛口だった例の家族の絶賛ぶりを伝えた。彼らは他の人間とも話し込んだそうで、コンサートが終わったら軽いランチをおごるつもりだと言ってきた。

すべては上首尾で、アンコールまで二曲も求められた。出口で大勢の人に囲まれるなか、一人の女の子がこう言っているように聞こえた。「『オルゴール』の人だわ」。

緑のハート

今日ぼくはこの部屋で、幸せな時間を過ごした。テーブルを針の穴だらけにしてしまったけど別にかまわない。唯一思うのは、テーブルを覆う新聞紙を替えなければということだ。ずいぶん前から敷いてあって、親近感もある。緑がかった色で見出しの大きな文字はオレンジ色、五つ子の写真が載っている。午後の終わりで猛暑もやや収まってくるころ、ぼくは歩き疲れて自分の部屋に向かう最中だった。冬に買った外套のローンを払いに出かけていたのだ。人生には少し失望していたが、車に轢かれないよう用心していた。自分の部屋のことを考えると、まるで五つの指の腹みたいなつるつる頭の五つ子のことが思い出された。すでに部屋に落ち着いてはだけた腕を新聞の上に乗せ、小さな丸い明かりがさまざまな色の本の上に射すなか、ぼくは筆箱を開けネクタイピンを取り出した。指が疲れるまでネクタイピンを手のなかで転がし、ぼんやりと新聞の五つ子の目を刺すのだった。

その飾り付きピンは最初、波に削られハート型になった緑の小さな石だった。それからハートはピンに付けられて、馬の歯ほどのサイズの四角い枠に鉛で固定されることとなった。はじめのうち、指で転がすあいだ、ぼくはピンとは関係のないことを考えていた。けれどもピンが突然ぼくの母を連れてきて、さらには馬車鉄道、大瓶の蓋、路面電車、祖母、紙の帽子をかぶりいつもあちこち羽毛だらけのフランス人のおばさん。その娘でイヴォンヌという名の、まるで叫ぶようにしゃっくりをする子、かつてはめんどり売りだった死者、ある冬に新聞紙をかぶって床で寝たアルゼンチンのとある街のいかがわしい地区、何枚もの布団にくるまれ王子様のように眠った別の街の高級地区、そして最後に、ニャンドゥとカフェのボーイ。

これらの思い出はみな、ぼくという人間の一角、人里離れた小さな村のようなところに住んでいた。自給自足で、周りの世界とは接触がなかった。何年も前からそこでは、誰も生まれず、誰も死んでいない。村の創設者は、子供時代の思い出。それから何年も経って、よそ者たちがやってきた。アルゼンチンの思い出だ。今日の午後ぼくは、まるで惨めな暮らしのなか休暇を与えられたかのように、あの村に骨休めに行ってきたような心地を覚えた。

子供のころ、何年ものあいだぼくたちは丘のふもとに住んでいた。わが家のある通りを上ってくる人たちは、体を前に傾け、何か石の隙間に落ちていないか探しているように見えたものだ。下りのときは体を後ろに傾けプライド満々のような姿で、よく石につまずいた。午後になると、叔母がよく要塞近くの大岩に連れて行ってくれた。そこから桟橋の、魚の骨を飾った長短のマストの並ぶ船が見えた。要塞で日の入りの砲声が響くころ、叔母とぼくは丘を下りるのだった。

ある昼下がり、母から、埠頭に住んでいる祖母の家に連れて行ってあげる、電車が見られるよ、と言われた。でもその日の朝、ぼくはいい子でなかった。箱入りの糊を買いに行かされたのに、箱入りでないのを買って帰って怒られたのだ。ほどなくしてマテ茶の葉を買いに行かされたが、箱入りのが欲しかったので、家族ぐるみで友人付き合いのあった雑貨屋さんたちがショートブーツの箱に詰めてくれた。でもぼくはまたヘマをやらかしていた。「お金」ともども家に帰ってしまい、支払いをしなかったというので怒られた。ほどなくして、一ペソを握らされてパスタを買いに行かされた。パスタを買って帰ったが、お釣りを持ち帰ったらまたお金を持ち帰ることになって怒られるから、お釣りを持ち帰りたくなかった。お釣りを持ち帰らなかったので家でみっちり絞られ、お釣りを取りに行かされた。そこで雑貨屋さんたちは、母を安心させようと紙に書き付けをした。「お釣りはパスタのなかに入れてあります」。

その日の昼下がり、家の女たち総出で、ぼくの金属ボタンのシャツの糊のきいた襟を立てようと躍起になった。唯一成功したのは、もう一人の祖母だった——こちらは埠頭に住んでもいなければ、胸に緑のハートをつけてもいなかった——。ずんぐり温かい指をしていて、襟を立てようとぼくの首筋に指を突っ込むと、肌が挟まれたようになった。ぼくは二、三回、息を詰まらせてえずいた。

表に出ると日の光でぼくのエナメル靴が輝いていて、道の石につまずくのが申し訳ない気分だった。母はぼくの手を取り、ほとんど走らんばかりだった。でもぼくは上機嫌で、母がぼくの質問に答えてくれないときは、自分で自分に答えた。とつぜん母が口を開いた。

「ちょっと口を閉じなさい。まるで七本角の狂人みたいよ」

そのあとすぐ、狂人の家の前を通りかかった。壁の塗られていない、えらく古い家だった。一つの窓の格子に缶がいくつも針金で吊るされていて、その後ろから狂人が道ゆく人に向かって始終怒鳴りかけていた。ときどき、彼を黙らせに、小柄で痩せた妻がやってきた。でもすぐに彼はまた怒鳴り続け、突如その叫びはしわがれ声になるのだった。

やがてぼくたちは肉屋の前で道を渡った。ぼくはあの肉屋で朝のあいだじゅう、応対してくれるのをずっと待ち続けたものだ。誰も一言も口をきかなかった。でもクロウタドリが一羽大声で鳴いていて、ぼくはえらく退屈だった。

丘のふもとに、馬車鉄道の走る通りがあった。まずラッパの音、やがて馬たちの足音、チェーンの音、長い鞭が先導役の馬に当たる音が聞こえる。ぼくは幅広の座席の上に膝をつき、窓の外を眺めたものだ。それからだいぶ経って、小川のほとりにある冷凍工場の前を通るので、鼻をつまむはめになる。ときどき、客車と馬が橋の上でゴトゴト音を立てると、ぼくは鼻をつまむのを忘れ、するとたちまち臭いが漂ってくるのだった。その日の午後ぼくたちがパソ・モリーノで降りると、母は一軒のお菓子屋に入ってそこの女店主と話し込んだ。ずいぶんと時間が経ってから、お菓子屋さんが言った。

「おたくの坊や、アメに首ったけね」

そしてアメの入ったびんを指差して尋ねた。

「これがいい？……こっちにする？」

ぼくは母に、びんの蓋が欲しいのだと告げた。二人が笑い、お菓子屋さんは最近割れてしまったびんに付いていた蓋を持ってきてくれた。母は、ぼくがこれを持って表を歩くのを嫌がった。でもお菓子屋さんが包んで紐で縛ってくれ、持ちやすいよう棒を付けてくれた。

表に出るともう夜で、通りの真ん中に灯りのともる玄関口が見えた。母に連れられてそこへ向かうあいだ、ぼくは色とりどりのガラス窓を眺めていた。母は、これが電車よと教えてくれた。でもぼくは後部から見ていたので、相変わらずこれは玄関口だと思い続けていた。その瞬間ベルがなり、〈玄関口〉が大きな溜息を放つと、前方に向かってゆっくりと滑り出していった。初めのうちはほとんど揺れもなく、中に見えた人たちはショーウィンドーのなかの人形のようにじっとしていた。ぼくたちは間に合わず、ほどなくして玄関口は遠ざかり、木が何本も生い茂るなかへと曲がっていった。

祖母の家は港近くの通りにあった。細長い中庭から入り、階段を登らなければならなかった。それからぼくたちは、ケーキが盛られた皿の置かれたテーブルのある食堂を通った。おねだりなどしないよう、母には釘を刺されていた。そこでぼくは、祖母にこう言った。

「くれるなら、おねだりする。ダメなら、しない」

祖母はこれがいたく気に入り、あるときいつものように祖母のキスを受けると、ぼくはあの緑のハートを目にしておねだりしても、ゆずってくれなかった。夕食前、イヴォンヌという名前の女の子と遊ばせてくれた。彼女の母親は新聞紙で作った帽子をかぶっていて、顔全体とショールが白い小さな羽毛だらけだった。

その晩眠りにつく前、壁によろい戸から漏れる光で小さな階段ができているのを見た。そのあと、びんの蓋が枕の下から転がって床に落ちる音で全員が起きたのに、ぼくは目を覚ますことはなかった。翌日、ミルクコーヒーを飲んでいると、妙な叫び声がひっきりなしに聞こえた。イヴォンヌのしゃっくりだと教えられた。わざとやっているような感じがした。その日の朝彼女に、奥の部屋で人が死んでいるから見に行こうと誘われた。彼女の母親は、しゃっくりしているのにと行かせたがらなかった。ぼくは母親の紙の帽子を眺めたが、あの朝の羽毛の色は藍色だった。たちまちぼくは死者のことを考えた。イヴォンヌは母親にこう言っていた。

「お母さん、死んでる人のことなら安心して。めんどりを売ってたあのおじいさん」

イヴォンヌが手を差し出し、ぼくを連れ出した。ぼくは怖くて、手を離さずにいた。そのおじいさんは一人きりで、チュールがかけられていた。イヴォンヌはしゃっくりの叫びを放つばかりか、棺の周りのろうそくをことごとく消そうとした。急に母親が入ってきてその腕を摑むと、走るように彼女を引きずり出した。さらにぼくはイヴォンヌの手を強く握りしめていたため、ぼくも連れて行かれた。

まさにあの朝、祖母が緑のハートをプレゼントしてくれたのだった。そしてつい数年前、新しい出来事がこれらの思い出に合流しにやってきた。

ぼくはアルゼンチンのとある街にいたが、そこでぼくの演奏会を調整してくれる代理人がしょっぱなから手違いを連発して、とうとう手の打ちようがなくなってしまっていた。その間ぼくは市街地のホテルのランクをピンからキリまで駆け下り、ついに一人の友人が部屋を借りてくれた郊外の怪しげな地区に転がり込んだ。彼は両親からベッドを送ってもらい、ぼくにマットレスを譲ってくれた。ひどく寒くて、ぼくは古新聞を買うのに大枚をはたいてしまった。薄っぺらい毛布の上に新聞紙を広げ、その上に演奏会の代理人が貸してくれたコートをかけた。ある晩、凄まじい叫びを上げて友人を起こしてしまった。ぼく自身も目を覚ましたところ、壁に枕を押し付けている格好になっていた。そこに穴が開いていて、新聞紙の帽子を頭にかぶった狂人が姿をのぞかせている夢を見ていたのだった。そのことについてとっくり考えたのち――また悪夢を見るのが怖くて寝直したくなかったのだ――、イヴォンヌの母親の帽子のことを思い出した。

数日後、市街地の灯りのなかをとぼとぼ散歩していたぼくは、唐突に緑のハートを質に入れて映画を観に行こうと心に決めた。その晩上映が終わってから、思い切ってブエノスアイレスにいる別の友人に金を無心することにした。彼にはもうだいぶ借りがあったが、近くの街で演奏会を行う手はずがほぼ整っていたので、今回は危険を冒してみようと思ったのだ。その同じ晩、ぼくはまたイヴォンヌの母親の帽子のことを考え、あの女《ひと》が羽毛と新聞紙の帽子でいったい何をしていたのか、うちの母親を通して訊いてみようと決めた。母はすでに事情を知っているかもしれない。さらに母には、以前あの女《ひと》がスカートに付いた何かをつまみ取っているのを見た記憶があること、虫の羽でもむしっているのかなと思ったことを告げた。

お金が到着するとぼくは緑のハートを請け戻し、近くの街へ発った。そこでは初めから万事が順調で、快適なホテルに泊まれた。ダブルベッド一つにシングル二つの、ベッドが三つある部屋をあてがわれた。ぼくは自分一人で部屋を存分に使ってやろうと思った。しかもどれでも好きなベッドを選べた。夜、大げさとも言うべき夕食のあと、ぼくはダブルベッドを選んでそこに全部のベッドの毛布を集めて敷いた。家具類は古びた暗い色調で、鏡は曇っていて光の反射も鈍かった。

最初の演奏会を行なった日の晩、時間があったので——商店が閉まらないうちに——、本や、本に線を引くための色鉛筆、それと使い道のことは後回しで、とても素敵な目録を買った。夕食をとったのち本を片手にダブルベッドに転がり込んだが、その瞬間映画館に行こうかと考え、誘惑に屈した。また服を着て、作中で恋人同士が長々とキスを交わすある古い映画を観に出かけた。ぼくは幸せで、寝る気になれなかった。カフェに入ると、一羽のおとなしいニャンドゥがゆっくりした足どりでテーブルのあいだをさまよっていた。ぼくがぼんやりニャンドゥを眺めながらあのネクタイピンを指で回していると、ニャンドゥが急にこちらに向かってきて、くちばしで緑のハートを奪って呑み込んだ。ぼくの目は、何かのふくらみがストッキングのなかを落ちていくように、ネクタイピンがニャンドゥの首を下りていくのを絶望しながら眺めていた。上向きに逆流するよう、何とかできないものかと思った。けれどもカフェのボーイがやってきて言った。

「ご心配なく」

「いや、ちょっと！　家族の古い思い出なんですよ！」

「お聞きください、お客様」車を停車させる警備員のように手をあげてボーイが言った。「このニャンドゥはいろんなものを呑み込むんですが、いつもちゃんと返ってきますから。明日か明後日になれば何事もなかったようにネクタイピンをお渡ししますので、落ち着かれてください」

翌日新聞をめくると、演奏会のニュースがいろいろ目に入った。でもそのうちの一紙では、第一面にこんなタイトルが掲げられていた。「ピアニスト氏の滞在はニャンドゥ次第」。記事本文は冗談が満載だった。

同じ日に母から、イヴォンヌの母親は白鳥の羽でコンパクト作りをしていること、ありとあらゆる色のものを作っていること、そしてむしろようなしぐさは包みから羽毛を出そうとしてのことだろう、というのもときどき羽毛を詰めすぎることがあるからだ、と書かれた手紙を受け取った。

翌日、カフェのボーイがネクタイピンを返しにやってきてこう言った。

「申し上げた通りでしょう。あのニャンドゥは真面目で、なんでも返してくれるんです」

今度あの思い出たちの村へ休みに行くときは、おそらく人口も増えていることだろう。まず間違いなく、あの緑色の新聞に、ピンで目を刺したあの五つ子たちがいるはずだ。

家具の店〈カナリア〉

あの家具の宣伝は不意打ちだった。ぼくはひと月ほどバカンスで近場に出かけていたが、街の出来事を耳に入れないようにしていた。戻ってきてみるとひどく暑く、その晩は浜辺に出かけた。部屋に戻ったのはまだ早い時間帯で、路面電車内で起きたことのせいで少し気分が悪かった。浜辺から乗って、通路側の席に座った。まだだいぶ暑かったので、ジャケットを膝に置き、腕を風にさらしていた。というのも半袖のシャツだったからだ。通路を行く人のなかで、一人が突然こう言った。

「失礼します……」

ぼくはすかさず切り返した。

「いえ、こちらこそ」

しかし、ぼくは状況が飲み込めていなかっただけではなかった。驚いた。その瞬間にいろんなことが起こったのだ。男はまだぼくの許可も取らず、こちらが返答しているあいだに、ぼくの腕を何か冷たいもの、どういうわけか唾《つば》かなと思った何かでこすった。ぼくが「いえ、こちらこそ」と言い終わったときにはすでにちくりと感触がして、見ると字の書かれた大きな注射器だった。と同時に、別の席に座っていた太っちょの女が言った。

「次は私にお願いね」

ぼくはとっさに腕を動かしたに違いない。注射器の男がこう言ったのだ。

「あっ！　怪我しますよ……もうちょっと静かに……」

こちらの顔を見て乗客が笑うなか、すぐに男は注射器を抜いた。そして太っちょ女の腕をこすりはじめた。女は一連の作業をうっとり眺めていた。注射器は大きいのに、男は軽く押してほんのちょっと注入するだけだった。そこでぼくは注射器の胴回りに書かれた黄色い文字を読んでみた。「家具の店〈カナリア〉」。一体これは何なのかと訊くのも恥ずかしく、後日新聞で確かめることにした。しかし路面電車を降りるとき、考えた。「ただの強壮剤のはずはない。本当に何かの宣伝だとしたら、目に見える結果をもたらすものでないと」。それでもぼくは、一体これが何なのかよくわからなかった。しかしひどく疲れていたので、考えないことにした。ともかく、公衆の面前で麻薬を打つなんてことが許されないのは確かだった。眠る前にぼくは、たぶんあれは身体的な快感か幸福感を与えようとしていたのだろうと考えた。まだ眠りに落ちてはいなかったそのとき、自分のなかから鳥の鳴き声が聞こえてきた。それは思い出したもの、あるいは外からやってくる音とは違う質のものだった。まるで新種の病気のように異様だったのだ。しかし相反する面もあった。まるでその病気が嬉しさのあまり歌い出したかのようだった。こうした感覚はまたたく間に過ぎ去り、すぐにもっと具体的なものがやってきた。頭のなかでこんな声が鳴るのが聞こえたのだ。

「あーあー、こちら〈カナリア〉放送局……あーあー、ただ今特別放送中。本局に感応してくださった方々は……云々」。

ぼくは立ったまま、靴も履かず、ベッドの横で灯りをつける気にもなれず聞いていた。ぼくは飛び上がり、その場で固まっていた。あんなものが頭のなかで鳴るなどありえそうになかった。ふたたびベッドに身を投げ出し、ついにはじっと待つことにした。流れているのは、家具の店〈カナリア〉の分割払いに関する説明だった。そして突然こうきた。

「最初にお届けするナンバーは、タンゴです……」

やけになったぼくは、分厚い毛布に潜り込んだ。そうすると、すべてがよりはっきりと聞こえてきた。というのも毛布によって表の騒音が和らげられ、頭のなかで起こっていることがもっとよく聞こえてきたからだ。すぐに毛布をはねのけ、部屋を歩き回りだした。これで多少は落ち着くことができたが、ぼくはまるで秘密のようにして、意固地になって耳を傾け、わが身の不幸を嘆くのだった。ふたたび横になったが、ベッドの柵を摑むとまたタンゴが一層はっきりと聞こえた。

しばらく後、ぼくは表に出ていた。頭の中の音を和らげてくれる別の音を探していたのだ。新聞を買ってラジオ局の住所を調べ、注射の作用を消すためにはどうすればいいか訊こうと考えた。しかし路面電車がやってきたので、それに乗った。ほどなく路面電車は線路の状態が悪い箇所にさしかかり、大きな騒音のおかげで、今かかっている別のタンゴがかき消されて楽になれた。でも慌ただしく車内を見渡すと、別の注射器を持った別の男が目に留まった。彼は通路をまたいで座っている子供たちに注射を打っていた。ぼくはそこまで行き、一時間ほど前に打たれた注射の作用を消すためにはどうすればいいのか訊いてみた。彼は驚いてぼくを見つめ、こう言った。

「放送はお気に召しませんでしたか?」

「まったく」

「もう少しお待ちになれば連続ドラマが始まりますよ」

「勘弁してください」とぼく。

彼は注射を続け、微笑みを浮かべながら頭を揺すっていた。ぼくはといえば、もうタンゴは聞こえなかった。今度はまた家具について喋っていた。ついに注射の男が言った。

「あのですね、どの新聞にも錠剤〈カナリア〉の広告が出ております。もし放送がお気に召さないのであれば、一錠飲んで、それでしまいです」

「しかしもうどこの薬局も閉まってるじゃないですか。もう頭がおかしくなりそうですよ！」

そのとき、こんな宣伝が聞こえてきた。

「ここでお届けするのは、詩『わが愛しの肘掛け椅子』。家具の店〈カナリア〉のため特別に書き下ろされたソネットです」

やがて注射の男が近づいてぼくにこっそり話しかけた。

「あなたの件を別の仕方で解決してさしあげましょう。あなたは誠実そうな顔をしておいでだから、一ペソで結構です。ばらされると私は職を失ってしまいますから。なにせ会社にとっては錠剤が売れる方が得なもので」

ぼくは早く秘密を教えてくれと急かした。彼は手を広げて言った。

「ではお代を」。そしてぼくが金を渡すと、こう付け足した。「熱い足湯にお浸かりなさい」

ワニ

蒸し暑い秋の夜、ぼくはほとんどなじみのないとある街に行った。わずかな街灯の明かりが湿った空気と木の葉に和らげられていた。教会の近くにあるカフェに入って奥のテーブルに腰を落ち着け、自分の人生について考えた。ぼくは幸福な時間を切り離し、そこに閉じこもるすべを心得ていた。まず道ばたや家のなかにあるぼんやりしたものならとにかく何でも目で盗み取り、それをあとで自分の孤独のなかに持ち込むのだ。思い出すのがあまりにも愉しいので、人に知れたらさぞ恨まれたに違いない。でも、幸せな時間というのもあまり残っていなかったと思う。あの数々の街には、以前ピアノのコンサートで行ったことがあった。コンサートの開催を許可してくれる人を集めなければという不安のなかで生きていたから、幸せな時間なんてまずなかった。その人たちをまとめ上げ、互いを感化し、そこから積極的に動いてくれる人を探さなければならなかった。それはほとんどいつも、うすぼんやりした酔っぱらいと戦うようなものだった。一人連れてきたと思ったら別の一人はどこかへ消えてしまう。その上、ぼくは演奏の練習と新聞記事の執筆もしなければならなかった。

いつからか、こんな心配はしなくなった。女物のストッキングを扱う大きな会社に入ったのだ。ストッキングの方がコンサートよりも必要とされているし、売るのは簡単だろうと思っていた。ある友人が管理責任者に、ぼくはピアニストでいろいろな街を渡り歩いているので女性との付き合いが多い、だからコンサートの影響力を利用してストッキングを売りつけることができるだろうと口を利いてくれた。

管理責任者は表情をゆがめたものの、承諾した。友人に影響されただけでなく、ぼくが以前そのストッキングの広告文のコンクールで二等賞を獲ったことがあるのも理由だった。〈イリュージョン〉というのがブランド名。ぼくの考えた文句は「撫でれば誰もが、半ば夢見ごこち《イリュージョン》」というもの。でもストッキングを売るのは大変で、そのうちいっそ本社から呼び出しを食らって旅費の支給を止められたほうがマシだと思ったものだ。はじめのうちはずいぶん努力した（ストッキング販売はコンサートとは一切関わることはなかった。商店主と話をつけるだけだったのだ）。古くからの知人に出くわしたときは、大会社の販売代理業をやっているおかげでピアノ活動とは無関係に旅行ができるし、時期の悪いときは無理にコンサートを開く必要もないのだ、と言ってみせたものだ。ぼくのコンサートに一度もいい時期なんて来なかったのに。今いるこの街では、珍妙な言い訳をされたことがある。音楽クラブの社長をトランプ遊びで負かしてしまったので社長がへそを曲げ、近頃とある親類の多い人が亡くなったばかりで街の半分が喪に服している最中だから、と言い放たれたのだ。今回は、何日か滞在してコンサートの機運が自然に高まるかどうか見てみようと触れ回った。だが、ピアノ奏者がストッキングを売っているというのは印象が悪かった。ストッキングの販売に関して言えば、ぼくは毎朝やる気をふるい立たせては毎晩そのやる気をなくしていた。まるで服を着ては脱ぐみたいに。毎回毎回、いつも慌ただしげな商店主の前で粘ろうと下劣な力を取り戻すのは骨の折れる仕事だった。しかし今はもうクビを待つにまかせ、旅費の続く限り楽しもうとしていた。

ふと、ハープを持った盲人がカフェに入ってきたのに気づいた。昼間に見たことのある顔だった。ぼくは人生を謳歌する意欲が失せる前にここを出ようと決めた。だが近くを通ったとき、つばのきちんと折れていない帽子をかぶり、演奏しようとするあいだ空に向かって目をきょろきょろ回す老人の姿がまた目に入った。何本かの弦はあとから付け足されたもので、明るい色をした木製のハープも男の全身も、かつて見たこともないほど垢にまみれていた。ぼくは自分自身のことを考え、落ち込んだ。

ホテルの部屋の灯りをつけると、当時寝ていたベッドが見える。上には何も載っておらず、ニッケルのメッキがほどこされたその脚を見て、ぼくは誰にでも股を開く若い娼婦のことを考えた。体を横たえて灯りを消すが、なかなか眠れなかった。また灯りをつけると電球が、暗い瞼の下にある眼球のように、ランプシェードの下に姿を現した。再び消してストッキングの商売のことを考えようとしたが、しばらくのあいだ暗闇でランプシェードを見つづけた。何だか明るい色に変わっていた。やがてその形は、まるでランプシェードの苦悩する魂とでもいった具合に脇に退いてゆき、暗がりへと溶け込んだ。こうした諸々のことが起こるのに、こぼれたインクが吸い取り紙に吸い取られていくのと同じぐらいの時間がかかった。

次の日、服を着てやる気を出したのち、夜行列車便が悪い報せを運んできたかどうか確かめに行った。手紙も電報も届いていなかった。目抜き通りの一つに並ぶ店を回ってみることにした。通りの角に一軒の店があった。入ってみると、天井まで布や小物でいっぱいの部屋に出くわした。赤い肌をした、頭のついていない一体の裸のマネキン人形があった。手を叩いてみると、布がその音をまたたく間に飲み込んだ。マネキンの後ろから十歳ぐらいの少女が現れて、ぶしつけにこう言った。

「なんの用?」

「ご主人はいらっしゃる?」

「ご主人なんていない。ここはうちのお母さんのお店」

「お母さんは今どこ?」

「ビセンタさんのとこ。もうすぐかえってくる」

三歳ぐらいの男の子がやってきた。姉のスカートにしがみつき、マネキンと姉と弟がしばらくのあいだ一列になった。ぼくは言った。

「ちょっと待たせてもらうよ」

　女の子は返事しなかった。ぼくは木箱に座り、弟の方と遊ぶことにした。映画館でチョコレートを買ったのを思い出し、ポケットから取り出した。少年はぱっと駆け寄ると、ぼくからチョコレートを奪った。そこでぼくは顔に手を当て、すすり泣くふりをした。目を覆い、手のくぼみが作る暗闇からすき間を作って少年を見た。彼はじっとぼくを観察し、ぼくはますます激しく泣きまねをするのだった。ついに彼はぼくの膝の上にチョコレートを置くことにした。ぼくはにっこり笑い、それを返してあげた。だが同時にぼくは、自分の顔が濡れているのに気づいた。

　ぼくは女店主が帰ってくる前に店を出た。宝石店の前を通ったとき鏡で自分の姿を見てみたが、もう目は泣いていなかった。昼食をとったあとカフェに行った。だが例のハープの盲人が目を上に向けてきょろきょろ回す姿が見えて、すぐに店をあとにした。そこからさびれた場所にある広場に行き、蔦《つた》の茂る壁の正面にあるベンチに腰掛けた。そこで今朝の涙のことを考えた。涙が流れた、という事実が気になって仕方がなかったのだ。数時間前に何気なく動かしたおもちゃでまたこっそり遊ぼうとするみたいに、独りになりたかった。冗談とはいえ、朝のように口実もなく泣き出してしまった自分が少し恥ずかしかった。おっかなびっくり鼻と目元をしかめ、涙が出るかどうか試してみた。だがそのあと、雑巾を絞るみたいに泣こうとするのはよくないと考えた。事実に対してもっと素直に心を開かなければ。そこで、顔に手を当てた。今回はどこか真剣なものがあった。ぼくは不意に動揺した。自分への哀れみを感じ、涙が流れ出した。しばらく泣いていると、鈍色に輝く〈イリュージョン〉のストッキングを履いた、二本の女の脚が壁の上から降りてくるのが目に入った。すぐに、蔦に紛れて見えにくくなっている緑のスカートにも気づいた。いつの間にはしごをしつらえたのか、耳では全然わからなかった。女は最後の段に差し掛かっており、ぼくは急いで涙を拭いた。が、物思いにふけっているかのようにまた頭を垂れた。女はゆっくり近づいてきて、ぼくの横に座った。こちらに背を向けながら降りてきたので、どんな顔かわからなかった。彼女がついに口を開いた。

「どうなさったの？　私は信用できる人間だから……」

しばらく間が空いた。ぼくはまるで身を隠して待ち続けるかのように眉間にしわを寄せた。そんなしぐさはやったことがないので、眉毛が震えていた。それから話しだそうとするかのように手を動かしたが、何を言っていいか見当もつかなかった。彼女がまたしても沈黙を破った。

「話しておしまいなさい。私も子供がいるから心の痛みはわかります」

ぼくはすでに、あの女とあの緑のスカートにどんな顔を向ければいいか想像はついていた。しかし子供と心の痛みの話をされて、また別の顔を思いついた。と同時にこう言った。

「少し考える時間が欲しいんです」

彼女はこう答えた。

「こういうときはね、考えれば考えるほどよくないの」

突然、近くに濡れた布巾が落ちた気がした。でもそれは、たっぷり湿気を含んだ大きなプラタナスの葉だった。少ししてまた彼女が訊いてきた。

「話してごらんなさい、どんな女《ひと》なの？」

まずは可笑しかった。やがて昔付き合っていた恋人のことが頭に浮かんだ。とある小川の川べり——彼女の父親が存命中、二人で散歩したことがあるそうだ——を一緒に歩くのをぼくがいやがると、彼女は静かに泣いた。それでぼくは、いつも同じ側を歩くのに辟易《へきえき》していたにもかかわらず根負けするのだった。こんなことを考えながら、今横にいるこの女に言ってやりたくなった。

「よく泣く人でした」

女は緑のスカートの上に大きな、やや赤みがかった手を置き、笑いながら言った。

「男の人ったら、いつも女の涙を信じるんだから」

ぼくは自分の涙のことを考えた。少しうろたえ、ベンチから立ち上がってこう言った。

「何だか勘違いなさっているようです。しかしともかく、慰めていただきありがとうございます」

そして、彼女には目もくれず立ち去った。

あくる日、陽もだいぶ昇ったころ、最も重要な店の一つを訪ねた。店主はカウンターでぼくの持参したストッキングを引っ張ってみたり、長いことその角ばった指で撫でてみたりした。こちらの言葉は耳に入っていないようだった。真っ白なもみあげをしていて、まるでひげ剃りの石鹸が残っているみたいだった。そのとき、何人もの女がどやどやと入ってきた。店主は去り際に、さっきまでストッキングを撫でていた指で「買わない」というそぶりを見せた。ぼくは黙り込んだものの、粘ろうと考えた。あとで人がいなくなったら、店主と話し合えるかもしれない。そしたら、もみあげを染めるための水溶性ハーブの話でもしてやろう。お客は立ち去ろうとせず、ぼくはめったになく苛立っていた。あの店から、あの街から、あの人生から抜け出せたら、と。自分の国のことや、ほかにもいろいろ考えた。そしてだいぶ落ち着いたころ、突然ひらめいた。「ここでみんなの前で泣き出したら、どうなるかな?」乱暴なアイディアだとは思った。でもしばらく前から、突飛なことをしでかして世界に探りをいれてみたくてうずうずしていたのだ。それに、自分は乱暴な真似もできるんだと自身に証明してみせなければならなかった。後悔しないうちに、カウンターに立てかけてあった椅子に座り、お客に囲まれるなか顔に手を当て、すすり泣くような音を立てはじめた。とほとんど同時に、一人の女が叫び声を上げた。「この人、泣いてるじゃないの」。やがて辺りがざわつき出し、会話の端々にこんな声が飛び交った。「いい子だから近寄らないの」……「何か悪い報せでも届いたのかな」……「電車が着いたってのに、何の手紙も運んでこなかったんだよ」……「電報で悪い報せでも届いたんだろう」。指のすき間からのぞくと、一人の太った女がこう言うのが見えた。「人情ってのを考えてごらんよ。あたしだって子供が会ってくれなきゃ、こんな風に泣くもの!」最初のうちは涙が出てこなくて必死だった。しまいには、みんなを馬鹿にしたと思われてしょっぴかれるんじゃないかとまで思った。だが不安とこれでもかという努力のおかげで目が充血し、ようやく涙がこぼれてきた。肩に手が置かれ、店主の声が聞こえると、ストッキングを撫でていたあの指の感覚がよみがえった。店主が言った。

「しかしよお、男ならもっとしっかりしないと……」

そこでぼくはばねのように勢いよく立ち上がった。顔から手をどけ、肩に置かれていたのも払いのけ、まだ濡れた顔でこう言った。

「いえ何でもないですって！　元気ですから！　ただ時々こうなるんです。思い出みたいなもので……」

ぼくの言葉を待ってみな口をつぐんでいたが、一人の女がこう切り出した。

「ああ！　思い出して泣いてるのね……」

それから店主が宣言した。

「みなさん、もう大丈夫です」

ぼくは笑顔を作り、顔をぬぐっていた。すぐさま人の山が崩れて狂った目つきの小さな女が現れ、こう言ってきた。

「あなた知ってるわ。どこかで見たけど、なんだか忙しそうだった」

彼女はぼくの姿をコンサートで、プログラムの最後の方で体を揺すっているところでも見たのだろうと思った。でも口をつぐんでおいた。女たちは一斉に話しはじめ、帰っていく人もいた。ぼくを知っているという例の女が残った。別の女が近づいてきて言った。

「ストッキングを売ってらっしゃるのね。ちょうど私と友だちと何人かで……」

店主が割って入った。

「大丈夫ですよ、奥さん。（ここでぼくの方を向き）今日の午後またいらっしゃい」

「お昼を取ってからまた伺います。ご入用は二ダースで？」

「いえ、半ダースで結構です……」

「弊社は最低一ダースからの販売となっておりまして……」

ぼくは売上台帳を取り出し、ガラス戸に押し付けて書き込んだ。店主には近づかないようにした。周りでは女たちが大声で話し合っていた。ぼくは店主が後悔しているのではと内心ひやひやしていた。ようやく注文のサインをもらい、女たちに混じって店を出た。

しばらくしてわかったのは、当初思い出だったはずのあれは、ちょくちょくやってくるということだった。ぼくは他の店でも泣き、すると普段以上にストッキングが売れた。いろんな街で泣いた結果、ぼくの売り上げは他の販売員と遜色なくなった。

一度本社から呼び出されて——すでにあの国の北部じゅうで泣いてしまっていた——管理責任者と話す順番を待っていたとき、隣の部屋から別のセールスマンがこう話すのが聞こえた。

「できることなら何だってやりますよ。でも買ってもらうために泣きだしたりはご免です！」

管理責任者の病気がかった声がこう答えた。

「何でもやらねばならんよ。泣くのだって……」

セールスマンが言葉を挟んだ。

「でもわたしじゃ涙が出てこないんです！」

沈黙が流れたあと、また管理責任者。

「何だって、誰からそんなことを？」

「いるんですよ！　大泣きする奴が……」

病んだ声が咳き込みながら大笑いした。そのあとシーッという声が聞こえ、足音が離れていった。

やがてぼくが呼び出され、管理責任者や課長や他の社員の前で泣かされた。ぼくが部屋に通され事情が明らかになった当初、管理責任者は苦しそうに笑い、涙をこぼしていた。それからきわめて礼儀正しく、実演してみせてくれと言ってきた。やってみせようとしたそのとき、ドアの後ろにいた何人かの社員が入ってきた。騒ぎが大きくなり、まだ泣くのは待ってくれと言われた。ついたての向こうで、こう言っているのが聞こえた。

「早く来いよ、うちの営業で今から泣く奴がいるってさ」

「何で？」

「知るかよ！」

ぼくは管理責任者の隣の大きなデスクに腰かけていた。経営陣の一人を呼びにやったが、どうやら来られなかった。同僚たちはいっこうに口をつぐまず、一人はこう叫んだ。「お母さんのことを考えれば、すぐ泣けるでしょ」。そこでぼくは管理責任者に言った。

「この人たちが黙ったら泣きますよ」

管理責任者はその病んだ声で彼らに脅しをかけ、わりあい静かになってからしばらくのち、ぼくは窓の外にある木の幹を見つめ——ぼくたちは二階にいたのだ——、手で顔を覆い泣こうとしてみた。何だか嫌な気分だった。ぼくが泣いても、みんなこちらの気持ちなど知るよしもなかった。でも今、この人たちはぼくがこれから泣くのを知っていて、そうするとどこか押し留められるところがあった。ようやく涙が出てくるとぼくはハンカチを取るため片手をのけて、濡れた顔が見えるようにした。笑うのもいれば、神妙な顔をするのもいた。ぼくが乱暴に顔を揺さぶると、全員が笑った。でもすぐに静かになり、また笑いだした。涙を拭いていると、病んだ声が「わかった、わかった」とくり返した。みんながっかりしたのだろう。ぼくはしずくを滴らせた空っぽのびんのような気分だった。反発したかった。機嫌も悪かった。嫌な奴になってしまいたかった。管理責任者に駆け寄って、こう言った。

「ほかの人にストッキング販売でこの方法を使われたくないんです。会社の方で私の……イニシアチブを認知していただいて、一定期間内は私限定にしていただきたいのですが」

「その件はまた明日話し合おう」

翌日、秘書がすでに書類を用意していてこう読み上げた。「弊社は泣き落としによる販売システムを尊重し、これを利用しない義務を負うものであり……」ここで二人とも笑いを漏らしたが、管理責任者が釘を刺した。書類の作成中、ぼくはカウンターまで足を伸ばした。カウンターの後ろに女の子がいて、ぼくを見つめながら話しかけてきた。その目は内側から色を塗ってあるみたいだった。

「それじゃ、泣きたいと思ってお泣きになるの？」

「そうです」

「なら私の方が物知りね。苦悩を抱え込んでるのにご自分で気づかないんですもの」

言われてちょっと考え込んだ。それからこう言った。

「あのですね。ぼくは別に幸せ者じゃありません。でも自分の不幸と折り合いをつけることはできる。だからまあ幸せですよ」

引き返す際――管理責任者に呼ばれていたのだ――彼女のまなざしを見ることができた。そのまなざしは、肩に手を置くようにぼくの上に注がれていた。

営業を再開したとき、ぼくはある小さな街にいた。悲しい一日で、泣こうという気持ちになれなかった。一人で部屋に閉じこもり、雨音に耳を傾け、自分が水によって世界と分たれていると考えていたかった。ぼくは涙の仮面に隠れて旅をしていた。でも顔は疲れていた。

突然、誰かが近づいてきてこう尋ねる声がした。

「どうしました?」

そこでぼくは、さぼっているところを見つけられてびっくりした従業員みたいに、自分の作業を再開しようと、顔に手を当ててすすり泣きをはじめた。

その年、ぼくは一二月まで泣いた。一月は泣かず、二月も途中までは泣かなかった。ふたたび泣きだしたのはカーニバルが終わってからだった。休んだことで調子も戻り、またはつらつと泣きだした。それまでのあいだ、あの大ウケの涙が恋しくてたまらず、泣くことへのプライドみたいなものまで生まれてきた。セールスマンだけならいくらでもいる。でも、予告もなしに演技を披露して、涙で観衆を説得できる役者となると……

あの年明け、ぼくは西部で泣きはじめ、そのあと昔コンサートで成功を収めたことのある街にたどり着いた。そこに二度目に滞在した際、心のこもった喝采を長々と浴びたことがあったのだ。ぼくはピアノの脇に立っていたが、コンサートを始めようにもなかなか座らせてくれなかった。今回、少なくとも一回はコンサートを開けるだろう。そこで最初に泣いたのは、街一番の豪奢なホテルでのことだった。昼食時で、見事に晴れわたった一日だった。すでに食事もコーヒーも済ませ、机に突っ伏し、手で顔を覆ったのだ。すぐに、先ほど挨拶した友人が駆け寄ってきた。しばらく立たせたままにしていると、一人の貧しい老婆——どこからやってきたんだろう——がぼくのテーブルに着いた。ぼくはその姿を、すでに涙に濡れた目のすき間から見つめた。老婆はうつむいたまま、一言も話さなかった。しかし、思わず涙を誘うようなとても悲しい顔をしていた……

初日、ぼくは疲れのせいでいくぶんナーバスになっていた。第一部の最後の曲にさしかかっていたのだが、ある楽章の出だしを速く弾きすぎてしまった。抑えようとしたのだが、ぎこちなくなって、均整も勢いも失われてしまった。続けるほかなかった。しかし手は疲れてくるし頭もぼうっとしてくるしで、とても最後までたどり着けないと気づいた。そこで考える間もなく鍵盤から手を引き上げ、顔に当てた。舞台で泣くのはこれが初めてだった。

最初はみんな驚いてざわついていたが、どういうわけか誰かが拍手しようとした。するとシッと言って制止する人たちが出てきた。ぼくは席を立った。片手で目を押さえ、もう一方でピアノを探り、舞台から立ち去ろうとしていた。女たちが何人か、ぼくが一階席に落ちてしまうと思って悲鳴を上げていた。舞台装置の入口を越えようとしていたとき、天井桟敷から誰かが叫んだ。

「ワニぃぃぃぃぃぃ!」

笑い声が聞こえた。だがぼくは楽屋に戻り、顔を洗い、すぐに戻り、シャキッとした手で第一部を終えた。公演がはねて大勢の人が挨拶にやってきたが、みんな口々に「ワニ」の件であれこれ喋っていた。ぼくはみんなに言った。

「ぼくは、あれを叫んだ人はもっともだと思いますよ。実際、なんで自分が泣くのかわからないんですから。涙が込み上げてきてどうしようもなくなるんです。おそらくワニと同じで、ぼくにとってもそれが自然なんでしょう。まあ、ワニがなんで泣くのかもわかりませんけど」

挨拶してきたなかに、細長い頭の人がいた。髪を立てていたので、まるでブラシを思わせた。輪のなかにいた別の人が彼を指して、こう言った。

「この人は私の友人で、医者なんです。どう思います、先生?」

彼はぼくを刑事の目で見つめ、こう尋ねた。

「一つよろしいでしょうかな。昼と夜、どちらの方がよく泣きます?」

夜は商売しないので泣かないのを思い出し、こう答えた。

「昼だけです」

他の質問は覚えていない。ともかく最後にこう助言された。

「肉を食べないことです。長いこと中毒のようですからな」

数日後、街一番のクラブでパーティーを開いてもらった。ぼくは下ろしたての燕尾服と白いチョッキを借り、鏡を見て考えた。「このワニ白い腹してるぞ、なんて言われないだろうな。ちぇっ! なんだか、ワニもおれみたいな二重あごをしている気がしてきたぞ。それにガツガツ食べるし……」

クラブに着いたが、人はほとんどいなかった。早く来すぎたのに気づいた。委員会のメンバーがいたので、少しピアノの練習をしたいのですがと伝えた。これで早く来すぎたのもごまかせるだろう。

二人して緑のカーテンをくぐると、がらんとしたダンスパーティー用の部屋に出くわした。部屋の奥、カーテンの手前にピアノはあった。委員会の彼とコンシエルジュがそこまで付き添った。ピアノの蓋を開けてもらっているあいだ、委員会の彼——白髪頭に黒い眉毛という出で立ちだった——はぼくに、パーティーは大成功でしょう、学園長——ぼくの友人だ——が素敵なスピーチをしてくれるでしょう、私ももう拝聴しましたけどね、と告げるのだった。いくつかフレーズを思い出そうとしていたが、言わない方がいいと結局決めたようだ。ぼくはピアノに手を置き、彼らは去っていった。弾いている最中、こんなことを考えた。「今晩は泣かないぞ……格好悪いもんな……学園長のやつ、おれが泣くのを自分のスピーチが成功した証拠にしたがっているかもしれないし。だが今日は絶対泣くもんか」

ぼくはしばらくのあいだ、緑のカーテンが動くのを眺めていた。と突然、その襞のあいだから髪を下ろした背の高い少女が姿を現した。彼女は遠くを見るかのように目を細めた。ぼくを見つめ、手に何か持ってぼくの方へ歩いてきた。その後ろから家政婦が追いついて、何やら耳打ちしだした。ぼくはその隙に少女の足を見つめたが、片方しかストッキングを履いていなかった。事あるごとに少女は会話を打ち切りたいそぶりを見せていた。だが家政婦は話をやめず、二人ともツバメのように同じ話題に戻るのだった。ぼくはピアノを弾き続けていたが、二人の会話中こんなことを考えた。「片方だけ履いてどうするつもりだろう？……不具合でもあったところに、おれがセールスマンだと耳にして？……しかもわざわざパーティーの日に！」

ようやく彼女がこちらに来た。

「すみません、ストッキングにサインを頂きたいのですが」

まずは笑った。だがすぐに、この手のお願いは何度もあったのだと言わんばかりの口調で話しをはじめた。ストッキングはペンの力ですぐ破れてしまうのだと説明したのち、ラベルにサインをすることでその点を解決し、少女はそれをストッキングに貼り付けた。だがそんなことを説明しながらぼくは、自分がもともと商売人で、そのあとピアニストになったという設定で、身の上話をしてやった。すでに不安に襲われはじめていたそのとき、彼女がピアノの椅子に座り、ストッキングを履きながらこう言った。

「こんな嘘つきな方だったなんて、残念ですわ……アイディアに感謝してくれたっていいのに」

ぼくは少女の足に目をやっていた。やがて視線を外したが、頭がこんがらがってきた。不快な沈黙が流れた。彼女は髪を垂らしたままうつむいていた。その金髪のカーテンの下、手がまるで逃げるかのように動いていた。ぼくは黙り続けたが、彼女は決してやめようとはしなかった。ついに脚がダンスの動きを始め、つま先の伸びた足が靴を引っかけながら持ち上がった。手が髪をまとめ上げると、少女は静かに挨拶して立ち去った。

ぼちぼちお客が入ってくると、ぼくはバーに行った。ウィスキーを頼もうと思ったのだ。ウェイターがいろんなブランドを唱え上げたが、一つも知らなかったのでこう言った。

「最後のやつを」

カウンターの椅子によじ上り、燕尾服の尾にしわが寄らないよう気をつけた。きっと、ワニじゃなくて黒いオウムみたいに見えたに違いない。ぼくは黙ってさっきのストッキングの少女のことを考え、その慌ただしく動く手の思い出に頭を引っかき回されていた。

学園長に大広間まで引っ張り出された。一時ダンスが中断され、学園長のスピーチが始まった。途中何度も「浮き沈み」「必要」という言葉が出てきた。拍手が起こったとき、ぼくは「アタック」直前のオーケストラの指揮者よろしく両手を振り上げ、静まるやいなやこう言った。

「今こそ泣くべきなのでしょうが、それはできません。話すのも無理です。これ以上、一緒になって踊るべき人たちを離ればなれのままにはしておけませんから」。そして最後にお辞儀で締めた。

振り返って学園長を抱きしめると、その肩越しにストッキングの少女が見えた。彼女はぼくに微笑みかけてスカートの左側をまくると、ストッキングにプログラムから切り抜いたぼくの肖像を貼り付けてあるのを見せつけた。ぼくは喜びで一杯になったが、うっかり変なことを口走ってみんなにまねされるはめになった。

「おお、いいねえ、心臓の脚か」

だがぼくは幸せな気分になり、バーに行った。またカウンターの椅子によじ上ると、ウェイターに訊かれた。

「ウィスキーはホワイトホースで？」

そこでぼくは、サーベルを抜く近衛兵の身ぶりで答えた。

「ホワイトホースでもブラックパロットでも」

しばらくして、一人の青年が手を後ろに隠し近づいてきた。

「エル・ポチョのやつに、あなたは『ワニ』と言われても気を悪くなさらないと聞いたのですが」

「そうです、気に入ってますよ」

すると彼は隠していた手を引き抜き、一枚の風刺画を取り出した。ぼくによく似た一匹の大ワニだ。小さな手を口に突っ込み、歯はピアノの鍵盤でできていた。反対の手はストッキングを握りしめ、それで涙を拭いていた。

友達にホテルへ案内してもらうあいだ、ぼくはあの国で泣いたすべてのことに思いをこらし、彼らをだましてやったという悪意ある喜びを感じていた。自分は不安のブルジョアだと思った。だが部屋に着いて独りになると、思いもよらないことが起こった。まず鏡を見た。ぼくは風刺画片手に、ワニと自分の顔とを交互に見つめていた。突如、ワニをまねようとしたわけでもないのに、ぼくの顔が、勝手に、泣きだしたのだ。ぼくは自分の顔を、こちらにはうかがい知れぬ不幸を抱えた女きょうだいを見つめるかのように見つめていた。以前はなかったしわが増え、そこを涙が伝っていた。ぼくは灯りを消し、横になった。顔はあいかわらず泣き続けていた。涙は鼻の脇を抜け、枕へと落ちていた。

そのままぼくは眠りに落ちた。目を覚ますと、涙の乾いた跡がひりひり痛んだ。起き上がって目を洗いたかった。だが顔がまた泣きだすのではないかと思うと怖くなった。そのままじっと、あのハープ弾きの盲人みたいに、暗闇で目をきょろきょろ回した。

ルクレツィア

どうやってそんなはるか昔の時代へ暮らしに行けたのかと訊かれるたび、ぼくは腹が立ってやりきれなかった。そして誰かが話に割り込み、細かい歴史ネタでがんじがらめにしてこようものなら、ぼくは怒りのあまり口をつぐみ、給仕されたばかりの席を立つのだった。

最後に割り込まれたとき、ぼくは黒服の修道女のあとを追って階段を登っているところだった。修道女は、まるで棚の上に置かれた植木鉢をけちらすかのように段に足を繰り出していた。靴がスカートの裾をほこりまみれにしていた。(ぼくは彼女の腰のあたりにある糸くずを取ってやりたい誘惑に駆られていた。) どうやらこの人はえらく疲れているらしく、足を一段一段きちんと乗せるのにも苦労しているようだった。立ち止まって休憩するときですら、こちらを向いたりしなかった。少し前にその姿を正面から見たのだが、どんな顔だったか記憶にない。彼女が鉄の大扉を開けると思わず両耳に指を突っ込むほどにちょうつがいが恐ろしい音を立てたあのとき感じたような醜い顔ではない、そう思うよう努めていた。今思い出せるのは、きつく締められた首元からはみ出す生白い二重あごだけだ。ルクレツィアのことを尋ねてみた。どうもスペイン語はわからなそうなので、ぼくはケープのなかから封筒を取り出し、彼女がそこに書かれた名前を読み切るまで目の前に掲げた。

ぼくだって疲れていた。ぼくは階段に腰掛け、遠くでバタバタと修道女の足音が聞こえるやぴょんぴょん跳ねるように彼女に追いつき、また早く向こうへ行ってくれと願うのだった。

今ぼくはこのあちこちの場所の静けさに浸り、ぼくの目——かわいそうに、追われる獣のように過ごすはめになっていた——が何でもいいから対象を見定め、それをゆっくり呑み込んでくれるよう願っていた。でもその日の朝、修道院の門をくぐる前、両の目が道の脇に見つけた一本の木を眺めようしていると、突如ぼくは脇腹に一発、すぐさま反対側にももう一発蹴り上げられるのを感じたのだった。脇に寄ると、一人の兵士がうつむいて通り過ぎるのが見えた。急いでいて、頭は考え事で一杯の様子だった。ぼくは絶えずそんなアクシデントを待ち構えていたが、そのうちのどれが命取りになるのか見当もつかなかった。

修道女の足音が聞こえなくなって、見失ったのかと思った。だが、休憩中なだけだった。

食らった暴力も感じた疲労も、はるか未来、ぼくが生まれ、戻ることのできたこの世紀で受ける暴力や疲労より、ずっとひどかった。でもあの時代に行き着いたとき、ぼくの体はあの空気に殺されるのではないかと思った。さらに、陽光の射し方も果実の味も、絶対今とは違ったはずだと思う。だが、最悪なのは人だった。すでに今世紀でさえぼくは何かと臆病がちで、臓腑は恥のあまりよじれ、内に向かって毒の涙を流すような心地がしていたものだ。自分を突き飛ばしたどこの馬の骨とも知らない阿呆に人生を費やして他人に示すべき気遣いを講じる、そんな寛大さをぼくは一度ならず欠いてきた。それに、ぼくだって悪いところがあった。街のど真ん中を、夢遊病者さながらに歩こうとしていたのだ。だがあっちの時代はぼくを叩き起こしたので、ぼくも反発した。まさにあの朝、兵士がかくも乱暴にぼくを道から引き剝がしたとき、ぼくは彼の後ろから走って彼に追いつき、その腕をつかんだ。だが向こうはぼくを見ようともせず、腕を振りほどいたその同じしぐさで腕を頭の上に掲げ、「うるさいよ、こちとら厄介事でてんやわんやだってのに」とでも言っているようだった。そこでぼくは、自分はなにもこんなに大勢の人間をしつけるために生まれてきたんじゃない、そう考えて自分の臆病ぶりを正当化した。

今ぼくは疲労がつのっていて、修道女の方はそうでもないのにと考えては恥じ入った。彼女はいつも廊下を横切りだしたところで、ぼくはその姿を見失わぬようぴたりと後をつけていなければならなかった。ぼくは擦り切れた足や緑がかった壁、閉ざされた無数のドアの静寂、いくつかの部屋の暗闇でさっとうごめく姿形、思わずして遭遇する中庭、痩せこけた生き物の脚もしくはそこに棲みつく生き物の太い脚のような円柱に、ほとんど注意を寄せることができなかった。

　こんなにあれこれとものを見たので、ぼくは頭のなかでそれを整理して、出会ったときそのままの姿に保っておきたいところだった。でも無理だった。何もかもがどうしようもなく雑然とした姿で現れてくるのだ。なのでぼくは、自分自身の孤独についてじっくり考えようとした。くたびれ果てたぼくの足が下からぼくを呼んでいるのに合わせて、ぼくは一人の友人が足に同情してくれている様を思い浮かべ、ほっこりした。でも今、ぼくと世界をつなぎ止めているのは、前を行く修道女以外なかった。彼女は彼女で別のことを考えながら進んでいるのだろうけれど、誰かが自分のあとに付いてきているのだと――おそらくは廊下を曲がるごとに――思い出しているのだろう。ぼくは自分の影を見るかのように、いろんな場所から彼女の姿を確かめた。ぼくの影がぼくから離れて歩くのも、どこに連れて行かれるのかも知らぬまま疲れた足で彼女を追って走らなければならないのも、ちっとも変だとは思わなかった。

　今は、ますます人の姿が目につくようになってきた。廊下を横切ったり、中庭で話し込んだり、柱にもたれかかっていたりしている。ドアの一つから男が出てきてはぼくの脇を何歩か進み、別のドアをくぐると椅子にどっかり崩れ落ちた。緑のケープをまとい、カーキ色の帽子には赤い羽根があしらわれていた。なぜかぼくは、あの男がぼくで、彼の用事をこなさねばならないのだと思った。だがすぐに歩いている感覚を取り戻し、修道女を見つめると、その黒服に付いた白い糸くずが目に入った。

ぼくはさらにしばらくのあいだ、擦り減った床面をこすり続けた。ついに修道女が一つのドアの前で立ち止まり、修道服のポケットをまさぐっていた。彼女は、ぼくには大きすぎると思える鍵を取り出した。暗闇に分け入ると次の瞬間、彼女が鎧戸を開けて白塗りのガラス戸から光が射し込んでくるのが見えた。部屋は小さく、中には書見台が置いてあるだけだった。修道女はドアを閉めて部屋から出ると、ぼくは立ちっぱなしのまま書見台とともに取り残された。ガラスの塗装が剝げた部分から、何かが動くのが見えた。片目を近づけると、よく澄んだ二つの青色の目がこちらの方を見つめているのが見えた。ぼくは目を引っ込めたが、こちらの目を見ていたわけではないと気づき、すぐに視線を戻した。その人は豊かな金髪を日にさらしていた。その目は貴重な品物のようだった。ぼくは彼女の目をずっと見つめていたが、この目もやはり物を見るためにあるのだと思うと、奇妙な感じがした。突然胃が締め付けられた。そばから手が伸びてきて彼女に書状を差し出したのがわかったのだ。ぼくの書状だった。ということはこの目の女がルクレツィアに違いなかった。そこでようやく、ぼくは持参してきたあの書状にじっくり目をやった。汚れてしわだらけだった。封を切る前に彼女は微笑みを浮かべ、書状を持参した者に対して指を一本振りかざした。ぼくが指の行方を追うと、指はぼくを案内してくれた修道女の二重あごへと沈んでいった。このしぐさは愛情表現なのだと気づきつつあったそのとき、ルクレツィアは立ち上がり、修道女とどこかへ立ち去った。二人はすぐにこちらにやってくるのだろうと思った。だが時間だけが過ぎゆき、ぼくは床に座りたくなってきた。腰を下ろしたその瞬間、足音が聞こえ、ぼくは立ち上がろうと書見台につかまった。書見台はたいそういかめしく揺れたが、じきに揺れは小さくなり、ぴたりと動かなくなった。修道女が二人入ってきた。うち一人は、ぼくの案内役だった。二人はぼくのもとまでやってきたが、二人ともうつむいているのにどうやってこちらにぶつからずにいられるのか、ぼくにはさっぱりだった。案内役でない方が口を開き、こう言った。

「ルクレツィア様……（以降、ずらずらと名前やら称号やら）がわたくしどもを介して――マドリードの女のようだった――よく参られましたと仰せです。ですが残念ながら本日はお会いできないとのことです、と申しますのは……」

思いがけないことが起きたのはここだったはずだ。スペイン女が急に手を引っ込めたのだ。お腹のあたりに重ねられた手がやすらっていた平安は断ち切られてしまった。あの動作があったことでぼくは、手が逃走した現場の方を見やることになった。ぼくの帽子の羽根飾りの先っぽが目に入り――ぼくは帽子を脇に挟んでおいたのだ――、ぼくはこれが彼女のずんぐりした手の白い肌をくすぐったのだと察知した。今、彼女は手の置きどころに困っていた。そこでぼくは羽根飾りを引っ込めた。案内役の修道女は背を向けていて、吹き出したいのをこらえているようだった。スペイン女は赤くなって、ルクレツィアからの依頼を繰り返しはじめた。だが突然ぼくに頭を下げると、すでにドアの近くにいたもう片方のあとを追った。ぼくは再び一人残され、またしばらく待った。やがて二人、さっきとは別の修道女が現れた。その片方がだいたい同じ内容の説明をしたが、加えて、ルクレツィア様との面会は明日になります、お部屋は今すぐに手配いたしますと教えてくれた。と同時に付いてくるよう言われ、ぼくはまたもや中庭やら廊下の別の床面をこすりはじめた。とうとうぼくが通された先は、拭いたばかりのテーブルが並ぶ周りに椅子が置かれた食堂だった。もうすぐ昼食が参りますと告げられ、ぼくは窓のそばの席に腰を下ろした。そのテーブルはほぼ乾いていて、粗木の表面が時を追うごとに白っぽくなっていった。その場所で、山並みの風景が陽光の下に広がるのを見ながら、ぼくは疲労困憊の腰回りに大きな幸福感を覚えた。やっと休めたと考えるあいだ、ぼくの目は遠くの馬に乗った男を追いかけたり、平穏そのものの大地に囲まれた男の細かな動作を発見したりして楽しんでいた。大地は、山々を従えてあおむけに寝そべり、人間たちのあらゆる所業にもどこ吹く風だった。突然、目が足音の聞こえる方へと向かい、一人の修道女が葡萄酒の入った水差しとナイフと一切れのパンを持ってくるのが見えた。修道女が立ち去るやいなやぼくはごぼごぼと葡萄酒を注ぎ、味見すると、この国のあらゆる物事を違った角度から飲み込むことができた。白昼が、一匹の動物のように無邪気な信頼を寄せて窓から射し込んでいた。もし別の惑星の住人が訪ねてきたら、この日こそ地球の朝の模範だと示してやれただろう。

食事のあと、さらに大扉の連なる修道院の別の場所まで歩かされた。入口の正面、細い路地に隔てられたところに、小部屋がいくつも並んでいた。ぼくをそのうちの一つに通すと、えらく高い壁に面した鉄格子付きの窓を開けた。壁は緑がかった影に覆われていて、壁と窓の間には日当たりのいい一本の小径が伸びていた。ぼくは、暗色の木材で作られ黄色のカバーのかけられたベッドに身を横たえた。数日前に追い剝ぎに地面にぶん投げられた際、石の上に落ちたせいで、背中が痛かった。ぼくは二人の護衛を従えてスペインを発ったのだった。一人はドン・キホーテを思わせる長身の男で、大事にしているらしい腹をすかせた家族をあとにしての旅路だった。もう一人は背が低く、頭をじっと動かさずやや前のめりで歩いていた。この先の雲行きは怪しいぞ、とでも本能から告げられているみたいな様子だった。腐敗した葉のようにしわだらけの帽子を無造作にかぶっていた。(道中の出来事を思い出しはじめたそのとき、どやどやと人が部屋に入ってきて、テーブルの上に三又の燭台を置いた。一本だけ新しいろうそくが立ててあった。)スペインを発って間もないある晩、お供連中がへべれけになるまで飲むことがあり、翌朝になってぼくに、馬を盗まれたと告げた。その日は、ぼくは自分の馬にまたがり、二人は徒歩で道中を進んだ。だが翌日の朝ぼくに言うことには、馬泥棒にまだずっと尾《つ》けられていて、今度はぼくの馬が盗まれたとのこと。さらに仲間意識だの騙し討ちだのまくし立てた。そこでぼくは言ってやった。

「君らの仲間かどうかなんてぼくには興味ない。いいか、ぼくなしでスペインに戻れば君らは縛り首だ。ぼくと一緒に帰れれば、よろしく伝えておく」

その日からは二人が前を行く形になり、ぼくに聞かれず言葉を交わせるぐらいの距離ができた。残りの旅路は、とても丈夫ながら駆けると乗り心地の悪いラバに乗った。この街に着くまであと数日というとき、また「馬泥棒」のせいで歩かされるはめになった。そして昨日、護衛にだいぶ置いていかれながらぼんやり歩いていると、複数の人間に摑まれ財布を奪われるのを感じ、相手は走り去っていった。と同時に、別の男がこちらにやってくるのが見えた。ぼくは身を護るべく、石を二個つかんだ。だが男はそのまま走り過ぎていった。泥棒どもがこの男を恐れて銃をぶっ放しているのに気づいた。これは恥ずかしかった。ぼくだって銃をぶっ放してもよかった。だがそうしたら、三人まとめて追いかけ回すはめになっただろう。宣教師（この人がスペイン大使だ）の家に着くと、ぼくの仲間がぼくのことを探している、というのもぼくが見つからなければ通行許可証もお金もないからだ、そう彼に言われた。

黄色のベッドカバーを眺めながらこんなことを思い出し、やがて眠りに落ちた。ほどなくして、ががやがやと声がするのに目が覚めた。小径の方からだった。窓を閉めに起き上がると、市《いち》をやっているのが見えた。そこに出ているものをとっくり眺めると、一巡りしてから鉢植えを買おうと思い立った。その葉っぱはレースでできているようで、平べったかった。売ってくれるのにずいぶんと時間がかかり、ぼくは人混みの押し合いへし合いぶりとあれやこれやの喧嘩騒ぎに不安を覚えた。隣に青い服を着た男がいて、ぼくはそのスーツが自分のもので、自分はそのうちあの男になってしまうんじゃないか、そんな恐怖めいた感覚にとらわれた。ようやく、鉢植えを頭に載せて脱出した。鉢植えを護るのに一苦労だった。片方の手で鉢植えをつかみ、反対の手で腰の財布を握りしめた。一人の女の子が、腕を高く上げた方の脇をくすぐろうとした。ぼくはテーブルの上、燭台の近くに鉢植えを据え、また横になった。目を覚ますと、食事と葡萄酒の時間になっていた。今や食堂は人と騒音でごった返していた。ほとんどのテーブルは四方とも埋まっていて、いずれも三又の燭台が置かれ、三本のろうそくがともっていた。ろうそくの光は、頭からさほど上でもないあたりに伸びていた。みんなろうそくの近くで食事をとっていて、まるで光を食べているようだった。ぼくは、かがり火を囲む人が少なめで焔もより穏やかな場所に行った。一人の老人の正面に腰掛けた。その隣では六歳ぐらいの少年が食事していて、かわいそうに、眠りこけないよう必死だった。ときどきぐらつくたび、倒れやしないか冷や汗ものだった。祖父の方はそれをにこにこ眺めながら、ぼくに話しかけてきた。だがぼくは彼に、イタリア語はわからないのだと説明できずにいた。修道女たちが歩き回ったり給仕するたびに、光が遮られた。だがぼくのところには誰もこなかった。老人は少年のグラスに葡萄酒を注いでぼくに勧めた。眠りこけてしまい、何も気づかなかったのだ。とはいえ一度、ぼくが葡萄酒を注ごうとすると、グラスに口をつけている姿が目に入った。別に何か飲み込んでいる風でもなかったが、わずかに残る注意力を、グラス片手にずっとぐらぐら踏ん張るのに費やしているようだった。ぼくの食事を運んできた修道女が彼の腕に触れ、葡萄酒がこぼれたとき、ややしゃきんとなった。二人して帰るとき、老人は席を立つのもやっとで、ろうそくの焔でその白髪が少し焦げてしまった。ぼくの部屋のろうそくは、まるで合図を送るかのような動きをしていて、床一面が、継ぎはぎの板も含め、影の動きに合わせてうねうね曲がりくねった。すぐにぼくは、吹く風が窓を叩く音に目を覚ました。ろうそくの光が必死に揺れ、ろうそくから離れたがっていた。ついさっきまで見ていた夢のなかでも、風が吹いていた。唯一覚えているのは、木が一本根元から引っこ抜かれ、ぼくの近くを過ぎる際に枝でぼくの頭をはたいたことだ。木は上機嫌で口笛を吹いていて、ぼくは木がこんなことを考えているのを知っていた。「風まかせ、風まかせ」……もう光はさっきよりも落ち着いて、壁に映る鉢植えの影を揺らすこともほとんどなかった。だが――その平べったく微動だにしないレースの葉っぱをした鉢植えは、それよりも鏡に自分の姿を映してみたかったのだろう。目を閉じるとぼくは、ルクレツィアの目に出くわした。あの青色が、瞼とこすれたせいですり減ったようだった。するとろうそくの光が邪魔に感じられ、起き上がってろうそくを消した。

暗闇のなかで目は閉じてくれず、ぼくは目にまつわるいろんな話を思い出した。遠い未来、ぼくが生まれた世紀のこと、自分の片目を掃除する女中がいた。ガラス製の目だったが、それが手のあいだからこぼれ落ちた。目が割れ、彼女は泣いていた。そこでぼくは思った。「今、片目だけで泣いてるんだな」。ぼくは過去の時代、一対の飛び出た目に出会った日へと戻る。小径を歩いていたぼくは、立ち止まって壁に殴り書きされた大小さまざまなサイズの文字を見つめた。それから振り返ると、背後に開いたドアがあって、部屋の奥に一人の男が座っているのが見えたのだった。男の目にはどこか恐ろしいものがあった。だがぼくにはそれが、穴ぼことなった眼窩なのか肉が盛り上がっているのか区別がつかなかった。足元に犬が一匹寝そべっていて、男は杖に手をもたせかけていた。微笑んでいるように見えたが、その瞬間彼は立ち上がって犬を蹴り飛ばし、腕に杖を引っ掛けると、こちらに向かいながら、半分になった胡桃《くるみ》の殻を目から取り出そうとしていた。彼の目は青かった。何やらぼくには理解できないことを説明してくれた。胡桃の殻の中央の二つの小さな穴を指して、そこからものを眺めると焦点が合って何だかの欠陥が矯正されるのだと教えてくれた。それから思い出したのは、ルクレツィアの義理の兄弟の一人、彼女の従姉妹に恋した男のことだった。その従姉妹は、彼なんてその兄（ルクレツィアの別の義理の兄弟）の片目ほどの価値もない、そう言って彼を拒絶したのだった。そこで彼は恨み骨髄、兄の両目をくり抜こうとしたのだ。だが片目しかえぐり出すことができなかった。その後ルクレツィアの夫——三人目の兄弟——がその怒れる男に手ひどい鞭打ちを与えたせいで、片目を潰してしまった。そうして二人の片目の兄弟が誕生したというわけだ。突然ぼくはまたしてもルクレツィアの目に出くわしたが、その目は塩辛い涙になすすべもない様子だった。その青色は涙に洗われるがままだった。しまいにあの目は、ぼくが朝のあいだこすった床面ほどにも擦り切れていた。まだ眠りに落ちる前、彼女の目がまるでばねでもついているかのように見え、一人の女教師がこう言うのが聞こえた。「目は、二つで一つの体の部位としては唯一、同時に回転するものです」

翌朝、目を覚ますやいなや、朝に包まれる鉢植えの姿が見えた。洗面所のある部屋の隅へ顔を洗いに行くと、鉢植えが鏡に自分の姿を映しているのが目に入った。ドアを開けようと思うまでぼくは、タオルを手にベッドに腰掛けたままずいぶんと時間を過ごしたに違いない。窓の鉄格子へと鉢植えを運ぼうと両手いっぱいに鉢を抱えながら、こんな言葉が脳裏に浮かんだ。「かわいそうに、こんな尻軽でこんなに可愛がられて！」すでに窓に椅子を近づけ正面の緑がかった壁に目を向けていたとき、一匹の白黒の猫が部屋に入ってきた。耳に二つ穴が開いていて、そこに汚れた緑のリボンがしなだれかかって結ばれていた。ぼくは猫を撫でると鉢植えの隣に置いてやり、今自分はイタリアにいるのだと考えた。ときどきやさしい風が吹き、鉢植えが葉を揺らした。同時に猫も顔を洗い、しおれたリボンを動かした。ぼくはあの二つの生物に、かいがいしく愛情を寄せはじめていた。

午後になって、ルクレツィアがぼくを呼びに人を寄こしてきた。彼女の服はあまりにゆったりしていて、腰掛けている家具がまったく見えなかった。ややいたずらっぽい厳かさを湛えながら、周りを囲む修道女たちを眺めていた。だが彼女は、両の眉毛を釣り上げ、目をかっと見開いてぼくにこう訊いた。

「長旅でいらして？」

ぼくが馬泥棒のことを語り聞かせると、みんな笑った。ラバが駆けるときの乗り心地の悪さを話すと、ルクレツィアはわずかに頭を動かした。はじめは同意しているように、そのあとはラバの駆ける様子に思いを馳せているように見えた。財布泥棒の件ではみんなはじめこそ気の毒がっていたが、しまいには笑いに包まれた。だが突然、ルクレツィアが顔面蒼白の深刻な表情になった。何かしぐさをするかのように片手を掲げた。修道女たちははらはらして彼女の方へ直った。だが彼女は修道女たちに微笑みかけて落ち着かせると、それからぼくに言った。

「今度スペインで出るというそれらの本がどんなものか、私についてどんなことを言っているのか、すごく気になります」

ぼくが急いで息を吸うと、彼女が話をうながした。

「私が命じられたのは貴女様の話を書くこと、こちらの修道院で貴女様のお姿を拝したことが伝わるようなもの……それからこのご親切な対応の数々も……」

うまい言葉が見つからなかった。だが彼女はにっこり微笑むと首を傾げ、出し抜けにこう言った。

「毒を盛られるのが怖くはなくて?」

ぼくたちはしばしのあいだしんとなったが、すぐさま笑った。そこでぼくは言った。

「私の信頼は……」

ぼくがまたつっかえると、彼女が返した。

「貴方が此処の葡萄酒をすっかり信頼してお召し上がりなのは存じております」

またしても笑い声。

そんな話まで届いていると知り、ぼくは恥じ入った。だがすぐさま心が打ち解け、落ち着きを取り戻すとすぐに説明に入った。

「この国におりますと、空気が薄いような心地がしまして。ですが葡萄酒を飲むと呼吸が楽になるのです」

するとルクレツィアが修道女の一人に向き直り、大げさなまでに沈痛な面持ちで言った。

「この方、空気並みに葡萄酒がご入り用ですって」

笑い声がさらに大きくなり、ぼくの恥ずかしさもますますふくらんだ。だがそれも、彼女のこんな言葉に吹き飛んだ。

「詩人の目をしてらっしゃるのね！……暗闇でも見える猫の目……」

最後の言葉は忘我の極地で発したような感じで、その間ゆっくりと笑顔は消え、眉が下がっていった。それから彼女は立ち上がり、ぼくは辞去した。

その晩、何度か目を覚ましたうちのあるとき、あの言葉が耳によみがえった。「詩人の目をしてらっしゃるのね」。そしてルクレツィアが顔面蒼白になって手で何かしぐさを描きだした瞬間のことを思い出したぼくは、あれは何か予想外の動きをして、拘束衣が肉に食い込みすぎたのだろうと思った。

翌朝、再び窓辺で鉢植えと猫と集った。ぼくはルクレツィアの仕事で来たというのに、日中は彼らと過ごしていた。しかもそこに、怒りんぼの少女が割り込んできた。年は十歳ぐらいで、何かにつけ「ああ」と言い、もう大人のイタリア人のなめらかな発音を身につけていた。ぼくは財布に駆け寄り、彼女に硬貨を一枚やった。彼女はそれを床に投げつけ、硬貨はベッドの下へ転がった。ぶつぶつ言いながら彼女は窓辺に向かうと、猫をつかんだ。もう部屋を出るというとき、落ち着いたのを見計らって、ぼくはもう一枚硬貨を差し出した。彼女は受け取ると猫を床に置き、さっきベッドの下に落ちた一枚を探した。それから猫を残して立ち去ると、すぐにミルクの入った器を持って戻ってきた。朝が過ぎると彼女は猫を連れて去り、ぼくは鉢植えと残った。だが夕方になって散歩に出かけ、汚れに汚れた赤のカーテンが玄関にかかる一件のあばら家の脇を通ったとき、家の前に少女がいるのが見えた。地面に座っていて、足のあいだにたらいを置き、水遊びをしていた。独り言をしゃべっていた。そして両手から滴る水のしずくを、まるで宝石でもあるかのように眺めていた。ぼくを見るや挨拶もせず家に逃げ込んだが、すぐにニコニコ母親の手を引っ張ってやってきた。母親は長身で、紫のガウンのような服が豊満な肉を押さえつけていた。顔にかかる髪を払いながら、愛想よくしようと努めていた。だが娘がたらいに足を突っ込むと、その頭をはたいた。ぼくが財布を取り出そうとしていると少女が泣きながら、ちょうどあげようとしていた硬貨を取りにやってきた。そのとき、汚れたカーテンのあいだから、一人の兵士が出てきた。口ひげを上に反らし、親切そうな目つきをしていた。ぼくは少女の手を取ると、残る二人にサインでもって――指を一本立て、鍋をかき回すようにした――、ちょっと彼女と一回りしてくると告げた。母親がうなずくと、ぼくたちは石のわんさか落ちている方へ歩きだした。やがて彼女はぼくにもっと大きな石を投げてとねだり、石が大きくジャンプすると喜んでいた。すぐにぼくがくたくたで汗だくになったので、二人して帰った。するとカーテンのあいだから兵士が出てきた。だが制服は着ておらず、口ひげも垂れ下がっていて、不機嫌だった。ぼくは少女を返し、すぐにおいとました。翌日も寄ったが、少女は遊ぼうとしなかった——手が熱く、顔も真っ赤だった——。母親に何か言われたが、よくわからなかった。それから兵士が制服姿で出てきたが、すぐさま制服姿でないまったく同じ兵士が現れ、ぼくは仰天した。まるで分身だった。兄弟かもしれないなんて考えは、微塵も浮かばなかった。兵士はスペインに行ったことがあり、少しスペイン語が話せた。そしてぼくに、少女は具合が悪いのでこれから瀉血《しやけつ》をするのだと言った。その晩ぼくは、以前羽飾りにくすぐられて手を引っ込めた例の修道女と言葉を交わし、あるやせっぽちの女の子に瀉血をすることになっている、いい医者を紹介できないか、と話した。彼女は両手を上げ、こう答えた。

「ともかく、何よりもまず、瀉血が必要です。その子のなかに悪魔が棲んでいるなら、赤い血とともども出て行きますから」

そのあと横になり、ろうそくの炎が黄色のベッドカバーを見つめるようになるとぼくは、あの医者どもと闘うのは厄介だなと考えた。「しかしお宅、なんの権限があってそんなことを……？」なんて言われそうだ。自分が二十世紀から来たなんて告げる考えは微塵もなかった。それにもし向こうがぼくのかつての未来の人生について飲み込めたところで、ぼくが自分の世紀について説明できようか？ぼくは何度も、その当時自分が利用したものすべて、それに関する自分の乏しい知識について思いを馳せた。今このルネサンスで、ぼくはアスピリンすら作るすべを知らない。

次の日の午後、少女が危篤だと知らされた。夜になって戻ると母親が泣きじゃくっていて、ときおり嗚咽《おえつ》の合間に歌を聞かせてやっていた。ぼくはさすがにお邪魔する気にもなれぬまま、半開きのカーテンからそのドレスが見える夫人のものと思しいきつい香水の匂いを感じていた。

あれはルクレツィアじゃないかとすら思った。だがそのときカーテンの穴越しに一個の巨大な目が現れ、それから毛深い耳が動いてこちらを指すのが見えた。一行が乗って来たラバのうちの一匹で、香り付けに膏薬を塗ってあったのだ。兵士がぼくの肩に手を置き、中に通してくれた。少女の枕元には、一本だけろうそくが立てられてあった。母親の後方では女たちがロザリオを手に、円を描くようにひざまずいていた。兵士兄弟は泣いていなかった。だがぼくは耐えられないだろうと思い、ぽつんと建った半壊の壁のもとへ行った。ハンカチを取り出したが、泣くまでには至らなかった。兵士が月明かりの下、ほど近くの山を指し示した。ふもとに一本、谷を囲むように道が伸びていた。あそこに少女を埋葬するのだという。

翌日、手のずんぐりした修道女が部屋までやってきた。びんを一本持参していて、こう言った。

「ルクレツィア様より、空気が足らなくならないようにとのことでこちらの葡萄酒をお持ちしました。ご安心してお召し上がりなさいませとのことです」

少女の墓参りに行こう、とぼくは考えていた。今したがたボトルを目にすると、食べ物も持って行って一日の残りは谷で過ごすのもありだな、そんな考えが浮かんだ。ほどなくしてもうぼくは包みを手に、反対側の腕には生後数カ月の女の子を抱えるみたいにボトルをもたせかけ、体にぴったりと寄せながら歩いていた。道はぬかるんでいてほこりっぽく、ぼくはこんなことを思った。「葡萄酒なしであそこに行こうと思えたろうか？　あるいはボトルを開けず墓に供えようと？　これは谷でひとり楽しく一杯やりたいがための言い訳なんじゃないか？」もう谷に着こうかというとき、何人かの男の姿が見えた。身を隠しているのだろう、財布を盗られたときと同じはめになるんじゃないか、そんな気がした。そこでぼくは踵《きびす》を返した。包みもボトルもそのままに早足で戻らなければならないのが屈辱だった。だがすぐにラバに乗った兵士の姿が目に入ったので、少女の墓まで一緒に来てくれるようお願いした。ぼくたちが谷に着くと、人っ子一人いなかった。ぼく一人だったら、墓を見つけるのは一仕事だったろう。墓は、明るい緑色の樹冠をした大きな木の下にあった。掘り返したばかりの黒い土が、揺りかごを思わせる囲いの白い柵に囲まれていた。十字架が少し前方に傾いていて、まるで下を見つめているようだった。兵士はぼくから数メートル離れたところで、ラバから降りずにいた。ぼくは具合が悪くなってきた。地面を向いていたのだが、兵士がこちらを見ていると思うと何をしたらいいかわからなかった。少女を弔うための儀式が何も思い浮かばなかった。大地に葡萄酒を振りまいてやりたい気持ちだった。だが兵士がどう思うか。食事する気にもなれなかった。だが包みは置いたままにしておけなかった。犬がめちゃめちゃにして、墓が穢されかねない。それよりも翌日、猫と鉢植えを持ってこよう。

帰り道の大半をかけて、兵士が包みの中身を平らげ、葡萄酒も飲み干した。当初、彼が食べはじめたとたん、ぼくも大いに食欲をそそられた。だがすでにあげてしまったものを少しばかり頂戴するのもどうかと思った。やがてつらつら物思いにふけると、少女のことをいろいろ思い出すことができた。だが突然目を覚まされた。兵士がボトルを足元の石にぶつけて割ったのだ。それから彼が、まだ口をもぐもぐさせたまま、こう言った。

「あれが私の娘だったのか姪だったのか、結局わからずじまいでした」

ぼくは道を行きながら、啞然とした。今しがた聞いた話を飲み込むあいだ、石だらけの道を歩くラバの姿を眺め、元の時代で見た、キャバレーから出てくる一人の女を思い出していた。兵士のもとまで走り寄り、訊いてみた。

「ご兄弟は何と?」

彼がぼくを見つめるあいだ、その鉤鼻がラバの歩くのに合わせて上下した。そしてこう答えた。

「同じ意見です」

夕暮れ時だった。空腹だったので、ぼくは古い居酒屋に入った。灯りは乏しく、正面の席にアヒル売りが座った。彼は持っていたつがいを床に置いた。アヒルたちは脚を繋がれていたが、何かと羽ばたいて立ち位置を変えていた。何杯か飲んだのち、ぼくはルクレツィアのことを考え、ぼくの目について彼女が言ったことを思い出して悦びを覚えた。そしてまた、顔面蒼白になったあのときはきっと拘束衣が白い肉に食い込んだからに違いないと思ったのだった。

最後のボトルを空けたときは、アヒル売りも帰ってからだいぶ経っていた。ぼくは月明かりに照らされたいろんなものに囲まれながら歩いた。湖の近くの石の場所までたどり着くと、安楽椅子に腰掛けるようにしてその上に座った。

夜は、ぼくがその中に入り込むのを許してくれていた。だが、夜を愛でていたというのは正確でない。はじめのうちアヒルにつまづいてばかりだったびっこのボーイが運んできた食事と葡萄酒が、まだ腹でこなれていなかった。だがそれもどうでもよかった。ともかく夜は冷淡で、死体じみていた。月を眺めると、初めてそれを望遠鏡で見たのは元の世紀、もう四十を越えたころだったのが思い出された。あの白い、墓場のような風景の中に大きな山々の影を認めると、ぼくの血は凍りついた。自分が地球のものでない風景を愛でるなんてことが想像もつかず、そんな大それた真似をすれば狂気という代償が待っているに違いないと思った。今度は湖に目が留まって不意を打たれ、石を投げてみることにした。近くにある黒っぽい三角の石を拾うと、突然石が飛び跳ねた。それがヒキガエルだと気づく前に、「石」は跳ね続けて水際にたどり着いた。

寝転がってからぼくは、頭が少女のことで一杯なのを感じた。そして、一晩じゅう降り続く穏やかな雨のように泣きだした。だが少女のことだけで泣いたのではない。山のこと、月のことでさえ泣いた。ぼくは左側を下に横たわっていて、右目から出た涙が鼻梁で向きを変え枕に落ちた。冷えて左頬に達する流れもあった。ろくに眠れなかった。目が覚めるとまた泣いた。突然、泣き続けるためにもっといろんなことを思い出そうとしている自分に気づいた。そこで泣き止んだ。

　翌朝目が覚めると、少女の墓に猫と鉢植えを持って行く約束を思い出した。だがその瞬間からそんな考えが耐えがたくなり、今すぐここを立ち去ろうと決意した。本日でおいとまします、ルクレツィア様にもお伝えくださいと修道女に告げた。彼女は二時間ほどしてから人を寄こしてぼくを探し出し、なぜ去るのか尋ねた。ぼくは答えた。

「貴女様のご厚意に甘えるのが忍びないのです」

　彼女はぼくを見つめながら、「厚意に甘えるだの葡萄酒だの、何も考えちゃいないくせに」とでも言いたげな微笑みを浮かべていた。だが実際口にした言葉はこうだ。

「嘘おっしゃい！　あの子が死んで錯乱なさったんでしょう」

　ぼくは驚いた。すると彼女はぼくに封筒を渡し、こう付け加えた。

「スペイン宛です。通行許可証代わりになるでしょう」

　それから、足元にあったふち取りのある青い袋をくれた。お金だった。ぼくは尋常でない喜びに襲われた。もうそれ以上待ちきれず、いとまを告げるが早いか、もらった金の姿を拝みたい、額を数えたいとの思いで部屋に駆け込んだ。しかも、その硬貨から何がしかルクレツィアのことを感じ取れるのではという期待感を覚え、触ってみることで何らかの秘密に出会えると思ったのだ。部屋のドアを開けると、猫が入ってきた。ひどく不快な気持ちになったが黄色のベッドカバーに袋の中身をぶちまけ、猫を払いのけようとした。猫がベッドの下に潜り込んだので、ぼくは硬貨に手を伸ばすことにした。一枚が床に落ち、猫がそのあとを追いかけた。猫から硬貨を取り上げたがまた落としてしまい、硬貨はベッドの下、かつて少女がこれとは別のあの硬貨を投げ捨てた場所をぐるぐる巡った。ぼくはすべてを忘れ去らなければならなかったが、それはまるで罪のない一家全員を皆殺しにするようなものだった。硬貨を拾ってベッドの下から出たとたんテーブルにつまずき、鉢植えが揺れた。だがどうでもよかった。硬貨をかき集め、駆け足で外に出た。

初日と同じ修道女が付き添ってくれた。あのときと同じ中庭と廊下をすべて通過しきらないうちから、ぼくの喜びは根こそぎ失われていた。それからぼくたちは階段を降りた。ぼくは道中の危険のことを考え、引き返したい気分になった。だがルクレツィアに書状もお金も返すなんて、できっこなかった。それに、ぼくの無垢な存在たちと向き合うのが嫌だった。彼らを裏切ったことで受けるだろうあらゆる報いのことがふたたび頭をよぎったのは確かだとしても。だがすぐに、道中の心配が頭に戻ってきた。新品の財布は重かった。大扉にたどり着くと修道女が目線を上げ、ぼくに微笑んだ。ぼくはその好意を理解できぬまま呆けたような笑顔を返した。頭はすでに道中のことで一杯だったのだ。鉄の大扉の立てる騒音が、耳をつんざいた。

水に沈む家

あの日々のことでいつも思い出すのは、草木の植えられた小島の周りをボートで幾度も巡ったことだ。草木はしょっちゅう植え替えられていた。でもあそこでは、草木は居心地悪そうにしていた。ぼくはマルガリータ夫人の巨体の後ろに隠れるような格好でボートを漕いだ。彼女は島に長いこと目を凝らすと、ぼくに何か言葉をかけることもあった。でもそれは、約束してくれた話ではなかった。ただ草木について語るのみで、そして草木のあいだに別の思いを隠そうとしているかのようだった。ぼくは望みをかけるのにもいいかげん疲れ果て、まるでいつも同じ滴《しずく》を数えるのにうんざりした手のようなオールを持ち上げたものだ。けれども、ひとたび島の周りを巡ればまた、そんな疲れはうわべだけ、実は少しばかり幸せ混じりでもあると気づくことになるのはわかっていた。そこでぼくは観念して、痛む手にむち打って懸命に漕ぐことで滑るように進んでいく、こちらに背を向けたあのほとんど物言わぬ世界から、言葉がやってくるのを待つのだった。

　ある日の夕方、もう夜だというころ、ぼくは、マルガリータ夫人の夫はあの島に埋葬されているのではないかと考えた。だから彼女はぼくにあの周りを何度も巡らせ、夜は夜で——月が出ていればの話だが——ぼくを呼び出し、ふたたび周りを巡るのだ。でも夫があの島にいるはずがなかった。アルシデス——マルガリータ夫人の姪の恋人——から聞いた話では、彼女が夫を失ったのはスイスのとある断崖でのことだ。さらに、あの水に沈む家に着いた夜、船頭が語ってくれたことも思い出した。彼がゆっくりと漕ぎ進むあいだぼくたちは、一本の路地ほどの道幅で、玉房のような実のなるプラタナスの木にふちどられた〈水の並木道〉を進んでいた。いろいろと話を聞く中でぼくは、彼が人夫と二人がかりで中庭の噴水を土で埋め立て、そうして島になるようにしたのだと教えてもらったのだ。しかも、マルガリータ夫人が頭を動かす様子が——午後になると彼女の視線は、本から島へ、島から本へと向かうのだった——草木の下に潜んでいるはずの死者と関連しているようには思えなかった。それでも、一度彼女を正面から見たとき、その眼鏡の分厚いレンズは目から本心を悟られまいとするためという印象を受けたし、小島と中庭を覆う大きなガラスの円屋根は、まるで死者を安置する沈黙を封じ込めるためにあると思えたのも確かだ。

　それからぼくは、あの女《ひと》がガラスのドームをしつらえさせたわけではない、と思い出した。あの屋敷が人間のようにさまざまな任務をこなしてきたのを知って、楽しかった。はじめは別荘。それから天文学研究所。だがアメリカに発注した望遠鏡がドイツ軍によって海の底に沈められてしまったので、中庭は温室に作り替えられた。そして最後、マルガリータ夫人がこの家を買い取り、水を張ったのだ。

今、二人で島の周りを巡りながら、ぼくはこの夫人をいろんな疑念で包み込んでいたものの、どれ一つとしてしっくりこなかった。けれども一糸まとわぬ単純さに囲まれた彼女の巨体を見ていると、何か暗い過去を抱えているのだろうと想像を巡らせずにいられなかった。象が眠っているようなその姿は沈黙に覆われ、ときおり彼女は奇妙な、かすれたため息のような咳払いをするのだった。

ぼくは彼女を好きになりはじめていた。というのも、突然ぼくを極貧状態からあの贅沢暮らしへと引き上げてくれてからというもの、ぼくはきわめて平穏な生活を送っていたし、しかも彼女は——ちょうど白い雌象が旅人に背を貸すように——こちらがあれこれ楽しいでたらめを思い描くのに、ただただ身を貸してくれたのだ。しかも彼女は、こちらの人生については何も訊ねることなく、でも顔を合わせた瞬間、飛んでいってしまうのではというほどに眉を吊り上げ、眼鏡の奥から目で「どうしたの、ぼく?」とでも言ってくれているかのようだった。

だからこそぼくは、勘違いして彼女に友情を感じるようになっていったのだ。今こうして記憶に身を任せると、まっさきにこの第一のマルガリータ夫人が浮かんでくる。というのも、ぼくにその身の上を語ってくれたとき判明した、第二の、真のマルガリータ夫人には、奇妙に人を寄せ付けないところがあったからだ。

でも今は頑張って、この物語を本当の始まりから始めねば、思い出たちの好みに足を止めすぎないようにせねばならない。

ぼくが弱りはてていたある日、ブエノスアイレスでアルシデスとばったり会ったところ、彼がとある結婚式に誘ってくれ、たらふくご馳走になった。式の最中、彼はぼくに仕事をあてがってやろうと思いつき、笑いに息を詰まらせながら、ぼくを援助してくれそうな「うわの空だが気前のいい女」の話をしてくれた。そして最後に教えてくれたのが、あるセビージャの建築家が砂漠の渇きを癒そうとしたアラブ人のため邸宅に水を張ったのと同じ仕組みを利用して、彼女が家に水を張らせたということだった。そのあとアルシデスは恋人と連れ立ってマルガリータ夫人の家へ赴き、ぼくの著作についてやたらと吹き込んだあげく、最後にぼくのことを「信頼できる夢遊病者」だと述べた。彼女はただちに、お金の形で援助しましょうと申し出た。ぼくが舟の漕ぎ方を心得ているのなら、来年の夏、水に沈む家にお招きしますというわけだ。どういうわけか、アルシデスは全然連れて行ってくれなかった。やがて彼女は病にかかった。その夏二人は、マルガリータ夫人が全快してもいないのに水に沈む家に行ったので、最初の数日は水なしで過ごした。だが水が張られると、ぼくが呼ばれることになった。列車に乗って田舎の小さな町に着くと、そこから車で屋敷に向かった。辺りは荒涼とした土地に見えたが、夜になってみるとぼくは、この暗闇のなかにはひそかに木が生い茂っているのではないかと考えた。運転手は、運河、つまり〈水の並木道〉の始まる船着き場にぼくとスーツケースを残し、プラタナスに吊り下がった鐘を鳴らした。けれどもすでにその前から、ボートの青白い光が家から分離して、こちらに向かってきていた。灯りのともった円屋根と、その横に円屋根と同じぐらいの丈の黒い怪物が見えた。（これは貯水タンクだった。）灯火の下、緑がかったボートに乗って白い服に身を包んだ男がやってきて、着く前から話しかけてきた。男は道中ずっと喋りっぱなしだった（土で噴水を埋め立てた話をしてくれたのは、この男だ）。とつぜん、円屋根の灯りが消えるのが見えた。そのとき船頭が言った。「奥様は、紙を捨てるのも水の床が汚れるのもお嫌いでして。食堂からご寝室まではドアが一枚もないのですが、ある朝早くに目をお覚ましになると、食堂からうちの女房が落っことしたパンが漂ってくるのをご覧になったんです。たいそうお怒りになって女房に、一刻も早く出て行ってちょうだい、パンが浮かんでいるのを見るほどこの世で汚らわしいことはないわ、なんておっしゃいましてね」

家の正面は蔓で覆われていた。黄色がかった灯りのともる広い玄関に着くと、そこから水を張った大きな中庭と島がちらりとのぞいた。水は閉め切った扉の下から左の部屋へと入り込んでいた。船頭は右の歩道に備え付けられた大きなヒキガエルの銅像にボートの綱をゆわえつけ、ぼくたちはスーツケース片手に補強セメントの階段までたどり着いた。二階には調理場の煙に消えゆくショーウィンドーの立ち並ぶ廊下があって、そこから束ねた髪に花を差した肉付きのよい女の人が出てきた。スペイン人らしかった。その女の話では、奥様は翌日お見えになります、でも今夜お電話なさるでしょう、とのことだった。

ぼくの部屋の家具はどれも暗色で大きかったが、部屋の真ん中にぶら下がったつや消ししていない裸電球にまぶしく照らされた白い壁に囲まれて、居心地悪そうだった。例のスペイン女がスーツケースを持ち上げたが、その重量にびっくりした。そこで女に、本が入っているんだよと教えてやった。すると向こうは「ああも本を読みすぎた」せいで夫人がどれだけ健康を害したか、「とうとう耳まで遠くなって、でも大声で話しかけられるのは嫌なんですって」と教えてくれた。ここでぼくは、何か灯りを嫌がるようなしぐさをしたに違いない。

「あなたも光は苦手？　あの方と同じですわね」

ぼくはテーブルランプをつけにいった。緑のシェードがかぶさっていて、いい具合の影ができそうだと思った。灯りをつける瞬間、ランプのすぐ後ろにある電話が鳴り、スペイン女が出た。何度も「はい」と返事するたび、小さな白い花がリボンの髪飾りの動きに合わせて揺れていた。そのあと、口をついて出かかった言葉を、言い出しの音だけで、あるいはシッと口をつぐむようにして止めた。そして受話器を置くとため息をつき、何も言わずに部屋を出ていった。

ぼくは食事をとり、おいしい葡萄酒を飲んだ。スペイン女が話しかけてきたが、ぼくはこの家で自分がどうなるか心配で、たるんだ床板の上の家具みたいにうなずいて答えるのがやっとだった。ぼくのタバコの煙が充満する明かりのなか、コーヒーカップを下げるとき、彼女はふたたび、奥様から電話が参りますのでと言った。ぼくは受話器を見つめながらベルが鳴るのをずっと待ったが、思いもよらない瞬間にベルが鳴った。マルガリータ夫人はぼくの旅のことや、疲れていないかどうかを、心地よいか細い声で尋ねた。ぼくははきはきと、一語一語区切りながら答えた。

「普通にお話しくださって結構ですのよ」と彼女は言った。「なぜマリア（スペイン女のことだ）には耳が遠くなったなどと言ってあるのか、じきにご説明いたします。あなたはお客様ですから、この家ではゆっくりお寛《くつろ》ぎください。ただ、わたしの乗るボートを漕いで、わたしの話に付き合ってくださいますよう。こちらからは、お口座に毎月の給金を振り込ませていただきます。お役に立てれば何よりです。あなたのお書きになった短篇は、発表のつど拝読させていただいております。アルシデスとは、意見が食い違うのが怖くてその話は避けてきたのです。人の意見に惑わされやすいものですから。でもそのことについては、いずれまたお話ししましょう……」

ぼくはすっかり虜になってしまった。明日の朝六時に電話で起こしてもらえないかと言ってしまったほどだ。その最初の夜、水に沈んだ家で、ぼくはマルガリータ夫人が一体どんな話をするのか気になって、妙に精神が昂ぶって寝つけなかった。いつ眠りについたのか定かでない。朝の六時、ベルがかすかに鳴ると、ぼくはまるで虫にでも噛まれたようにベッドの中で飛び起きた。じっと、もう一度ベルが鳴るのを待った。鳴った。受話器を取った。「もうお目覚め？」

「はい」

何時に会うかを決めてから夫人は、パジャマのまま降りてきてください、私は階段の下でお待ちしていますから、と言った。その瞬間ぼくは、ちょっとした自由時間を与えられた使用人のような気分だった。

昨夜、暗闇には鬱蒼と木々が生い茂っているような気がしていたので、今、窓を開けてみると、木々は夜明けとともにどこかへ消え去ってしまったのではないかと思った。ただ澄んだ空気のなかに巨大な平原が広がるばかりだった。木といえば、運河の脇のプラタナス以外見あたらない。そよ風が木の葉の輝きを揺らし、と同時に樹冠がひそかに触れ合って、〈水の並木道〉に身を乗り出していた。多分ここなら、またのんびり楽しく過ごしていけそうだ。ぼくはこの新しい風景をまた後で眺めるのに取っておくみたいにして、用心深く窓を閉めた。

廊下の突き当たりに台所のドアが開いているのが見えたので、髭剃りのためのお湯をもらいにいくと、マリアが一人の若者にコーヒーを出していた。若者はうやうやしく「おはようございます」と挨拶した。彼が水の管理人で、モーターの話をしているところだった。スペイン女は微笑みながらぼくの腕をつかむと、すべてお部屋にお持ちしますからと言った。廊下を戻ると、階段――高くて急だった――のふもとにマルガリータ夫人の姿が見えた。ひどく太っていて、体はボートからはみ出しており、まるで深い切れ込みのある靴から太った足がはみ出すようなあんばいだった。頭をうつむけながら書類を読んでいて、巻いた三つ編みの髪が金の冠のように見えた。もっともそのあたりは、さっと一瞥したあとで思い出したことだ。じろじろ観察しているのを感づかれるのが嫌だったのだ。それからふたたび夫人の姿を認めるまで、ぼくは落ち着かなかった。ぼくが階段に足をかけるやいなや、夫人がまっすぐこちらを見つめてきて、ぼくは細い漏斗をどろりとした液体が通るときのように、やっとの思いで階段を降りるのだった。下に着くまでまだだいぶあったが、彼女が手を差し伸べた。そして口を開いた。「何だかお姿が想像と違って……いつもこうですの……お書きになった短篇とそのお顔が一致するまで、しばらくかかりそう……」

ぼくは、笑顔を作ることもできないまま、あぶみが邪魔な馬みたいに肯定のしぐさをした。そしてこう答えた。

「奥様のことをよく知って、どうなるか楽しみにしています」

ようやく彼女の手まで行き着いた。ぼくがオールのある席に、舳先を背にして座るまで、彼女はその手を離さなかった。マルガリータ夫人はあえぐような息遣いで体を揺すり、ぼくに背もたれをむける形で肘掛け椅子に座った。未婚の母親の救護施設のための予算を調べているので、しばらく話はできない、と言った。ぼくが漕ぎ、彼女が舵を取り、あとに残る航跡を二人で眺めた。そのときふと、自分はとんでもない馬鹿をやっているのではないかという思いにとらわれた。ぼくはボートの経験に乏しいうえ、夫人の体重がとてつもなかったのだ。夫人はその巨体のことも、ぼくのか弱い腕のこともそっちのけで、未婚の母の救護施設のことを考え続けていた。必死ゆえの不安のなか、ぼくの目はほとんど肘掛け椅子の背もたれにくっつかんばかりだった。椅子には暗色のニスが塗られており、また一面が蜂の巣のような網目状に編まれていて、六歳の頃祖父に連れられて行った床屋のことを思い出した。もっともこちらの網目には、マルガリータ夫人の白いバスローブとその肉が詰まっていた。夫人が言った。

「そんなに急がないで。すぐ疲れてしまいますよ」

オールを漕ぐ手を緩めると、幸福な真空状態に落ちていくようで、ぼくは初めて、夫人と水の静寂のなかを滑っていくような心地がした。それからまた、自分がオールを漕ぎだしたのにぼんやり気づいた。だがその間、ずいぶん時が経っていたに違いない。たぶん疲れのあまり目が覚めたのだろう。やがて彼女が手で、別れを告げるときのような合図をしたが、それは最寄りのヒキガエル像のところで止まるようにという意味だった。湖をぐるりと囲む歩道のいたるところに、ボートをつなぐためのブロンズのヒキガエル像が点々としつらえてあったのだ。ぼくには聞き取れない言葉をつぶやきながらやっとの思いで夫人は肘掛け椅子から体を起こし、歩道に降り立った。突然ぼくたちは立ち尽くしたような形になった。夫人が初めてあの妙な咳払いをしたのは、そのときだった。まるで喉に何かつかえているが、かといって飲み込むのも嫌という感じで、結果、しわがれたため息みたいな音がした。ぼくはボートの綱をゆわえつけたヒキガエルを眺めていたが、さらにヒキガエルがもう二匹といった風情でじっと動かない、彼女の両の足も目に入れていた。こんな諸々の出来事に接すると、マルガリータ夫人は今にも喋りだしそうな気がした。けれども、またあの妙な咳払いをする可能性もあった。もし彼女が咳払いをするか話しだすかしたら、ぼくは出だしの言葉を聞き逃さぬよう、肺に溜め込んだ息を吐き出そう。やがて待機の時間が長くなるとぼくは、人が寝ている部屋のドアを開けるようにして、息を漏らした。こんなに待たせるのは、彼女をじっと見ているようにとの合図なのか、見当がつかなかった。でも必要なだけじっとしていようと腹をくくった。またヒキガエルと足に出くわし、横目でそちらに注意を向けた。靴に閉じ込められた部分は小さかった。だがそこから白い足首とふくよかな足があふれんばかりに続いていて、まだ形も定まらない赤ん坊のように柔らかそうだった。あの足の上に何か巨大なものが乗っかっていると思うと、なんだか子供の見る幻想的な夢みたいな気がした。ぼくは咳払いの瞬間をあまりに長く待ちわびた。ぼんやりと何かに思いを馳せていたとき、夫人の最初の言葉が聞こえた。するとぼくは、巨大な水がめが静かに満たされ、今や時折小さな音を立てて水をあふれさせているような感じを覚えた。

「お話しすると約束いたしましたのに……今日は無理ね……考えごとが山ほどあって……」。〈山ほど〉という言葉を聞いたときぼくは、夫人には目を向けぬまま、その体の曲線を思い浮かべた。彼女はさらに続けた。「しかも、あなたのせいじゃありませんのに、考えていたお姿とこんなに違うのがどうも気になって」

夫人は目を細め、その顔に予期せぬ微笑みが浮かんだ。上唇が劇場の幕のように両脇に引かれ、きれいに並んだ大きな輝く歯が前に進み出た。

「それでもわたしは、あなたがありのままでいらしてくださって嬉しく思っています」

こんなことをぼくは、きっと挑発的な笑みを浮かべて言ったのに違いない。帽子に羽飾りをした一昔前の破廉恥漢にでもなったような気分がしたのだ。そこでぼくは、眼鏡の奥に隠れた夫人の緑色の目を探した。でもあのガラス製の、波立たぬ二つのちっぽけな湖の底では、両の瞼は閉じられていて、恥じらうかのように膨れていた。唇が再び歯を覆い隠すと、顔一面が、かつて中国の提灯で見たことのあるような赤みを帯びていった。どこか気まずい沈黙が流れ、ボートに乗ろうとする夫人の足がヒキガエルの像につまずいた。できることなら、ほんの少し時間を巻き戻して、すべて違う風にやり直したかった。ぼくの放った言葉からは品のない下心が丸見えで、苦々しい思いでいっぱいになった。島とガラス天井のあいだに広がる距離はとげとげしい空間と化し、物たちはぼくを拒絶するかのように顔を見合わせていた。これにはやりきれなかった、というのもぼくは、物たちを好きになりはじめていたからだ。だが突然マルガリータ夫人が口を開いた。

「階段のところで止めて、お部屋にお戻りください。のちほどたっぷりお話ししたくなると思います」

そこでぼくは湖面に反射する光を眺め、植込みを見るまでもなく、植込みは自分に味方してくれていると気づいた。そして上機嫌で、先史時代の動物の脊椎をよじ登る子供さながら、ほぼ真っ白の補強セメントの階段を登った。洋服だんすの真新しい木の匂いに包まれながら本の整理に本格的に取りかかったとき、電話が鳴った。

「ちょっと降りてきてくださいませんか。静かに何周かして、わたしが合図したら階段の脇に止まっていただいて、お部屋にお戻りになってください。それから二日経つまで一切お邪魔はいたしません」

万事が彼女の指定どおり進んだが、一瞬だけ島の近くを回る際、彼女は植込みを眺め、今にも喋りだしそうな様子だった。

そうして、月明かりのもと退屈を持て余し、植込みの下に埋められているであろう彼女の夫についてあれこれ憶測を巡らせながらいたずらに待つだけの、もやもやした日々の繰り返しが始まった。ぼくは人を理解するのが大の苦手だとわかっていたので、マルガリータ夫人のことを若干アルシデスやマリアの言い分どおりに考えてみようとした。だが、疑ぐってばかりでは面倒臭くなるだけなのも明らかだった。というわけで、自己流のエゴイズムに身を任せることにした。一緒にいるときは、彼女には話したいことを話してもらい、こちらの理解にすんなり収まるよう、善意を忘れず、さらには愛情も込めてのんびりと待つことにした。それがだめでも、彼女に魅せられながら近くで怠惰に暮らすあいだに、そんな理解がゆっくりと形作られ、彼女の人となりを取り囲んでいくことだってあるかもしれない。そして部屋に戻って読書に浸る際には、マルガリータ夫人のことは忘れて平原を眺めよう。そこから土地の光景を失敬して、夏の終わりに持ち帰るとしよう。

だが、起こったのはそれとは別のことだった。

ある朝、水の管理人がテーブルの上に青色の図面を広げていた。その目と指は壁と床下に埋め込まれたパイプを示す曲線をたどっていたが、その入り組んだ様はさながら壁と床を食い荒らす蛆虫だった。こちらの姿は目に入っていなかったが、そのぼさぼさの髪は人を不審がるかのように四方八方に突き出ていた。彼はようやく目を上げた。今眺めているのは図面ではなくぼくだと切り替えるのに手間どったが、やがて、どうやって機械がパイプを通じて屋敷の水を吸い上げては吐き出し、人工的に嵐を起こすか解説してくれた。ぼくはまだ、その嵐とやらに遭遇したことはなかった。交互に開閉し、一方で水を飲み込み他方で吐き出す取水口となるいくつもの鉄板の影を目にしたことがあるだけだ。理解困難な弁の組合せもいくつかあった。男はもう一度説明しようとした。だがマリアが入ってきた。「その捩じくれたパイプ、人に見せるなって言ったでしょう。奥様は腸《はらわた》みたいだって……去年みたいに、ここまでおいでになるかもしれないんだから……」。そしてぼくに向き直った。「後生ですから、この件に関しては口をつぐんでくださいませ。すでにお聞きかもしれませんが、今夜は〈お通夜〉がありますの。それはもう本当に、奥様がプディング容器にろうそくをお立てになってベッドの周りに浮かばせまして、そうしてご自分の〈お通夜〉みたいなお気持ちになられるんです。そのあと水を流すようお命じになって、プディング容器が流されていくようにいたしますの」

夜になってマリアの足音が聞こえ、水を出す銅鑼の合図とモーターの音が続いた。でもぼくはもううんざりしていて、何があっても驚くまいとしていた。

別のある晩、さんざん飲み食いしたあと、いつも彼女の後ろ姿にくっついてボートを漕いでいるなんてことが、支離滅裂な夢に思えた。ぼくは山の後ろに隠れていなければならないが、その山は同時に天体を思わせるような静けさで水の上を滑りゆく。それでもぼくは、〈山〉が動くのも自分がボートに乗せてやっているからだと考えては悦に入った。それから彼女が、島にボートを着けて静かに過ごしましょうと言った。その日の植込みは斜めに差したパラソルみたいな格好で、ガラスの天井から射し込む月の光を遮っていた。ぼくは暑さのせいで汗ばみ、木々が上からのしかかるようだった。水に飛び込もうかと思ったが、ボートが軽くなったとマルガリータ夫人に気づかれるだろうと思ってやめにした。頭が勝手に考えごとにふけり、暇を潰していた。「夫人の名前は体にぴったりだ。はじめの二音節はあの重そうな巨体に瓜二つだし、終わり二音節はあの小さな頭と顔立ちそのもの……嘘みたいな話だ、草原に広がる夜はどこまでも果てなく、ぼくたちはここで、大の大人が二人して、ぴったり寄り添いながら、お互い頭に浮かべるのは何やら馬鹿げたことばかり……もうきっと夜中の二時か……だのにぼくたちは無駄に起きていて、こんな枝に囲まれて疲労困憊……にしてもこの女《ひと》の孤独は、何と揺るぎないことか……」

そこで突然だしぬけに、枝のあいだからうなり声が聞こえ、ぼくは震え上がった。ようやくそれが夫人の咳払いだとわかると、さらに一言続いた。

「何もお訊きにならないで……」

ここで彼女は立ち止まった。ぼくは息が詰まり、昔オーケストラ仲間だったバンドネオン奏者が口にしそうな言葉が喉元まで出かかった。「誰も何も訊いちゃいないさ……それよりも眠らせておくれ……」

だが夫人がこう締めくくった。

「……まずはすべてお話しさせて」

ようやく、約束の言葉のお出ましのようだ――今このとき、なんて予想だにしなかった――。ぼくたちは枝の広がる下で静寂に締め付けられるようだったが、ボートを漕ぎ出す気にはなれなかった。ぼくはしばらく、胸中聞こえる、枕で押し殺されたような言葉で、マルガリータ夫人のことを考えた。「かわいそうに」ぼくは心中つぶやいた。「きっと人と言葉を交わさずにいられないんだろう。寂しいのにこの体でやっていくのは大変だろうな……」

彼女が喋りだすとその声が、まるでぼく自身が発音しているかのように自分の中に響く気がした。おそらくそのせいで今、彼女の言葉と自分の考えが混ざってしまうのだろう。しかも彼女の言葉をすべてかき集めるのは大変だし、ここでは自分の言葉を用いるほかないのだろう。

「四年前、スイスを出るとき、鉄道の騒音が耐えられませんでした。そこでイタリアの小さな街に立ち寄ったのです……」

一緒に行った相手のことも言いたげな様子だったが、婦人はそこで言葉を切った。長い間ができ、その晩はここで話は終わりかなとぼくは思った。彼女の声は引きずられるように途切れがちで、手負いの獣が残す跡を思わせた。あの絡まりあった枝に満たされたような沈黙の中でぼくは、今しがた聞いた言葉を反芻してみようと思いついた。そのあと、自分は不謹慎にも、彼女の不安げな声をそっと失敬して記憶にしまい込み、あとで孤独なときに取り出して可愛がってやるつもりなのだと思った。

でもすぐさま、そんな考えは捨てるよう誰かに強いられでもしたかのように、別の考えが滑り込んできた。彼女がイタリアの小さな街へ行ったのは、そいつと連れ立ってのことに違いない。スイスで彼を喪《うしな》ったのち、まだ少し希望が残っているとも知らず旅立ってしまったのかもしれず（アルシデスの話では、遺体は発見されていない）、離れるに際して、鉄道の騒音で気が触れてしまったのに違いない。そこで、あまりに離れるのを嫌い、そのイタリアの小さな街で降りることにした。でもその別の場所できっと、新たな絶望の種となる思い出に遭遇したのだ。今彼女はこんな事情をすべて話してくれはしないだろう。恥じらいもあるだろうし、こちらがアルシデスから全部聞いているだろうと思ってのことかもしれない。でも彼からは、彼女がああなのは夫を喪ったせいだという話はなく、単に「マルガリータ様は永久に錯乱してしまわれたのです」と言われただけだ。マリアは夫人の奇矯ぶりを「ああも本を読みすぎた」せいだと結論づけた。おそらく彼らはマルガリータ夫人からその心痛のことを聞かされておらず、それで混乱しているのだろう。ぼく自身にしたって、夫人はぼくの前で夫のことなど一言も口にしなかったから、アルシデスから教えられていなかったら、彼女の物語を理解することなどできなかったろう。

ぼくはずっとこんな風なことを考えていたが、マルガリータ夫人の言葉が戻ってくると、物語はちょうど、彼女が夜になってたどり着いたイタリアの小さな街で、ホテルの二階に部屋を取ったところだった。横になってしばらくすると物音が聞こえたので起き上がり、中庭に面した廊下の窓へ向かった。そこは月や諸々の明かりが反射してきらめいていた。そして突然、まるで自分を追いかけ回す人間の顔にでも出くわしたかのように、水を湛えた噴水が目に入った。はじめのうち彼女はその水が、石造りの噴水の暗い顔に浮かぶうわべだけの視線にすぎないかどうか、探ることができなかった。だがやがて、水に悪気はなさそうだと思った。そしてベッドに戻る際、水の姿を目に入れて連れ出し、揺らさないよう気を配りながら歩いた。次の夜、物音はしなかったが同じように起きた。今や水は嵩《かさ》も減り濁っていたが、ベッドに戻る際、また昨晩と同じく、水が自分の姿をのぞき見ているという気がした。今回は、泳ぐでもなく水面に浮かぶ木の葉のあいだからだ。マルガリータ夫人が自分の目のなかにしまい込んだ水を眺め続けると、両者の眼差しが、一つの同じ瞑想に立ち止まっていた。おそらくそのせいでマルガリータ夫人は、もう眠りにつくというとき、魂から来るのか水の底から来るのか判然としない一つの予感にとらわれた。だが夫人は、誰かが自分と意を通じようとして水のなかに知らせを置いていったのだ、だから水はいつまでも見つめてくるし、こっちを見てとも要求してくるのだ、そう感じたのだった。そこでマルガリータ夫人はベッドを出て、呆然と裸足のまま、部屋のなかや廊下をさまよったが、今や光も何もかもが別物に感じられ、まるで誰かの指図で、歩いている空間が、異なる空気や異なる物事の意味で覆い尽くされてしまったようだった。今回は水を見つめる気になれなかった。そしてベッドに戻ると、ナイトガウンの上に、長らく待ち望んでいた本物の涙が落ちるのを感じた。

翌朝夫人は、大声で会話する女たちに囲まればんやりとした水の姿を見て、もしかして昨日は夜の静けさに騙されていたのかもしれないと感じ、水が知らせなど届けたり人と話し合ったりなどするわけがないと思った。だが注意深く耳を澄ませると、女たちの口から出るのが馬鹿な言葉ばかりだと気づき、まるで紙くずみたいにあの声が降りかかっていても別に水の責任ではない、日の光に騙されないようにしなくちゃと考え直した。散歩しようと表に出ると、じょうろを手にした薄幸そうな老人の姿が目に入った。老人がじょうろを傾けると霧雨のスカートが現れ、まるで歩くのに合わせて動くかのようにささめきはじめた。するとその様子に夫人は心を動かされ、こう考えた。「だめ、水を見捨ててはだめ。何かちゃんとした理由があって、うまく説明できない子供みたいに必死なんだわ」。その夫人は頭痛がしたので噴水には行かず、鎮痛剤を飲むことにした。ガラスのコップと薄暗がりの乏しい明かりのあいだできらめく水を見たとたん彼女は、さっきのあの水が策を弄して彼女に近づき、水を飲むのに乗じて唇から何か秘密を送り込もうとしているのではないか、そんな思いにとらわれた。そこでマルガリータ夫人はこう独りごちた。「いいえ、これは考え過ぎね。私の心に水を届けるには夜の方がいい、そう思った人がいるだけのこと」。

夜が明けると夫人は、水と自分のあいだに何が通じているのか細かく追ってみようと、一人で噴水の水を見に出かけた。水面に目をやったとたん、視線を伝って一つの思念が下りていくのに気づいた。ここでマルガリータ夫人は文字どおりこう言った。「今ここで名付ける必要もない思念」。そして長い咳払いののち、「ぼろぼろになるまで搾り尽くされた、とりとめもない思念です。思念はゆっくりと沈んでいったのですが、そのまま休ませてやりました。やがて思念から省察が生まれ、それをわたしの視線が水から引き上げると、目と心いっぱいに広がりました。そのときはじめて、水のなかで思い出を育ててやらなければならない、水は映し出されたものを磨き上げ、思考を受け入れてくれるんだ、そう悟ったのです。もし絶望したって、水に体を預けることはない。思念を預けるのでなくちゃ。水が思念のなかに浸透し、するとその思念がわたしたちの人生の意味を変えてくれるんですもの」。おおよそ、こんなことを彼女は語ったのだった。

それから着替えて散歩に出ると一本の小川が目に入ったが、はじめの瞬間、小川には水――この世界で彼女だけが心を通じ合えるもの――が流れているものだと思い出すことができなかった。川べりまで着いて流れに目を向けたが、すぐさま、この水は自分に向けて流れているのではないという気がした。しかもこの水は自分の思い出をどこか遠くに運び去ってしまう、あるいは擦り減らしてしまうように思えた。目の赴くまま夫人は、木から落ちたばかりの一枚の葉に注意を向けた。木の葉は一瞬水面に浮かんだが、やがて沈んでいこうとするそのとき、マルガリータ夫人の耳にまるで鼓動のようなかすかな足音が届いた。

足音の主は一匹の馬で、やや気だるげな信頼を寄せながら近づいてくると流れに鼻面を浸した。揺れ動くガラス越しに歯が拡大されたみたいになり、顔を上げると水が口周りの毛から滴り落ちたが、まったく威厳を損なうものではなかった。そこで夫人は、祖国の水を飲む馬たちの姿を思い、向こうでは水もずいぶん違うのだろうと考えたのだった。

その晩ホテルの食堂でマルガリータ夫人は、噴水のそばで大声で喋っていた女の一人を見つけ、ことあるごとに目を向けた。亭主に間抜け顔で見つめられながら女は皮肉めいた笑みを浮かべていたが、コップに口をつけようとした姿を見て夫人はこう考えた。「あの水、なんだってあんな口に」。とたんに具合が悪くなり、部屋に戻ると堰《せき》を切ったように泣きだした。ぐったりとしたまま眠りについたが、夜中の二時になってあの小川の思い出が心にあふれ、動揺に目を覚ました。そこで、小川の身になってこう考えた。「あの小川の水は私心のない希望のように流れているから、誰もどうしようもない。水嵩が少なければ、ちょっとしたくぼみに引っかかって閉じ込められてしまう。そうしたら水は寂しさに沈み、濁った沈黙にまみれ、くぼみの中はまるで狂人の頭だわ。わたしも希望を持つなら、できることなら、行きずりの、あっという間に流れ去ってしまうような希望でなければ。そして、それが叶えられるかなんて考えないようにしよう。それがきっと水の意味、その本能的な性分でもあるはず。豊かに流れる水のなかに身を浸すみたいに、考えや思い出と付き合わなければ……」。こんな思念の満ち潮が急速に押し寄せると、マルガリータ夫人はベッドから起き上がり、スーツケースに荷物を詰めると、部屋と廊下をうろつき回ったが、噴水の水を眺める気にはなれなかった。そのとき夫人はこんなことを考えていた。「どこへ行っても水は水なのだから、世界中のどんな水のなかでも思い出を育てるようにしなきゃ」。列車の席に腰を下ろす前に、不安なひと時は過ぎ去った。だがそのあと車輪の騒音に気を塞がれると、ホテルの噴水に置き去りにしてきた水のことがいたたまれなくなった。その水が、何かの見返りに施しを求める貧しい少女さながら濁ったまま落ち葉にまみれていた夜のことを思い出した。だがあの水が何かの希望や知らせをもたらすという約束を果たさなかったのは、無邪気なればこその悪戯だったのかもしれない。それからマルガリータ夫人はタオルを顔に押し当てて泣いたが、それでだいぶ気が晴れた。それでも、静謐な水をめぐる考えを振り払うことができなかった。「やはり夜の中じっとたたずむ水の方を選ばないと」と夫人は考え続けた。「そうすれば水の上に静寂が覆いかぶさって、夢と絡まり合う木々にすべてが満たされる。その方が、わたしの心のなかの水に近いもの。目を閉じるとまるで、盲人が用意された水の表面を手でまさぐり、まだかろうじて目が見えていた子供のころ見た、木々の合間にたゆたう水をおぼろげに思い出す、そんな気分になるのです」

そこで夫人は話を止め、ぼくはようやく、自分たちが今、木々の枝の下で夜を過ごしているのだと我に返ったが、マルガリータ夫人が最後に言った考えが列車の中で芽生えたものなのか、今木々の枝の下で思いついたものなのか、判然としなかった。やがて夫人が、階段のふもとにボートを着けるよう合図した。

その日ぼくは部屋の灯りをつけず、手探りで家具に触れていると、はじめて口にした飲み物で少々酔っ払った別の晩のことを思い出した。服を脱ぐのに時間がかかった。それから蚊帳の布地に目を凝らすと、マルガリータ夫人の体から発せられた言葉が脳裡によみがえった。

話を聞いている最中ぼくは、彼女の心は夫と共にあるのに、自分は彼女のことをあまりに考え過ぎていると気づいた。しかもそこには、往々にして罪深いところがあった。してみると、木々のあいだに思いを隠そうとしているのは、むしろぼくのような感じがした。でもマルガリータ夫人が話しだした瞬間から、まるで彼女の体が水に沈み込み、さらに自分まで水に引きずり込まれるような不安を覚えた。罪深い思いが束の間姿を見せたが、そんなことを考えている暇はないし、考えたって報われやしないという気がした。それに夫人の話が進むにつれ、水はまるで様々に姿を変えて人を驚かす何かの宗教の精霊みたいな様子になってきて、その水に浸かった罪は異なる意味を帯び、その内実などどうでもよくなっていた。水の宗教という気持ちは、だんだんと強まっていた。実在の信徒はマルガリータ夫人とぼくだけであるものの、ぼく自身が人生で蓄えてきた水にまつわる思い出たちもやはりその宗教の信徒である、話の折々でそんな思いがした。思い出たちはのろのろとやってきたが、まるで出発したのは大昔で、特に大きな罪は犯していないとでも言いたげな様子だった。

突然ぼくは、自分の魂から別の新たな魂が生まれたことに気づき、水のことだけでなく夫への思いに関してもマルガリータ夫人に付き添っていこうと心に決めた。そして夫人の話が終わってセメントの階段を上る途中、空から水の落ちる日には信者の集いがあるのだろう、ふとそんなことを考えた。

けれども、あの蚊帳の下で横になったのち、ぼくはマルガリータ夫人の話を違った角度から考え直してみた。ぼくは驚くほどゆるやかに以前の魂へと落ち込んでいきながら、こう考えた。ぼくはぼくで不安を抱えているのであって、ぼくが眼光を注いだあの蚊帳は実のところ沼の上に吊られており、その沼からさらなる信徒、ぼくの信徒たちが立ち上がり、また別のことを要求しているのだ、と。今ぼくは自分の罪深い思いを事細かに思い出していたが、そこには自分にはよくわかる一つの意味が込められていた。その思いが生まれたのはまだ出会って間もないある日の午後で、ぼくはマルガリータ夫人に大波のように引き寄せられてしまいそうに感じていたのだった。一度波が来ればぼくは立っていられず、身を守ろうと踏ん張りもせず、なすがままになってしまうだろう。そこでぼくは反発心に駆られ、あの家を出ようと思った。でもそれは、目が覚めたので起き上がろうとしてもいつの間にかそのまま身をよじって寝続けようとするのと同じだった。また別の日の午後、自分が夫人と結婚したらどんな風だろうか——別の女でもいろいろ試したことがあるのだが——想像してみた。でも結局、弱気な結論に至った。夫人の孤独ぶりを気の毒に思って結婚したりしたら、友人たちには金目当てにそんなことをしたのだと言われるだろう。それに昔の恋人たちは、妻だというでっぷりした女性のあとを追って狭い歩道を歩くぼくの姿を見かけたら、大笑いするに違いない。(すでにぼくは、夫人が散歩したいと言った夜、湖を囲む狭い歩道を彼女に付き従って歩くはめになっていたのだった。)

今では、友人たちに何を言われようと昔の恋人から笑われようと、いっこうに平気だった。マルガリータ夫人は遠距離から力を及ぼしてぼくを引き寄せ、ぼくはまるで衛星といった風で、その姿は遠くにそ知らぬ顔で立っていると同時に、不思議な崇高さに満ちてもいた。でもぼくの信徒たちは、第一のマルガリータ夫人、未知でいて素朴、夫もおらず、ぼくの想像力がもっと自由に入り込めるあの女性を求めていた。

翌朝、マルガリータ夫人に電話でこう言われた。「数日間、ブエノスアイレスにおいでになってください。家の掃除をさせるのですが、わたしが水なしでいるところをお見せしたくありませんので」。それから、宿泊先のホテルを指定した。知らせを受けるまでそこで待機するようにとのことだった。

家を出るようにとのお達しに、ぼくのなかで嫉妬心のばねが弾けた。だがいざ出発となったときぼくは、気は立っていても心には悲しみの重い包みを抱え込んでいて、ばかげた話だが、気持ちが落ち着いたらすぐにその包みを開けて中身をじっくり点検してみようと思っている、そんなことに気づいた。その機会はほどなく訪れた。列車に乗ったとき、ぼくはマルガリータ夫人が自分を愛してくれる望みをほぼ失っていた。でも望み薄という点では、夫の生死もわからぬまま夫人があの列車に乗ったときと、さして変わらないだろう。あのころとは時代も列車も違うとはいえ、彼女と何かを共有したいという願いに押され、ぼくはこう考えた。「ぼくたちは二人とも、列車の車輪の音に紛れて不安に苦しんだというわけか」。でもそんな偶然の一致は、宝くじの番号が一桁だけ合っていたのと同じような、じつに貧相なものだった。ぼくはマルガリータ夫人みたいに奇跡の水に出会う能力には恵まれていないし、宗教に慰めを求める気もなかった。昨日の晩、ぼくは自分の信徒たちを裏切ってしまった。というのも信徒たちはぼくを第一のマルガリータ夫人のもとへ連れて行こうとしていたが、ぼくの沼の底にはまた別の信徒たちがいて、月に魅入られた虫けらのようにじっと夫人を見つめていたのだ。悲しみがまだあとを引きずってはいたものの、ぼくは理解されない詩人のように誇り高く、想像の世界に生きていた。ぼくは、祖先たちが子供たちへとたどり着く前にちょっと居座る仮の宿だ。でもぼくの祖父母は、それぞれ全く違う性分で互いにいがみ合っていて、とはいえぼくの人生を通過するあいだは喧嘩すまいと考えていた。それよりも一息ついてのんべんだらり、それぞれ違う夢を見ながら歩く夢遊病者のようなあんばいで衝突を避けていたかったのだ。ぼくは彼らを怒らせないようにしていたが、もしそうなったら、争いがさっさと済んでみんな一息に滅んだ方がましだと思った。

ブエノスアイレスでは、アルシデスに見つからないような静かな場所を見つけるのにひと苦労だった。（どうせマルガリータ夫人の話をいろいろ聞きたがって、底意地の悪い妄想を膨らませるだけだ。）しかもぼくはすでに二人のマルガリータ夫人のあいだでだいぶ混乱していて、まるで二人の姉妹のうちどちらを選んでどちらを裏切るかといった具合にそのあいだを揺れ動いていた。二人を同時に愛すべく一つに融け合わせるのも、無理な話だった。第二のマルガリータ夫人が自分の姿を清らかに思い描くよう押し付けてくるのが時に腹立たしく、ぼくは、こうなったら彼女の狂気にどこまでも付き合ってやろう、そうすればいずれ彼女自身が夫の思い出とぼくとを混同し、ぼくが夫の位置に収まることだってできると考えたのだった。

風の強いある日、戻るようにとの指示を受け取り、ぼくは矢も盾もたまらず出発した。でもその日、風は時間に逆らって吹くよう秘密の司令を受けているようで、誰一人気づかなかったものの、人も列車も何もかもが、胸苦しいまでにのろのろと動いていた。ぼくはひたすら我慢しながら旅路に耐え、水に沈む家にたどり着くと、船着場にはマリアが迎えに来ていた。彼女はぼくにオールを任せず自分で漕いだが、話してくれたところによると、ぼくが家を発った日、まだ水を抜く前、二つの事件が起こったらしい。まず、船頭の妻のフィロメーナがやってきて、マルガリータ夫人にまた雇ってもらえないか頼み込んだ。彼女が以前クビを切られたのは、別にパンを水に落としたせいだけではなかった。アルシデスが家に現れて間もないころ、彼に言い寄っているところを見られたのだ。マルガリータ夫人が一言も喋らずに突き飛ばすと、フィロメーナは水に落ちた。水を滴らせて泣きながら屋敷を出ると亭主もあとを追い、そのまま二人とも戻らなかった。それから少しして、マルガリータ夫人が、化粧台をベッドに近寄せようとゆわえてあるひもを引っ張ったところ（屋敷の家具はすべて、子供が海水浴に持っていくようなゴムの浮き輪に乗っかって浮かんでいたのだ）、酒のボトルが化粧用の湯沸かし器の上に倒れ、化粧台が燃え上がった。夫人は電話で水を求めたが、「まるですぐそこにある水じゃ足りないか、家じゅうにあふれてるあれが水じゃないみたいな言い方でしたのよ」とマリアは言うのだった。

家に戻った翌朝はまぶしいばかりの晴天で、島の草木も新しいものに替わっていた。でもぼくは、何かが以前とは違うように感じ、思わず歯噛みした。マルガリータ夫人もぼくも、枝の下に残してきた思念や言葉を、もう元の姿で見つけ出すことはできないだろう。

夫人が物語の続きに戻ったのは、数日後のことだった。その日の晩も、これまでと同じ要領で、玄関ホールに張った水の上を通るのに渡し板がしつらえられた。ぼくが階段を降りきると、マルガリータ夫人がそこで立ち止まるよう合図した。その後、あとからついてくるよう指示した。ぼくたちが湖周りの狭い歩道をひと巡りすると、夫人が、あのイタリアの街を発つとき、水は世界のどこでも同じだと思っていました、と語りだした。だが、そうではなかった。彼女は何度も、自分自身の水に出会うために目を閉じ、指で耳を塞がなければならなかった、スペインに逗留中、ある建築家から水に沈む家の図面を買い取り――詳しいことは話してくれなかった――、それから乗客でひしめき合う船に乗ったが、陸地が見えなくなると夫人は、大洋の水は自分の水ではない、その深淵にはあまりにも多くの謎の生き物が潜んでいる、そう気づいたという。それからぼくにこう語った。船には難破船の話をする人たちがいて、広大な海を眺めるその姿は、恐怖をひた隠しにしているようだった。だが彼らはためらいもなくあの広大な水を少しばかり汲み上げてバスタブに入れ、裸になって身を沈める。それに彼らは、船底へ降りてボイラーを見学し、そこに閉じ込められた水が火攻めに猛り狂うのを見て楽しみさえしたのだった。海が荒れる日には、マルガリータ夫人は船室で横になり、新聞や雑誌の文字の連なりを、アリの隊列を追うように目で追った。それか、細首の大瓶のなかで揺れ動く水をちらりと眺めるのだった。ここで夫人の話は途切れたが、ぼくは彼女が船のように揺れているのに気づいた。ぼくたちはしょっちゅう足並みを乱し体の向きもばらばらで、ぼくは不意の突風にさらわれていくかのような彼女の言葉を捕まえるのにひと苦労だった。夫人は渡し板に乗る前も、乗るのが怖いとでもいうように足を止めた。そしてぼくに、ボートを探してきてくださいと頼んだ。しわがれ声のため息と新たな言葉が出てくるまで、ぼくたちはだいぶ時間をつぶした。ようやく夫人は、船で魂の縮むような瞬間があったと語った。それは甲板の手すりに寄りかかりながら、筋肉の動きもほとんど見られない広大な皮膚さながらの穏やかな海を眺めていたときのことだった。マルガリータ夫人は夢に出てくるような突飛な夢想に浸っていた。自分は水の上を歩くことができる、そう想像していたのだ。

だがネズミイルカがいきなり姿を現して転んでしまうかもしれないと思うと怖かった。そんなことがあれば、本当に沈んでしまうだろう。と突然夫人は、ついさっきから海の水の上に空から真水が落ちていて、大量の雨粒が甲板の床板にも降り注ぎ、まるで船を襲うかのようにますます雨足が激しくなっているのに気づいた。甲板はまたたく間に、ずぶ濡れになってしまった。マルガリータ夫人がまた海を見やると、海は獲物を呑み込む動物のような自然体で雨を受け入れ呑み込んでいた。夫人は目の前の出来事に困惑していたが、突然彼女の体は、まるで原因不明の地震のように笑いに揺れ、顔にまで笑みが浮かんだ。なぜ笑いだしたのか理由を探し当てているような様子だったが、ついにこう独りごちた。「この雨ったら、うっかり勘違いをやらかした女の子みたい。土の上に降らなきゃいけないのに、水の上に降ってるんだもの」。それから、海が雨を受け止めるときの甘美な心地を思い、心が和んだ。だが巨体を揺らして船室に戻ると、水がもう一つの水を呑み込む光景を思い起こし、あの女の子は死へと向かっているのだという思いが浮かんだ。するとあの和んだ心が重苦しい悲しみに満たされ、夫人はたちどころに横になるとシエスタの眠りへと落ちていったのだった。ここでマルガリータ夫人はその夜の話を打ち切り、ぼくに部屋へ下がるよう命じた。

翌日、夫人からの電話を受け取ったが、なにか異世界の意識と交信しているような印象を覚えた。夕方に水を讃える会があるので、ぜひいらしてくださいとのことだった。夕方、プディング容器のカチャカチャいう音とマリアの走る様子が聞こえると、ぼくは恐れていたことを確信した。彼女の〈お通夜〉に付き合わされるのだ。ほぼ日が沈んだころ、マリアが階段のふもとで待っていた。ボートに乗って背を向けながら第一の部屋に入ると、ぼくはそれまでずっと水の音が聞こえていたことに気づき、今それがもっとはっきりと聞こえるのを感じた。部屋のなかに食器棚があるのが見えた。（ボートの立てる波が浮き輪に乗った食器棚を揺らし、食器棚と壁をつなぐ鎖とワイングラスが音を立てた。）部屋の反対側には円型のいかだみたいなものが浮いていて、中央にテーブルが置かれ、手すりに椅子がもたせかけてあった。唖《おし》の人たちが秘密会議を開いていて、ボートが進むのに合わせてかすかに動いているみたいだった。不意に、手に持ったオールが寝室に通じるドアの枠に当たった。その瞬間ぼくは、ここでは水が水の上に落ちているのだと理解した。壁一面に――ただし、大きな洋服だんすとベッド、化粧台など家具のある場所は別として――ありとあらゆる形と色をした無数の散水器が掛けられていた。水の源はランプのように天井から吊り下がった、水煙草のパイプみたいな形のガラス製の大きな容器だった。そこから花冠のように曲線を描いて、散水器に水を送る細いゴムの管が伸びていた。あの洞窟の中みたいな音に囲まれながら、ぼくたちはベッドの脇にボートを着けた。ベッドの脚はガラス製で長く、水中からもずいぶんと目立った。マルガリータ夫人は靴を脱ぐと、ぼくにもそうするよう言った。夫人はその巨大なベッドに上がると枕元の壁の方へ寄ったが、そこには後脚で立った白ひげの仔山羊の大きな絵が飾られていた。夫人が額縁をつかんで扉を開くように絵を動かすと、浴室が現れた。階段代わりに重ねられた枕を踏んづけて浴室に入ると、ほどなくして、底にろうそくを固定した丸いプディング容器を二つ持って戻ってきた。これを水に浮かべてください、と言った。ベッドに登る際、ぼくは足を取られて転んだ。すぐに起き上がったが、毛布に染みついた香水の匂いは逃さなかった。ベッド脇で手渡されたプディング容器を浮かべる途中、突然夫人が言った。「そんな風に浮かべるとお通夜みたいだから、よしてください」。(そこでぼくは、マリアの誤りに気づいたのだった。) 容器は全部で二十八個だった。夫人はベッドの上で膝をつくとナイトテーブルに置かれた受話器を取り、散水器の水を止めるよう指示した。お通夜のような沈黙が立ち込めると、ぼくたちはベッドの足元近くで腹ばいになってろうそくに火をともしはじめたが、ぼくは夫人の邪魔にならないよう気を配った。ほとんど作業も終わりというところで夫人が、持っていたマッチ箱をプディング容器のなかに落としてしまった。すると夫人はぼくを一人残して、別のナイトテーブルの上に置かれた銅羅を鳴らしに立ち上がった。そのナイトテーブルにはテーブルランプも置かれていて、その明かりが唯一部屋を照らし出していた。銅羅を鳴らす前に夫人は立ち止まるとテーブルランプの横にばちを置き、仔山羊の絵の扉を閉めに向かった。それからベッドの枕元に座ると枕を整え、ぼくに銅羅を鳴らすよう合図した。銅羅を鳴らすのはひと苦労だった。ぼくは夫人の脚に触れないよう、ベッドのふちを四つん這いになって進まなければならなかった。そのぐらい夫人の脚は場所を取っていたのだ。なぜだか水に落ちるのが怖かった――水深はほんの四十センチほどだったのに。ひとたび銅羅の音が鳴り響くと、夫人はもう十分ですと合図した。ぼくは下がりながら――方向転換する余裕もなかったので後ずさりしながらだった――、ふと目をやると、マルガリータ夫人は仔山羊の足元に頭を寄せ、何かを待つかのように、視線をじっと一点に注いでいた。プディング容器もやはりじっとしたままで、なんだか嵐を前にして港に寄せ集められた小舟みたいだった。モーターが始動してほどなく、水面がざわめきだった。するとマルガリータ夫人は、なんとか元の姿勢から起き上がると、またベッドの足元に腹ばいに寝そべった。水流がこちらまで到達すると、プディング容器同士がぶつかって音を立てた。やがて水流は奥の壁に当たると荒々しく全速力で戻ってきて、プディング容器をかっさらった。プディング容器がひとつまたひとつと、次々にひっくり返った。ろうそくが消える際、細い煙が立ち昇った。ぼくはマルガリータ夫人を見つめたが、夫人はぼくがこの光景を物珍しく思うだろうと察知していたのか、こめかみに手を当てがっていた。プディング容器はみるみるうちに沈んでいきながら、玄関扉を通って中庭の方へと曲がって流れていった。ろうそくの火が消えるにつれて水面に反射する光も失せていき、景色は寂しくなっていった。すべてが終わったように思えたそのとき、こめかみに当てていた方の手の肘で体を支えていたマルガリータ夫人が、反対の手を伸ばしてベッド脇に引っかかっていたプディング容器をそっと外してやり、しげしげと見つめた。でもその容器も、すぐに沈んでしまった。数秒ののち、夫人はゆっくりと、ひざまずくためか踵の上に体を乗せるためか手をついて上体を起こし、じっと頭をうつむけ、その巨体と喉のあいだに顎をうずめたまま、まるで人形をなくした女の子のように水を眺めていた。モーターは相変わらず動いていたが、マルガリータ夫人はますます幻滅に押し潰されていくようだった。ぼくは夫人に言われるまでもなく、ベッドの脚にゆわえてあった綱をたぐってボートを引き寄せた。ボートに乗り込んで綱を離した矢先、ぼくは予想だにしない速度で水流にさらわれた。玄関扉のところを曲がる際に後ろを振り返るとマルガリータ夫人がこちらをじっと見据えていたが、その視線は、まるでぼくが何かの秘密を明かしてくれそうなプディング容器でもあるかのようだった。中庭でぼくは、流されるがままに島の周りをぐるぐると巡った。ぼくはボートの肘掛け椅子に座り、どこに流されていこうとお構いなしの心地だった。前に島の周りを巡ったときのことが頭に浮かび、そういえばあのころのマルガリータ夫人は今とは別人のようだと思い出した。水の流れは速足だったがぼくの頭の歩みは遅々としていた。ふと、自分の人生総体が悲しく思われた。ぼくはどうあがいても、出会う人たちの一面しか知ることはできない。しかも出会えるのはほんのわずかな時間だけ。それなのにぼくときたらまるで、自分の行き先も知らないうっかり者の旅人みたいだった。今回だって、なぜマルガリータ夫人に呼ばれたのか、なぜ夫人がぼくに一言も口を挟ませず自分の身の上を語るのか、さっぱりだった。今のところわかるのは、自分はきっとこの女《ひと》のことを完全に見つけ出すことなど一生できやしない、それだけだ。ぼくはそんなことを考えながらぐるぐると回り続けていたが、ついにモーターが止まり、マリアがやってきて、やはり島の周りをぐるぐる巡っているプディング容器を拾い上げるのにボートを貸してほしいと言った。ぼくは彼女に、マルガリータ夫人はお通夜なんかしていない、ろうそくの火のともったプディング容器が沈んでいくのを見るのが好きなだけなんだと説明し、それだけ言えば十分だと思った。

その晩、やや夜も更けたころ、マルガリータ夫人にまた呼ばれた。はじめのうちは苛立った様子で、咳払いもなしに、この屋敷を買い取って改修し、水を張ったときの話をしてくれた。噴水には酷な話だったかもしれない。なにせ水を抜いてあの黒い土で埋め立てたのだから。初めて木を植えたとき、噴水は自分がかつて湛えていた水のことを夢見ているようだった。だが突然、木々があまりに鬱蒼としすぎていて、まるでごちゃごちゃした予兆のように思えた。そこでマルガリータ夫人は木の植え替えを命じた。夫人は水が、穏やかな夢のような、あるいは幸福な家族が交わす小声の会話のような静寂と混ざり合うようにと願っていたのだ（だからマリアに、自分は耳が悪いから会話は電話でするようにと言いつけていたのだ）。夫人はまた、雲のようにゆっくりと水の上を歩き、手にはおとなしい鳥を抱くように本を持っていたいと願っていた。でも一番の願いは、水を理解することだった。ひょっとすると、と夫人は言った、水というのはただ流れながらそのあとに暗示を残していきたいだけなのかもしれません。ですがわたしはやはり、水はその内部にどこか別の場所で拾い上げたものを抱え込んでいて、どういうわけかわたしにその思い、わたしのではないけれどわたし宛てのその思いを届けてくれるのだと、そう思うことにします。いずれにせよわたしは一緒にいられて幸福ですし、なるべく理解しようと努めています。それに、わたしが水のなかに自分の思い出を匿《かくま》っているからといって、誰も禁じることはできないでしょう。

その晩夫人はしきたりに反して、別れ際にぼくの手を握った。翌日台所に行くと、水の管理人から手紙を渡された。何か話しかけようと思って、機械のことを尋ねた。すると彼はこう言った。

「散水器の設置、早かったでしょう」

「ええ、で……無事に動いてますか?」(ぼくは手紙を読みに行きたいのを悟られないようにしていた。)

「もちろん……機械さえ快調なら、万事良好です。夜、レバーを動かすと、散水器から水が流れだして、奥様は水のせせらぎに包まれてお休みになります。翌日五時にまたレバーを動かすと、散水器の水が止まって、その静寂で奥様がお目覚めになります。数分したら水を揺り動かすレバーを操作して、そうすると奥様がご起床なさるというわけです」

ここでぼくは辞去した。手紙には次のように書かれていた。

《親愛なる友へ。階段のところで初めてお目にかかった日、視線を落とされていたので、段を気にされているようにお見受けしました。それも含めて、内気な方なのだろうと感じました。でもお歩きになる姿は大胆そのもので、靴の底が見えるほどでした。わたしはそんな貴方を好もしく感じました。だからこそこうして、長々とお付き合いいただいた次第です。でなければ手っ取り早く身の上話をお聞かせして、翌日にはブエノスアイレスにお帰りいただいていたはずです。明日、そうしていただきます。

お付き合いくださり、有難うございました。金銭面に関しては、アルシデスを介して遣り取りさせていただきます。さようなら、どうかお幸せに。貴方にはどうしても、お幸せになっていただかなくてはと思っております。

マルガリータ

追伸　もし万が一、お聞かせした話を余さずお書きになりたいと思われた際には、許可などお求めにならずご存分にお書きください。ただ末尾に、以下の言葉を書き添えてくださいますようお願い申し上げます。「右の物語こそ、マルガリータがホセに捧げる物語である。生きていようと死んでいようと」》

II

クレメンテ・コリングのころ

なぜコリングの物語にいくつかの思い出が割り込んできたがるのか、ぼくはよくわからない。彼とあまり関係あるとも思えない。ぼくの子供時代という関連性、コリングと知り合うきっかけとなった家族であるという事情こそあれ、この件で割り込む理由になるほど重要なものではない。それが紡がれる論理にしたって、ずいぶん弱いものだろう。ぼくの知るよしもない何らかの理由で、あの思い出たちはこの物語にやって来る。あまりにしつこいので、構ってやることにした。

しかも、ぼくは自分でもろくにわからない事物について山ほど書くはめになるだろう。不可解さこそがそれら固有の特質だとさえ感じる。おそらく、ぼくたちがそれらを知っていると思い込んでいるとき、ぼくたちはそれらが解らないのだということを解っていないのだろう。その存在はもしかして、そもそもひどく漠然としているのかもしれない。それこそ、それらの事物の特質の一つなのだ。
でもぼくは、知っていることだけでなく、他のことも書かなくてはならないと思っている。

思い出たちはやってくるが、おとなしくはしていない。なかには、こっちを見てとむずかるのがいる。そんな子供みたいな思い出も他の思い出と何か関係があるのか、まだわからない。知性が行おうとする選別に抗議の声を上げるような様子の思い出もいる。そしてまた突然姿をあらわす。新しい意味を求めたり、一瞬だけの新しいいたずらに興じたり、あるいはすべてを違った仕方で志向する。

スアレス通りを走る路面電車は――突然その走る姿がぼくの目に、今車内のわら造りの座席に腰かけているのに、まるで道路から見ているかのように映る――赤と白の車両があって、どちらも黄色がかった白の塗装がなされている。つい最近、あの辺りにまた寄ってみた。四二号線がアセンシオ通りからスアレス通りにさしかかるカーブに至る前、レールが、以前と同じように、日に輝くのが見えた。それから、路面電車がレールの上を走るころになると、つんざくような騒音で車輪をきしませるのだ。――だが思い出の中では、あの騒音も控えめで心地よく、すると今度はあの思い出たちを呼び起こす――。曲がり角には生け垣もあって、藤のつるに覆われたあずまやの周りを囲んでいる。
あの辺りには、別荘がたくさんある。スアレス通りにはほとんどそれ以外なかった。今では、多くはばらばらになってしまった。現代、つまりぼくがいろんな土地を転々とするあいだ、徐々に、何らかの形で、変わり果ててしまった今この現代は、あの数々の別荘を破壊し、何本もの木々を殺し、新しいのにもう薄汚い小さな家、軒先に小さな商品を雑然と積み上げ、雑然と固まったいくつもの店を建てたのだ。ある豪邸など、競売のせいで気まぐれにかじり取られてしまい、片隅に小さな四角い咬み傷が付き、おかげで痛ましいほどかつての面影を失ってしまった。新しい持ち主がわざわざあの小さな正方形の土地を、これ見よがしの、鬱陶しい、嫌な不均衡を目に浴びせかけるけばけばしい継ぎ当てにしてしまったのだ。そうしてあの奥の屋敷、ぼくがまだビオグラフォ・オリボス映画館――それが一番近場だった――に通っていた思春期、その建築様式がまだ新しかったころ、日曜ごとにながめた数々の屋敷にかくもよく似た奥の屋敷にまだ保たれている美しい荘厳さを、嘲り、辱め、笑い物にしているのだ。入り口からはウェディングドレスの裾のように階段が広がっていて、その端は外側に向かって延びていき、ついには大量の端がねじれたままで残っているような具合になり、その上に鉢が置かれていて、木が植わっているときもあればそうでないときもあった――お気に入りは、先端の折れた葉の長い植物だった――。そして階段のふもとでは、ゆっくりと物憂げに、ボレッリやベルティーニのような女性が段を上りはじめる。だがあの階段を上る際の諸々のしぐさといったら！　今だからこそ、あれは〈スローモーション〉で撮影されたのだと考えることもできるだろう。だが当時のぼくは、あの長尺の中に散りばめられ、ほとんど子供だったぼくの心になんとも意味深で曰くありげに見えたあの数々のしぐさは、知性ある大人たちが隠し持つ秘密の表れに違いない、そんな風に考えていた。そして大きくなってその秘密を解明したいと願っていた。すでにどんよりと暗い不安がはびこる中、ぼくがすでに感じはじめていたものが何なのか、理解したい一心だったのだ。それはあの数々のしぐさに覆い隠され、ひどく堅苦しい威厳の下にあったので、たぶん唯一、彼女が駆使するのと同じぐらい高等な作法にのっとらない限り汚すことはできないだろうと思われた。――ぼくはすでに彼女を汚すことを考えていた。――たぶん彼女に到達するには、知性を思いきり振り絞って、高く飛び立たねばならないだろう、ちょうどミツバチが女王バチを追い求めるときの飛び方のように。

その間も、大きな衣装が、あの女を、階段も含めすべて覆い隠していた。

だが四二号線の道筋に戻ることにしよう。

路面電車がまさにその小さな区画――豪邸の継ぎ当て部分――を通過したとき、一瞬だけ、ありありと、例の今風の――ゲテモノの――家の後ろから突き出た、二本の棕櫚の木が揺れるのが目に留まった。ぱっと見えただけのその棕櫚の木を思い返すとようやく記憶が当てはまり、昔、ぼくがまだ子供で例の家に継ぎ当てもなかったころの、その姿を思い出した。当時の作家が今あの家の裏手の棕櫚を目にしたら、こんな風にも書いたろう！……そしてあの二本の棕櫚は、まるで没落した主人の不運について語り合う二人の忠実な老僕さながら、まっすぐな髪を豊かに生やした大頭を意味ありげに揺らすのだった、と。こんな考えが浮かぶなかぼくは、当時の人たちが生命にどのような意味づけをしていたか思い出すのだった。さらに、その生命をどのように自らの芸術に反映させたか、どんな芸術が好みだったか。（だが今は、その手の省察にのめり込まずにおきたい。四二号線の話を続けよう。）

やがて、巨大なひどい看板がぼくの目を惹き付けた。（これ以上看板主の宣伝はしたくないから、どんな看板かは言わない。だがもしお金がもらえたなら、言うだろうか？ さらに続いてこんな考えが浮かんできた。あの豪邸の主の跡継ぎこそが、なにか恥ずべき負債の支払いのために別荘の一部を売ったのでは？）

ぼくは寂しく、悲観的な気分だった。いろいろと別の考え事をしながら、そのうちのいくつかが図々しく割り込んでくる様子についても思いを馳せた。誰かがぼくに、人類の素晴らしき宿命でもあるかのように新しいもの――あらゆる新しいもの――の心地を喧伝し、早口でまくしたてつつ、ぼくの古臭い愛着をちくりとからかい、皮肉っていた。

そいつは急いでいたらしく、すぐにその嫌みな顔をひるがえすとどこかへ消えてしまう。でも悲しみの中に何か灰色がかったものを置いていったらしく、ぼくの悲しみは台無しになった。おかげでぼくは自分の悲しみの気高さすら疑わしく思うようになってしまい、混ぜ物の入った食べ物を味わうとき突然妙な味を感じるように、新しい、未知の、予想だにしなかった不快な物質で、その悲しみは汚れてしまった。

とはいえ、別荘の中にはほとんど〈修正〉されてない場所もあって、しばしのあいだ、存分に悲しみにひたることができる。すると思い出が、子供時代がいかにも気に入りそうなあちこちの隅に張られたクモの巣から、ゆっくり降りてくるのだ。

あるとき、かなり前のことだが、あの記憶、恋人の腕の記憶がよみがえったこともある。だが今回は、あの家並みの一軒から汚い子供が泣きながら出てきた。いまぼくは、いくつかの事物には生きる権利があるのだと思い至り、新しい傾向を吟味してみる。(大げさかもしれないが、新しければすべてよしの傾向は拡大し、例の看板の主にも見られたように、すべてを覆い尽くしてしまう。ちょっとでも新しい傾向に染まればもう、何でも正当化できそうな理屈が山ほど思いつく。しかも正当化に使われる理由は、どんなに相矛盾していようとも、いとも容易に取り替え可能だ。異国情緒をそそるもの、意味ありげな謎を秘めたもの、博物学的発生に基づくもの、哲学的に深いもの、等々、理屈ならいくらでもある。)

今は、四二号線がフルスピードで通過する場所のことを思い出す。ヒル通りを渡るときだ。長く伸びる歩道の片側が心に浮かぶと、目をぐらぐら揺さぶられる感じがする。八歳ごろ、まさにこの通りで、ぼくはうっかり葡萄酒のボトルを落としたことがあった。かけらを集め、隣のブロックのわが家まで持って帰った。家ではみんなに笑われ、何で持ち帰ったのか、それをどうするつもりなのかと訊かれた。そんな論理的な意味を訊かれてもぼくには難しかった――いまだにそうだ――、というのもぼくは、割ってしまったことを証明するためにそれを持ち帰ったのですらなかったからだ。そう言っておけばみんな信じただろうけれど。要するに、ビンの破片を持ち帰ったのがみんなに見てもらうためだったのか何だったのか、わからない。

ヒル通りのわが家があった辺りからスアレス通りに向かって引き返す途中、黒ずんだ、緑の苔の生い茂る、えらく古い煉瓦造りの囲いの前を通る。大人なら囲いを上から覗いて――ぼくは、見てみようとぴょんぴょん跳ねたっけ――木々のあいだにいる七面鳥や白塗りの金網でできた鶏小屋が見えるだろう。かつてそこに深い穴が掘られたことがあって、騒音が聞こえるのがいやだという狂人がよく読書しに下りていった。そのまま歩道を行くと、角の家に出くわす。家にはヒル通りに面して窓がたくさんある。だがスアレス通りに行き着く前にある最後の窓は、壁に描かれたものだ。その描かれた窓の後ろに、狂人の住む部屋があった。とはいえぞっとするようなことを考えるのもぼくには無理な話だった。壁に描かれた鉄格子の合間に青空が塗られていて、この窓は深刻な感じをまったく与えなかったのだ。だが狂人は、体が麻痺していて肘掛け椅子に座りっぱなしの母親をあやうく斧で殺しかけたのだった。さいわいにも三人の娘が駆けつけた。それから狂人はしばらく幽閉されたのち、またしばらくして彼女たちと過ごした。きわめて繊細で、教養があり、愛想のいい人だった。一度ネズミ形のチョコレートをくれたことがあった。ぼくは感謝の念を込めながら、その二つに分けられた短いヤギひげを見つめたものだ。だが娘たちときたら！　その気高く理想的だったこと！　あの三人の長命のおばあさんたちを通じて、ぼくは前世紀の大部分を手に取ることができた。当時の雑誌をめくってみれば、一本のタバコから煙が立ち上りその煙から彼女たちの姿に似たシルエットが浮かび上がる、そんな絵を描く「独創的な」スケッチ画家が難なく見つかるはずだ。可能な限り窮屈に締められたウエスト。豊満な胸。白い生地を固定する小さなカラーステイに閉じ込められた喉元。——当時、ぼくの注意は斜めに配置されたものによく留まった。あの家にはたくさんあった。鶏小屋の白塗りの金網、カラーステイで固定した襟首の生地が織り成す白いチェック、白と黒の大きなタイルが敷きつめられた中庭《パティオ》の床に、ベッドの枕カバー——。それから頭の上にもう一つ何かが、帽子のようにどっかりと乗っかっている。だがこの大きな物体は、頭から生えた髪の毛からできている——あるいは半分が自分の髪でもう半分は付け毛。胸もやはり、自前と付け足しで半々なのが常だった。髪の毛の上には本物の、大抵の場合巨大な帽子。帽子の上には羽飾り——裏庭の七面鳥か、また別の鳥の羽のようで、染めたのでないならまず雌鳥の羽ということはないはずだ。帽子にはやはり常に、ブドウだったと思うが果物が載っていて、先端に金属だか目立つ宝石だか鼈甲だかをあしらったピンで留めてあった。ピンは髪と帽子——花やら果物やらが付いている——を貫通し、反対側から再び姿を現してもまだ長々と、攻撃的な先端部分が余っていた。帽子のつばから首まで蚊帳のようにチュールがぴんと張られていて、その奥の挑発的で魅力的な暗がりに顔が控えていたが、こちらは白粉《おしろい》まみれになっていた。その総体が一つの幻想的な亡霊をなしていて、観客はその姿をじっくりと眺めていられる。子供のころ、一度、その手の蚊帳やら何やらの付いたショーウィンドーをかぶってみたのだが、歩きながらぼくは、四輪馬車からカーテン越しに、人に見られることなく物を眺めることのできる、そんな旅のことを思い出すのだった。

ある晩母に連れられて、三人の長命のおばあさんの家へ行った。玄関の淡い光の下、ぼくたちは白と黒の大きな正方形のタイルを踏んで立っていた。内扉はなく、中庭の中ほどにある大きな植物が見えた。ぼくたちは外のわずかな明かりが射す小部屋に通されたが、時おり薄闇を、全速力で駆け抜ける四二号線の四角窓の明るい光がいくつも通り過ぎていった。窓もやはり、床を横切るときはやや斜めがかっていて、壁を登るときなどは思い切り斜めになっていた。おばあさんたちが言葉を交わすとき、そこには率直かつ誠実な仲間意識があり、褒め言葉にも喜びがこもり、全員の声が大きく一つに合わさったので、薄闇のことなど考える余地がなかったし、そんなものがある気がしなかった。彼女たちは暗闇で暮らしているだけでなく、近視だった。そのうちの一人、会話の内容からして料理番のおばあさんが、一番の暗がりに腰を下ろしていた。楕円形で青白い、皮の剝き方が下手でいくつも黒い点々の見えるジャガイモのようにほくろだらけの顔が、かろうじて見えた。もう一人は、頰にきつくげんこつを当てて活を入れる癖があった。この人が外出係だった。三人ともえらく痩せていた。そしてぼくは、三人ともが――にぎやかな会話の合間、とくに笑ったとき――歯の隙間から息継ぎの際ひどく音を立てるとわが家で言われていたのはもっともだ、と思い至った。のちに、その音があまりに大きいので四二号線が全速力で駆け抜けてもかき消されないほどだ、と判明した。でもぼくはその様を観察せずにいられなくなるのが嫌だった。あまりに注意を要請されるので、他の物事がもう感じられなくなってしまうのだ。でもあの家に行って過ごすのは好きだった。

うちの家系には、あの長命のおばあさんたちと同じぐらいの齢でやはり独身の、遠縁の叔母がいた。この叔母が三人のことを、「すきま風の人」と呼んでいた。ぼくは腹立たしかった。あの三人の誰かに恋していたわけではない。——もっともぼくはいつも、稽古をつけてくれる女の先生やら家に来る母の女友達やら、誰それかまわず恋してしまうところがあった。でもあの三人にそれはなかった——。母と同様ぼくにとってもあの人たちは、その情の気高さ、ぼくたちと過ごすひと時を楽しむその陽気ぶりから、親愛の情を呼び起こした。多分あんなに幸せそうだったのも、それ以外の生活時間はずっとあれやこれやの所用、責任感ある人間が常にそうであるように、あの外から押し付けられるきりのない所用に振り回されていたからなのだろう。加えて、道徳的な歯止めや、さまざまな苦悩にも。たとえあの息継ぎの音が目立つものだとして、他のことに増してコメントすべきだとはならない。しかも言うまでもなく、あんな風に名付けたら、彼女たちを総括しそこなうことになる。そんな総括では、その他の要素はこぼれ落ちるどころか、隠れ気味になってしまう。そして彼女たちに思いを馳せるとき、いの一番に記憶に現れるのはその息継ぎの音となり、コメントはもうそれで十分となる。ぼくは思わず笑い、やがて憤慨するのだった。

何年も経ってからぼくは、一番大事なわけでもないのによく目立つものに拘泥しすぎるという不公平な態度に、自分は反抗しようとしていたのだと気づいた。だがもし、ある種の論評によって思考のどこかに立ち現れ、より具体化困難な別の思考を感じたり形成したりするのを妨げるあのノイズに打ち勝ったなら。もしある種の総括、大した中身もないとわかっているのに行われる総括に寄りかかる気楽さに、やすやすと身を任せるのを防げたなら。そうすればぼくは、出来事に対する一風異なる興味を掻き立ててくれるような、一つの謎に出くわすのだった。でもあのころ、ぼくが彼女たちの謎に入り浸りながら驚愕していたのは、母と交わす会話の端々に他人のあれやこれやを観察するに足る鋭敏さや基準、度量の広さや常識を示していながら、あの女《ひと》たち、ほかならぬあの三人が、ぼくたちにはいとも簡単に見えるように思われるその他の物事に気づかないということだった。すきま風や頬にげんこつを当てる癖のことだけにびっくりしていたのではない。彼女たちがよく理解している物事の中に、ぼくたちが現実でしょっちゅう出くわすものに当てはまらない別の物事が混ざるのが見受けられたとき、謎は始まった。そしてこれが期待のそぶりを掻き立てる。今に何か奇妙なこと、常軌を逸しているなど彼女たちは知るよしもない何かが起こるのではないか、と期待させるのだ。

気の置けない間柄になると、ぼくたちは別の部屋にも通されるようになった。誰も入れなかったのは奥の、七面鳥がいる場所だった。その場所は数羽の気性の荒いアヒルに守られていて、闖入者に向かって信じがたい騒ぎ声をあげて走り寄り、逃げるのが遅れると突っつかれた。当の彼女たち自身が、追い回され、服を破かれたりした。中庭を過ぎると、幅広の板敷きの部屋に入った。床板を踏むと、しなった。床板を踏むのに必然的に呼応して、薄暗がりの中でまた姿の見えない、こまごましたがらくたが音を立てた。年老いて体の麻痺した母親が一人、また別の部屋で座っていた。部屋に通ずるドアは全開だったので、その姿はすぐ見えた。それに、暗闇でもその頭とショールの白さはすぐ目に付いた。だがもっと即座に注意を引いたのは、その頭の絶え間なく規則的に動く様子で、ぶしつけとはいえぜんまい仕掛けのおもちゃを思わせた。三人とも大声でしゃべっていて、ぼくは部屋にあった品々が何なのかだんだんわかってきた。品々は女たちと同じぐらい親切で、心も暖かそうだった。その部屋で、謎は、薄闇にも静寂の中にも潜んではいなかった。むしろ謎は、ある種の言い回しやリズム、話の展開の中にあって、そこから現実とは思えない場所へと連れて行かれる。同じことが、ある種の出来事についても起こった。

　例の老母は七〇過ぎで、ずいぶん前から不随だった。息子の一人は自殺したのだが——あの狂人とは別の息子だ——、あの女《ひと》たちがこぞって熱烈な愛国心から崇敬していたとある政治家の側近として、重要な役割を担っていた。息子の死後、政治家が彼女たちを訪ねにやってきた。そして八〇歳にもなろうかというあの老女は、政治家を歓迎すべく詩を作ったのだった。基本的に詩とそれからいわゆる普通の散文は、ぼくは苦手だ。でもあの詩はさらに苦手だった。ぼくにはちんぷんかんぷんの土地にまで遡るし、学校で聞く往々にして意味不明の愛国的な事績にも触れない。ようやく最後になってそれらの言葉が、何かの姿が見える土地に着陸するような思いがした。しかも老母は詩の中で、かの存在、つまり例の政治家がこの世にあることで感じる幸運を、しごく曖昧に語るのだった。

長命のおばあさんたちは、クローゼットの中に、彼女たちに似てほっそりした背の高い、だが色黒でアストラハン風に縮れた羊毛の人形をしまっていた。その人形を見せてくれはするものの、すでに亡くなった姪の一人の所有物ということで誰にも触らせなかった。はじめてなかの部屋に通された日、おばあさんたちは突然黙りこくってぴりぴりしだした。ぼくの妹が、台座の上でじっとしている大きなオウムの尾を触ったからだ。何か危険なことが起こるとぼくたちは思った。だが真相は、彼女たちはそのオウムが大好きだったので、今でも剝製にして保存しているということだった。やがてぼくたちは、まるで生きているかのように彼女たちが話しかけるあの家の〈トーテム〉に慣れた。料理係のおばあさんが腹話術師のようにオウムの声まねをし、オウムになりきって返事したものだ。

まさにあの場所で、ぼくは一人の音楽家と出会った。おばあさんたちの甥っ子で、「エル・ネネ」と呼ばれていた。盲目で、当時一八歳ぐらいだったろうか。ものすごい長身。黒眼鏡の奥で、ひどく印象的に、飛び出た目をぎょろつかせていた。目は大きく飛び出ていてそのサイズもあまりに驚きなので、そのうち外れてしまうのではと思えるほどだった。瞼が大きく伸びていたが、それでも目の全体を覆うのは無理だった。眼窩を外れ常に動くその目を見るのは落ち着かないもので、横から見た反芻動物の目の動きを思い起こさせた。卵大のサイズだったと言っても、ちっとも誇張ではなかった。実際の寸法だけでなく、その楕円形のフォルムも暗示するからだ。病名を教えてもらったことがあるが、病名が何だったか忘れた。でもぼくを一番不安にさせたのは、医師が彼にあなたは二二歳までしか生きられない、その年齢になったら両目が眼窩から外れてしまうだろうと診断したことだった。ある医師などはぼくに——おそらく、それが起こるのはその年のいつごろかとぼくがしつこく訊くのに急き立てられてのことだろう——、それが起こるのはその年の三月ごろだと言いさえした。幸いにも、いま彼は四〇を越して健在だ。

ある晩、叔母たち——例のおばあさんたちのことだ——に招待され、ぼくたちはエル・ネネの家に行き、彼のピアノ演奏を聴いた。ぼくにとっては格別の印象だった。彼のおかげでぼくはクラシック音楽の道に進んだのだ。彼が弾いていたのはモーツァルトのソナタだった。ぼくは初めて、音楽に威厳を感じた。さらに——おそらく自分の虚栄心もかなり混じっていただろうけれど——自分が正当な価値のある何かと繋がっていると考えることの悦びも。人生における美的に優れたものに関わっている、という誇らしい気分もあった。知的な人間だけに備わるものを理解し、そこに関わっているというのは、ぼくにとって身にあまる贅沢なのではないか、と。だがそのあと彼が自作のノクターンを演奏すると、ぼくはわが事のように悦びを覚え、長いこと悦びで満たされたのだった。ぼく自身のものとして感じられるような、あるいはぼく自身がひらめきたかったと思えるような風変わりなことや思いつきが、他人のうちにひらめくという偶然を発見したのだ。旋律は突然奇妙な音に変わったが、それは何らかの感情、と同時に何らかのひらめきにぴったり対応していた。まるで何か、ぼくの知力や人生、さらに両者とも意見の一致する好みと非常に近いことをやっている仲間に出会ったかのように。二人の同志が似たような恋愛話を語り合う、あの共犯意識を漂わせて。ほかの物事に関しては、ぼくはそんな同志を見つけてはいた。だがそんな形で愛を表明し合える友人というのは、さらなる驚き、あの自分次第で得られる類の驚きに出会えたときの密かな喜びを覚えながら獲得しうる、人生の秘め事だ。

あれは、ぼくの弾き方よりもはるかに素敵だった。にしてもぼくときたら、自己流でメロディを好き勝手に縮めたり伸ばしたりして弾いては、独創的だと思い込んでいたのだ！　ほかでもない「マルガリータの歌」で！　というのもある晩わが家で、三人のおばあさんたちも家に来ていたなかでまさにその曲を弾いたとき、彼女たちは口々に言ったのだった。「あら、センスのいい演奏ね！」「ほら、素敵な音楽じゃないの！」だがかくも遠く離れたあの夜——とはいえ物事や生の感情においてはあまりに近しいものがあったが、それが何なのか、その奇妙な自己認識がどこに存しているのか言葉にはできないだろう——、「鳥のさえずり」というマズルカを弾いたとき、あれは大恥だった！　しかも笑ったのは、ぼくの妹——四歳の、例のオウムの尾を触った子——が急いでこんなことを言ったのだ。「お母さん、子豚のさえずり弾いてって言って」。それに、妹が「哀れなマリア」を暗唱したときも。

継母の暴力に耐えかねて家を出た不幸な少女の話で、ろくに服も着ないまま吹きさらしの冬の夜を過ごし、張り札のあるドアの前で、そこが留置場なのではないかと怯える。だが結局そこは孤児院だと気づく。そうしてノックするとドアが開き、彼女は処女マリアに感謝する。そんなことを妹は、食堂に通じるドアの前で話していた。そして彼女が「足音が聞こえ、ドアが開き、人が出てきました」と話していたとき、妹自身を含め誰もが予期しない形で、食堂のドアが開き、情景にリアリティを持たせるべくぼくが登場したのである。ぼくがこんなことを思いついたのは、彼女の朗誦中のことだった。ぬき足さし足で部屋を出て、ぐるりと向こう側に回り込んだ。結果は壊滅的なものだった。というのもそのとき感動していた全員が、今やほとんど泣きそうになりながら同時に笑い、怒っていたからだ。あの冗談が、「作品」からあらゆる効果を削いでしまったのだ。

その当時ぼくは、一二歳か一三歳だった。従姉妹の一人――これも遠縁――がピアノを弾いていた。(「モーセの祈り」や――墜落したパイロットに捧げられたノクターンの――「アルゼンチンは君を泣く」等々)。とても素敵な人で、齢は少なくとも倍は離れていた。(これも秘められた恋だ。だが悪いことに、ぼくたちはあまりに互いを信頼していたし、しかもぼくは奥手ときた。それにもし事に及べば、従姉妹はぼくがその信頼を取り違えたと思ったことだろう。しかも彼女は、人をからかうのが好きなのだ。)

日の照りつけるあるカーニバルの日の午後、わが家に四人の仮装したのっぽの女が現れた。すぐにぼくたちは、それがおばあさんたちだと見破った。でもおばあさんは三人のはずだから、四人目が誰なのか当てなければならなかった。四人目は一言もしゃべらなかった。まあ、結果的にはあの盲目の青年、エル・ネネだった。その後彼は何度も家にやってきて、そこで彼はぼくの従姉妹と知り合った。(運命の一致。彼も従姉妹に恋していたのだ。)何度目かに彼女と踊っていたとき彼は、その手に紙切れを渡した。彼女のために作曲したエスティロの歌詞だった。これには嫉妬した。エル・ネネはこれに先立ってエスティロを演奏していたのだが、誰に捧げるものか明らかにはしていなかった。歌詞はこんな調子だった。(歌ももう披露済みだった。)

ある夜ぼくの夢で君は言った
感激に包まれた声をして
わたしの心はあなたのもの、命もあなたのもの
わたしの心はすべてあなたのもの。

例の遠縁の叔母は、名前をペトローナと言った。いつもおばあさんたちのことを笑い者にしては、その一人を「冷たい澄まし顔で」まねながら、その彼女が甥っ子にかける言葉をいつも思い出すのだった。「ネネや、ノクターンを弾いて頂戴」。ぼくは、きまって憤慨したものだ。でもある日考えるよ

うになったのは、ペトローナは、ノクターンを味わいも理解も入り込みもせず、何らのシチュエーションなりぼくたちが享受する美的状態なりに到達しようとも思わなかったとはいえ、自分なりに、あの芸術の時間に耳を傾けたり味わったりする人間の中で生じることについて、何かを感じていたのだということだ。知的な文化に欠けた人間と同じで彼女は――かろうじて新聞だけは読んでいた――、「学のある」人間に囲まれて、精神的に緊張していたのだ。そんなときの彼女は、充電過多になっているのが見てとれた。そして笑えるチャンスがあると、引きつった、人よりも長引くすさまじい笑い声を放電した。同じことが、ちょっと厄介な状況に陥った人物や笑い者になりがちな人物が会話に出てきた際にも起こった。ペトローナの気分が件の人物の気分に同調すると、それがバッテリーにじかに影響し、彼女ははやる気持ちを抑え――自分でも気づかないまま――時おり漏れる笑いの表情を解き放つチャンスを待ち受けるのだ。そのけいれんするような笑いの発作があまりに不穏だとしたら、それはまさしく笑いを抑えようとする様が見てわかるからだった。彼女は息を吸い込むように笑い、その発作は半ばぶちまけ半ば飲み込むかのようだった――誰だったかが「首をはねられたような」と表現した。おそらく、全身の筋肉を必死に収縮させてああも笑いをこらえようとしたのは、「三枚目」にはなるまい、下品な笑いを見せまいとする目的の表れだったのだろう。そうやって彼女は笑いと闘うことで、奇妙で印象的な芝居を提供していた。その芝居では、ぼくたちがいわゆる健康、健全と呼ぶ人物の反応が現れるだけではない。そういった人物の挙動には実に豊かなエネルギーが満ちているが、普段慣れ親しんだ環境よりも高次の環境に触れだすと、そのエネルギーは羞恥心から歯止めをかけられ、その人自身に還流するようになる。これは環境の違いを察知して自分の演じる物語を隠し通そうとするから、あるいは周囲がその物語に気づいていること、自分が芝居を演じていることを悟り、単に異なる環境に入り込むのが気まずくなるからだ。ただそんな反応だけではなく、ペトローナはどこか粗暴でしつこく、からかうような色調を隠し持った一個の謎を投げかけてもいた。一方で彼女は気前がよく献身的で、一貫してぼくたちのために骨を折り世話をしてくれる――ぼくたちが生まれる前から家にいたのだ――としても、それとともに絶えず何かをからかい、手ひどい冗談を思いつくところもあった。ぼくが三歳のころ、灯りのともる部屋に独りきりにされたときのことだが、半開きのグレーのドアから大きなクモの脚のようなものがうごめくのが見えた。彼女の仕業で、手から腕までを黒いストッキングに包み、それをのたくるように動かして覗かせていたのだった。ぼくはこの印象を実によく覚えている。

だが家ではみんなに、ぼくは頭がおかしいのではないかと言われたものだ。

彼女はよく二本の指でヒキガエルをつかみ、持ち上げては白いお腹を見せつけた。ぼくは怖かった、というのも彼女から、ヒキガエルはきつい小便を飛ばすから目に入ると失明するよと言われていたのだ。ある雨の晩、ぼくが床に着くと彼女がやってきて、あっという間に毛布が引き剝がされるのが見えた。間髪入れず、ヒキガエルの冷たく粘ついた腹の感触が両足に広がった。幾晩かのち、消灯後に母が妙な物音に気づいた。急いでマッチを灯すと、両脚を壁に沿ってピンと持ち上げたまま眠るぼくの姿を発見した。今まさにぼくは、灯りが消されるとき、ランプの芯が最後のしゃっくりを繰り返すときのかすかな不安をふたたび感じているところだ。やがてほぼ完全に灯りが消えてから、もっと時間のかかる、だがそれまでよりも大きい最後のしゃっくりがやってきて、そうなるともう何もかもが完全に真っ暗になるのだった。するとベッドの上に何匹ものヒキガエルの姿が見え、ぼくは壁に足をもたせかける。母が自分のベッドに連れて行ってくれ、父がぼくのベッドで眠った。母が眠りに入ろうとするとぼくは、まだヒキガエルが怖いので、母が眠ってしまわないよう肘でつつくのだった。

ペトローナはとても気立てがよく、ぼくたちの喜びそうなことは何でもしてくれたので、ぼくたちはずいぶん甘やかされた。朝から晩までその調子だった。夜になってさえ、湯たんぽや水差しを運んできてくれた。ある夜のこと、ぼくたちが劇場から帰ると――例のオウムの妹は、四歳だったろうか――いつものようにベッドが温めてあった。妹のベッドにはさらに、人形と、人形の足に当てるためのお湯入りのインク壺があてがわれていた。妹――「哀れなマリア」の方――が九歳ぐらいのころ、走り回ってばかりで「ヤギみたい」だというので、ずいぶんと叱られていた。ペトローナは彼女に、そんなに走っているとそのうち、ヤギみたいに角が生えてきますよと告げた。その日の午後、雨の降る中で揚げタルトを作ったのだが、ペトローナがタルトの生地で作った大きな角を揚げて彼女に差し出した。そのあと妹はゆっくりつま先立ちで歩きながら、額を触るのだった。

ペトローナは芸術方面の美意識を磨くことはなかったが、そのかわり人間の立ち居振る舞いのある種の面で、人生の美的センスを発揮した。(むろん彼女自身は、それを美的センスなどと呼んだりはしなかったろう。たぶん、「美的」なんて言葉は一度も口に出したことがないのではないか。)素敵なこと、醜いこと、善いこと、悪いことに関して彼女には自分なりの考えがあった。さらにその諸々が、「三枚目」の一語に集約される。三枚目を演じるか否か、それが問題だった。彼女はある種の出来事にこそばゆさを覚える、特別な感性に恵まれていた。あの喉に詰まったような笑いもそのせいだ。人をからかうあの態度は異なる文化に属する人間への密かな復讐なのだ、そんな見解で事足れりとはならなかった。どうやらまだ何かある、その見解はすでに乗り越えられている、そんな見解では彼女の人となりの実態を完全に把握するには至らないだろう、と思えるのだった。それにまた、あのさも嬉しそうな揶揄なり反応なりにはある奇妙な性格型が隠れていて、彼女は絶えずその性格型に身を任せるほかなく、同時にその型を常に保持しておかねばならない境遇にあるのだという考えも浮かぶのだった。結局、ありきたりの見解や感情で捉えようとするならば彼女を――理解する、という意味で――見つけ出すのは困難だろう、彼女に関して何らかの判断を下すのはもっと先にしよう、そう言えたかもしれない。それに反して彼女は、大して時間もかけず、あっという間に、他人に判断を下す。まさにバランス感覚のある人だった。(時々、一見きわめてバランスが取れているようなそぶりのなかに、びっくりするような狂気、測り難い謎が見えることもあったが。）そのバランス感覚、美学はじめ何らの理論——そういったものがあれば彼女の精神は、ちょっとした奇行や風変わりな偏愛となるようなものに惹かれただろう——にも遮られないがゆえの、ある種のみずみずしさ、そして何よりもその謎にもとづいて、彼女は他人を観察し、やすやすと正確に、ある人物がついやってしまうどんな些細な奇行も発見してしまうのだった。だから芸術の集いでも彼女は、他人が取る態度に精通していた。そこから、あれだけ人を笑いのめすことができたのだ。

おそらくは、感情や記憶や素質の関係で、多かれ少なかれ、深い、自然な、または誠実な態度で芸術の瞬間に接することのできる人たちは、興味を惹くような顔やしぐさをしないのだろう。そのような瞬間に多かれ少なかれ深くまたは持続的に関わる備えのある精神に恵まれていない人の中に——芸術とは無関係のことに追われているのであれ、ちょうどその時分芸術と波長が合わないのであれ、気性や境遇のせいで芸術にじっくり向き合えないのであれ——、その機会を利用して、誘うような、思わせぶりな、または人目を惹くようなポーズを取る人がいるのだろう。その時分のことを何かしら考慮に入れてそんなポーズを作っていた可能性だってある。注意が気まぐれに目移りするなか、今まさに芸術が誘発している気分と関連したポーズを取ったのかもしれない。それとも、ポーズ作りの邪魔にならない程度には、断続的に芸術に魅せられていたか。でも、ほかにも奇想天外なことがいろいろと生じていたのではないか。芸術の瞬間を高雅に味わい、魂が感じうる限りの深みをもって芸術に身を任せながら、にもかかわらず変てこなポーズを取っている人だっていただろう。そのポーズで何かを釣ろうとしている、どうにかして人の注目を集めたがっているとも思えなかった。でもひょっとするとその人たちは思春期のころ、芸術とは崇高なものでそれを味わう時間は荘厳なものだとはじめて感じた際、その思春期の夢に見合った姿勢を取る己の姿を夢見たのかもしれない。その姿勢は彼らの中で、眠りこけたか忘れ去られる。しかしやがて、あの崇高の瞬間と荘厳な気分がやってくると必ずあの原初の感情とともにもたらされるのは、あの最初の夢、芸術という所業のために精神的な儀式や礼服を純真かつ無邪気に織り上げたあの最初の夢の中で己の姿を夢見たときに、当の芸術そのものから連想した動作やポーズなのだろう。さらにそのあと、たとえ美的感情が発達してあのポーズは変だなと気づいたところで、芸術を味わう際にはさらに深く夢見ることが必要なのだとあってみれば、もう自分自身のことなど気にかけていられないだろう。あの動作や姿勢があの魂たちの中に生まれ育つ様は、また別種の動作が原始人の中に生まれ育つのと似ている。そして変わることなく忠実に実践し続ける慣習の副産物として、その一生について回るのだろう。

そんな人たちの一人を——どんなに仲良しだとしても——個別に呼びつけ、そのポーズは変てこだよと教えてやったところで、あまり意味はないだろう。奇妙ながらも独特の意味を備えた儀礼を冒瀆するようなものだからだ。しかも、音楽を聴く段になれば、ぼくたちがいかに警戒していようとも、芸術は自己批判のブレーキを緩めるよう誘うのであり、となれば決まって、芸術の情感にぼくたち自身の感情の物語を関連付ける自由が生じる。筋肉の弛緩や意識の放棄も、許されるし正当化もされる――その放棄があまり大げさでない場合、もしくは原初の放棄に身をゆだねようという密かな企みが気づかれないうちはの話だが。芸術によって突きつけられた状態に移行しようとする瞬間を観察する者は、ついさっきまで生きていた境界が少しずつ自然と霞んでいくさまを見ることになるだろう。なかには、自分のポーズを観察されていると知っている人もいただろう。そこでニュートラルな、だが気楽なポーズをこしらえ、安心して聴くことに身を任せ、そうやって周りから遠ざかろうとしたことだろう。（こういった人たちをまねて、あたかも寝るような準備をする人もいたことだろう。）

こういったことが、ペトローナの感受性をくすぐったのだった。そして、芸術音痴を自覚しつつもその無理解ぶりを隠そうと――あるいは理解しようと――過度に逸話や芸術家の心構えにもたれかかることで芸術を〈割り出そう〉とする人たちが確かにいるのだとしたら、ペトローナはもっぱらただ単に、姿勢の観察にのみ専心していたのだった。そうして再び、半ばぶちまけられたような笑いが湧き出るのだ。

ぼくたちは母と連れだって、ラス・ピエドラスの盲青年の家に行ったのだった。そして夕食時、ぼくの発した一言がみんなを恥と混乱の渦に巻き込んだ。みな口々に、ぼくが母によくしつけられていると言った。ぼくはまたたく間に緊張、というか、重圧を感じた。ひどく興奮した、というか、気怠く、眠くなった。ぼくもまたバッテリーを充電して、一気に放電するたちだ。でもそれはしばしば、どうでもいいことに対して、周りには不可解としか思われない仕方で行われた。そして急に、会話のネタが真に興味を惹いたとなると、弛緩した、気もそぞろな、月に置いてけぼりにされたような姿をさらけ出すのだった。急に、不安を呼び起こすほど内気になったり、驚くほど乱暴になったり、厚かましいほど大胆になったり。でも常にぎこちなかった。夕食が済んで——あの人たちはおばあさんたちと同じぐらい善良で気の利く、実に優雅な人たちだった——ぼくたち全員が立ち上がったとき、ぼくは立派な感謝の言葉を言おうと身構えた。そして言った。「どうもありがとうございます、まだ足りませんが……」。そうして、これほどまでの気配りを前にありがとうと述べるだけではまだ、どころか全然足りない気持ちですと言おうとしたそのセリフは、尻切れになってしまった。当惑の中、筋の通らないつぶやきが聞こえた——おそらく食事を勧める声だったのだろう——。母は愕然とし、ぼくはといえば、前髪の垂れた、強い光を発する大きな肉のスクリーンから発する赤い光に囲まれていた。

ぼくたちはあの親切な家に翌日の午後まで、滞在の目的を果たしたあとも留まった。滞在の目的、つまりクレメンテ・コリングの紹介。彼こそが、例の盲青年のピアノと和声の先生だ。おばあさんたちとエル・ネネのあいだで、この集いが取り決められたのだった。

クレメンテ・コリングは、「バスク人教会のオルガン奏者」あるいは「バスク人のところで演奏している盲」として知られていた。彼の名声もそこから来ていた。あの日の集いより以前、ぼくはヴェルディ学院で行われた彼のピアノ演奏会に連れて行かれたことがあった。ぼくが人生で初めて聴いたコンサートの一つだ。ぼくが興奮していたのと、見世物にあまりに早く行きたがるいつもの癖もあって、ぼくたちは開場よりずっと早く会場に着くことになった。それからぼくは、桟敷席の手すりに寄りかかって、コンサートの前、開演までまだ優に時間があるときに生じるあの夢の沈黙を感じはじめていた。最初のひそひそ声と客席の最前列の舌打ちの音が、その夢をさらに深める。聞きたい気持ちははやれども、見えるものの方が聞こえるものより多い。精神がそれとは知らず、働きながら待ち受けている。ほとんど夢の中のように働き、物事が訪れるに任せ、子供のように深く放心しながら、それらを待ち受け観察する。突然、このあと何が来るか考えてみようと頭を絞り、何度も見たプログラムを見返す。己の人生を振り返り、夢がしゃしゃり出る。この世界のどこにも居場所がないのではという不安を感じ、どこかに身を置こうと心に誓う。いつか他人の注目を引くことを夢見ながら、今そうでないことに一抹の寂しさと怒りを覚える。気が立って、頭を鎮め毛先の感覚を麻痺させてくれる未来を夢見る。その未来を誰にも打ち明けることはないだろう。というのもその夢では自分があまりに格好良すぎ、羞恥心ある人間なら胸の奥深くに秘めておくべきものだから。それがおそらく人生の美的感覚の最深部だから。自分のなし得ることがわからないとき、その夢が虚栄心やプライドなのかどうかもわからないから。

舞台を見ながら、ぼくは突然、この沈黙はまるで通夜の沈黙のようだと感じた。大きなピアノは真っ白だった。黒いピアノが不吉な思いを掻き立てたことはなかった。だがあの白いピアノはどこか、子供の通夜のような雰囲気があった。

すでに大勢の人が入ってきていて、ざわめきもずっと高まっていた。突然、胸も高鳴った。でもいきなりのことだった。ホールの明かりが消えた。そこからまた間があった。舞台に現れたのは一人ではなく、二人の男だった。コリングは盲目だし、ピアノまで付き添う人がいるのは当然だという考えは、僕の頭になかった。だが二人はピアノのはるか手前で立ち止まり、コリングが奇妙なお辞儀をした。はじめは正面に対してと見せかけて、かたわらへ向き直った。何年ものち彼に言われたのは、あのお辞儀はしごくエレガントなもので、パリで教わったのだということだった。ピアノの前に腰掛けると彼は、笑みを浮かべながら、付き添いに話しかけた。付き添いが下がると彼は咳をし、しごく奇妙な仕方で手の指を閉じて口に添えた。そのグレーの髪はきっちり分け目をつけて一方に撫でつけられ、上方は輝いていたが下方は闇の中だった。唯一覚えているのは、ショパンのバラードの弾きっぷり――この曲を覚えようとも心に誓ったのだった――と、最後、プログラムの記載どおり、観客に主題音として四つの音を指定してもらい、即興演奏を行ったことだ。

舞台でのコリングは、想像していたのとはまったくの別人だった。そしてラス・ピエドラスの集いでの彼は、舞台上で見た姿とは大きく異なるものだった。

にもかかわらず、あの最初の集いの思い出はひどく漠然としている。幾晩か――何年ものちのこと――ぼくは気まぐれに、ぼくがどこにどんな風にいたか、彼との初対面はどんな風だったか、はじめに何と言葉をかけられたか正確に思い出そうとしてみた。そこで頭の中に、あの部屋の特定の場所にその光景をしつらえ、それがはじめに自分のいたはずの現実の場所と重なるか、ぼくの思い出がクリアになるか見てみようと思った。自分が座っていたかもしれない場所を部屋の中にでっち上げ、今想像しているものと現実に起きたことのあいだに共鳴が生じるかどうか試みた。ぴったり一致することで自分の思い出がもっと精確になればと期待していたのだ。だが無駄だった。自分の探しているものが見つからなかっただけでなく、部屋の様子までこんがらがってきたのだ。ふとぼくは、後付けの印象がいくつも溶け込んでいるのに気づいた。今思うに、ぼくはピアノのそばに座っていたはずで、まずはあの盲目の少年がレッスンを受けるのを待ち、それからぼくたちの番になったのだと思う。あの初対面のとき彼の不潔ぶりに感づいたかどうかも定かではない。一番可能性があるのは自分がピアノ付近にいたことだ、というのも座って演奏する前に彼のすぐ近くを通ったからだ。

恥ずかしながら当時、ぼくにも自作のノクターンがあったのだとなるたけ早いうちに告白しておかねばならない。彼にはこう言われた。「種はありますな。しかし栽培しないと」。この言葉を覚えているのはぼくのうぬぼれと関連するところもあるが、それ以上に、ぼくにとって下品に思えたからというのと、やや傾いだ、同時にぼくに向き合うのではなく片側を向いた彼の頭を見て、ぼくがずっと考えていたことのせいでもある。反対側は肘を体にもたせかけ、腕を上方に曲げて三本の指でタバコを挟んでいた――他の指はお菓子でもつかんでいるかのように伸ばしていた――。話すとき、唇の端の薄い部分から、顔に近づくと広がる鼻の穴にいたる口の上部を、伸ばしたりしわくちゃにした。鼻の下に大きく広がるその可動領域に、二つの暗い茶色の染みがあった。ずいぶんと時が経ってからぼくは、その染みは鼻から出るタバコの煙のせいだと気づいたのだった。

コリングの言葉にかくも下品なものを感じ、ぼくも一瞬、当時の少なからぬ、または多くの若者が考えていたようなことを考えた。こんな思考形式が流行っていたのだ。「しかじかのことを行う個人は、いかなる職業の人であるのが望ましいか?」コリングを前にしたあの瞬間というか幻滅は、ほとんどこう言っているに等しかった。「こんな下品なことを言う人間が、芸術批評家のはずはない」。「もし彼の言葉がかくも下品ならば、彼の芸術も同じく下品に違いない」。多くの場合、当を得ているのかもしれない――そして今回もまた然りなのかもしれない――。だが確かなのは、これは思考の定型表現の一種であり、手ひどい過ちを犯しかねず、一人の人間について考え、観察し続けるのを抑制してしまうということだ。しかも、一人の個人の中に大きく矛盾する物事があるというのは、日を見るより明らかな真実の一つでもある。まさしく、他人が犯すそんな過ちにぼくが気づいた、あるいは思い至ったのは、ぼくの観察眼の繊細さゆえにではなく、単にぼくにとって具合が悪かったからだ。

というのも、自分の生涯や人格をいくつかの事実だけで判断されたら、ぼくは紛うことなき間抜けとみなされても当然だから。しかも、そのような過ちはぼくの流儀ではない。ぼくにはぼくで、別の過ちがあった。そのような仕方でぼくは普段、自分を焚きつけて意見を表明したりしなかった。しかも、自分なりの間違い方に沿わない思考態度を取るのは面倒だし大変だった。他方、今にして気づいたが、コリングの言葉が下品だったのは、ぼくのノクターンを聴いたからに違いない！　ぼくもずっとのちになって人のノクターンを聴いて評価を下したりしたから、コリングの立場がさらによくわかる。つまりぼく自身、当時何かしら過ちを犯した経験があったとして、逆に音楽のほうでは何の経験もなかったのだ。と同時にコリングに心を寄せていて、その純真で奇抜なところすべて、掛け値なしに行き届いた丁重な態度に惹かれてもいた。彼の心は、人生で新しい変化があるたびに容易かつごく自然に、新しく型取りされるかのようだった。人並みに彼も、お世辞を言うときはわざとらしい笑みを作った。だが彼はそのわざとらしいしぐさを嬉々としてやっていた。完璧に自然に見えますように、自分が正直である理由はちゃんとあるのだから、なんて願いながら。彼の学識、音楽に関する膨大な知見にも惹かれていた。少なくともぼくには、彼は賢者と映った。いろいろな感情が透けて見えたり、いくつかの物事にわけもなくおかしみを感じたり、自慢しようと無邪気にはしゃいだり、大真面目に途方もない嘘をついたり、そんな諸々にもかかわらずぼくは、彼の人となりを知るにつれて生じるいくつもの謎に入り込みはじめていた。自分は一人の傑出した、しかも盲目の人物と間近に接することになる、そして彼と友情、奇妙な交流が生まれることになる、そう感じていた。初めのうちは取るに足らない、おそらくひどく身体的、客観的な細部が謎に見えだす、これはわかる。でもあの数々の動作の奇妙なこと、それにまつわる物語の不思議さときたら！　だがのちに、ぼくはそれらの動作を、また別の謎、つまり彼の学識の謎を推理する際にちゃんと連携させることになる。だがぼくの蛮勇も、その他あれこれの謎を整理するほどの地点には至らないだろう。あの学識を操る諸々の感情は一体どうなっているのか、という謎。さらにわからないのは――わからないことに喜びを見出してもいたのだが――世界に置かれた一人ひとりの人間存在に――例えばコリングのような人間存在に――どんな謎が隠れているのかということ。どんな謎がまずぼくに不意打ちをかけるのか、その謎を味わったあとぼくはどうなってしまうのか、ぼく自身の謎はどうなってしまうのか。

あの初めての午後にせよ、それに続くいくつもの午後にせよ、ぼくはじっと黙って彼を見つめたものだ。おそらく目が見えないのを取り違えて、耳も聞こえないかのように思い込んでいたのかもしれない。あるいはおそらく、昼日中、彼の目の前にいるのに、自分がどこかに隠れているような心地がするのに戸惑っていたか。それとも瞳の奥に隠れていたのは彼の方か。それとも、視力がないというのがどういうものかぼくが知らないだけで、ぼくの知らない形で彼は自然に振る舞っていたか。目の見える人といるときの普段通りの反応をしていただけか。それとも他人の好奇の視線にさらされながら振る舞うのに慣れていて、彼の中で自分自身のことと世界のことが奇妙に混ざり合っていたのだろうか。というのも結局のところぼくたちは、視界の介入しない心理状態で彼が物事に対しどんな感覚や感情を抱いているのか、知るよしもないからだ。

突然彼は、ぼくをずっと見つめていたかのように笑い出す。そしてこんなことを語るのだった。さっき床屋である男が日曜の娯楽情報の広告を読んでいて——次の日曜に彼はラス・ピエドラスの教会でオルガンを弾くことになっていた——読んでいた男が周りに向かって、「弾くのは《Colling》とかいうやつで、すご腕らしいぜ」と触れ回っていたという。そこでコリングは爆笑していた、というのも喋っていた男は彼の名前の発音を間違えていたからだ。彼によれば、自分の名前は英国風で、アクセントは始めの音節に置いて〝g〟の音はかすかに聞こえるぐらいが正しい発音なのだという。多くの人は、彼がフランス人と知って、「ムッシュー・コレン」と呼んでいた。彼もその言い方を許容した。それがフランス人の読み方だった。だが床屋の男は、ラプラタ風で、〝ll〟の音を〝y〟みたいに、まるでpollito（ひよこ）をポシートと言うように発音した。しかもアクセントを〝i〟に置いて、〝g〟の発音は〝j〟のような、歯をむき出した獣のように口を開け威嚇するような長い音だった。確かに愉快な話だったが、さらに奇妙だったのは彼が言葉を強調する仕方だった。盲人学校に行って盲目の女の子を見て、自分も盲目になろうとした健常者の女の子の話をして聞かせたとき、彼は言った。「そしたらその女の子、せっけんの泡を目に入れたんですよ」。ぼくたちは、石鹸の泡に頼るというその方法に笑うと同時に、その単語のアクセント間違いの奇妙さにも、間違いとも知らず笑っている彼のその気づかなさ、無邪気ぶりにも笑ったのだった。

ぼくと二人の盲人だけになって彼ら二人が話し出すと、ぼくは彼らが盲人であることを時々忘れかけた。そして突然、会話が変わったり親密な調子になると、彼らがお互いを見るでもなく、ぼくたちが目の見える人間を前にしてよく目にするしぐさをするでもないのにぼくは驚いた。そうやって彼らは、ぼくの眼前に新しい会話のしぐさの形を作り上げるのだった。ほとんど休みなしに動く落ち着きのない頭は、まるで耳で物を見るかのように横を向いていた。だが言葉を発する側は顔を正面に、相手の耳の方に向けていた。そして会話が途切れると混乱が生じ、どちらの頭も不安げに動く。それから二人ともピアノに向かう。だが話が作曲について、そこからさらに音感、感情、芸術さらに科学について及ぶと、会話はさらに秘密めいた感じがした。ぼくがほとんど考えたり経験したことのない場所へと行ってしまうからだ。にもかかわらず、常に期待交じりの好奇心の中で、ぼくは絶えず目をらんらんと光らせ、ぼんやりとしたあれやこれやの暗示に刺激されていた。その暗示は彼らの道筋にちゃんと合流することもあったものの、ぼくに道を誤らせ、迷子の状態でまた道を探すはめになることもあった。夜が近づくにつれ――彼らには光は要らなかった――ぼくは大きな染み、ピアノの染みのかたわらでどんどん動く染みと化す彼らの動きを追った。彼らは抽象的な大きなスーツケースから抽象的なおもちゃを次から次へと取り出してみせたが、ぼくにとってそのおもちゃは、音がするだけでなく、色が付いていた。だがぼくは、ぼくが感じる和音ないし形式は、色付きという点において彼らに聞こえているそれとも異なっているのだということに気づいていなかった。盲目になろうと目に石鹸の泡を入れたあの女の子のように、一瞬などは、彼らの様子を味わいながら、彼らの宗教——視力を欠きながらも互いに理解し合うその様子に、ぼくは一つの宗教のようなものを感じていた——の方へと少しばかり歩み寄り、おそらく人間の一番深いところでは視力など表層的なものに過ぎないとさえ考えた。だがすぐさまこんな考えに怖気を覚え、ぼくは彼らが影のように投げかける魅惑のことを思い出すのだった。突然、薄暗い中で、下に向けられたコリングの手がぼくの不意を打つ。粉でもふりかけるかのように、逆円錐形に指先をくっつけている。やがて円錐を逆に向け、指先を口元に運ぶと、円錐の中から真っ白なタバコが出てくる。彼はタバコをくわえようと上唇を動かしている最中のようだ。マッチに火をともす様子がずっと見える。最初の煙を吐き出すと彼は咳き込み、口に手をあてがう。ぼくはすでに咳を抑える彼の手の形も、爪の先端の黒いタイ記号の分厚さも、そらで覚えている。そしてこうした諸々がとてつもなく、見るのが楽しくてしかたなかった。そして、あの部屋、彼らが作り上げる謎めいた空気に日の光が射すあの午後の日々自体、思い出すのが楽しかった。しかもその反射光には魔力があり、のちにああしたことすべてがまるで嘘、夢見たことだけは確かな嘘みたいだ、と思わせるような生の意味を帯びていた。日が遠ざかるにつれて、染みたちの見せる驚きもさらに広がり、ついさっき見えた形状だけでなく、影をまといゆく品々の色や意味をほのめかしたり思い出させたりするのだった。

　ぼくは、人が持っていないものを持ち合わせた人間らしく勝手気ままに、夜、寝転がって、緑のシェードの卓上ランプが投げかける一翼の光を浴びつつ、それに照らし出された一冊の本を読みながら、描かれた陽光溢れる熱帯の情景、山々や密林のすべてについて思い描きうる限りのあらゆる色を想像しなければならない、そんな悦楽を思った。一大饗宴と、見るという劣情を思った。するとそこに反応してぼくは、まず不作法なまでの量的氾濫、ついで倒錯的なまでの質的洗練へと連れ出される。近くあるいは遠くにまぶしい光が見えるところから始まり、砂や海、獣や人間同士の戦いの風景、やがて映画の技巧へ。そして映画となれば、飛行機の墜落事故から、観客にとっては一瞬だが映画会社にとっては莫大な資金を投じてじっくり作ったあの一瞬の光景の数々へ。それから、レンズの表面にうごめくありとあらゆる微生物。さらに、目から入るありとあらゆる芸術。やがてその芸術が恐ろしげな影に染みわたり、見えるというそのことだけによって驚異を呼び起こす。

　夜、眠りにつく前、ぼくは盲人の悲劇を思い浮かべたものだ。だが――ぼくにも不思議なのだが――その彼らの悲劇は、視覚的なイメージなしでは思い浮かばなかった。

　コリングが盲青年と話し、盲青年が身内と、そのうちの一人がおばあさんたちと、おばあさんたちがぼくの母と、母が父と、それからこの二人がぼくと話をつけ、コリングがぼくに和声の授業をすることになる。料金はレッスンごとに一ペソ、以下備考として、云々。そのころぼくたちはミナス通りの二階建ての家に住んでいた。ある日の午後、コリングがフィトという名の先導役《ラサリージョ》とともにやってきた。コリングが差し出した手は柔らかかった。笑みを絶やさず、無邪気ながらも予測のつかない会話。そのタバコ、咳、手、爪、鼻の下の茶色の染み、頭を片側にひねり、反対側では腕を上方にたたんでタバコを持ったどこかエジプト風の姿勢。頭に張り付いているが、長い耳に、耳の残りの部分と同じぐらい幅広で、人一倍長い耳たぶ。耳全体は、わが家で焼くような、みんなに「スパンコール」と呼ばれていたスポンジケーキそっくりだった。背丈は普通よりやや低め。顔は丸顔より少しだけ面長といったところ。頭の形がどうなっているのかはいつまでたっても不明だった。というのも見る角度によって形が変わったからだ。普通サイズのときもあれば、後頭部が出っ張っているときもあり、丸いかと思えば外交官風、商人風、和声の先生風のときもあり、コリングの頭のときもあればコリングの頭でない別の頭のときもあった。あっ！　もう一方の手、タバコを持っていない方、咳のときに駆けつける方の手のことを忘れていた。座っているときその手は腿の上で休ませてあるのだが、掌が上になっているのだった。

第一回目の和声のレッスンは短かった。だがぼくにはめっぽう面白かった。彼は和声の授業をやって、ピアノ曲を一曲弾いてから小咄をするのだった。和声のレッスンは自己流のメソッドだった。演奏する曲は基本的にフランス人のもの、ヴィドール、サン゠サーンス、ラックなどで、まずまず聴き心地のよい、薄っぺらなものだったが、リズム形式の構築には珍しいところがあった——少なくとも彼の演奏ではそうだった——。彼はすべてのパートを、まるで貸家の案内でもするかのように弾いた。こちらが居間、こちらが食堂、台所、云々。彼は曲を下品にするどころか——どんなに作品自体がキザであっても——むしろリズミカルに引き立て、演奏のシークエンスにおいて、一つの楽想《イデー》の導入と展開を作曲の視点から考察するのだった。しかもそれは、あたかもこう言っているかのようだった。「最初はこう、それからこうで、最後はこう。さあ、今日はこれでよし」。機械的というのでも全くなかった。彼は類稀なる几帳面さを備えた目利きだった。不公平でも冷淡でもなく、さほど熱狂的でもない。ある種の文芸批評家とよく似ていた。ぼくは気になったが、彼の人となりでかくも奇妙なあの部分は一体どうなっているのか、決してわからないだろうと思ったものだ。

小咄は他愛のないものだった。ほぼいつも自分の思春期、パリのカトリック系盲人学校の生徒だったころの話だ。クラスで、何やらの秘密を彼に告げ口した男の子がいた。彼は心の中で言った。「ちくりまがどうなるか、教えてやる」。そこで彼はちくりまに、席を代わってくれるよう頼み込んだ。コリングはちくりまの席に、ちくりまはコリングの席に座った。ブラザー——住み込みの、やはり盲目の司祭はこう呼ばれていたのだった——がコリングはどこかと訊ね、聖書の一節に触れた。コリングは答えなかった。ブラザーが何度も彼の名を呼んで訊ねコリングも答えずにいたところ、ブラザーは怒ってコリングの席に向かったが、そのすさまじいビンタをくらったのは例のちくりまだった。

こんな話をしながら、彼はえらく大笑いしたものだ。（咳、手、爪。）

帰り際、ぼくが一ペソ札を渡した。彼はお札を広げ、ぴったり左右対称に重ねて二つ折りにした。それをチョッキの上ポケットにしまった。ズボンのポケットにしまってあった同じ形に折られた別の紙幣を取り出し、チョッキの別の上ポケットにしまった。これらすべてが完全な沈黙の中で行われた。常にこの組合せを変化させていたので、このお札の移し替えの秘訣も理由も、いつまでもわからずじまいだった。それからあの柔らかく温かいべっとりした手を差し出し、笑顔を作った。ぼくは彼のことが大好きだった。彼が帰るとすぐ、ペトローナが笑い声をとどろかせながらやってきて、タバコの吸い殻で鍵盤の汚れたピアノをオーデコロンでみがくのだった。窓も開けた。実のところ、周りと違って、コリングのずぼらさがぼくは気にならなかった――出来合いの概念も思い浮かぶことはなかった――。絶えず観察していたわけではないからか、あるいはすぐ忘れてしまったからか。ぼくにとってそれは彼固有のもの、彼に生じているものではあったが、それを厳密に他人や社会の決まり事と関連づけたりはしなかった。確かに、変なものではあった。だが何にもまして彼固有のもの、彼の身の上と関わりのあるものであり、そこにぼくたちはあまり硬直的に、もしくは他人に当てはめる概念を同じように当てはめようとして介入してはならない。こうした諸々に関するぼくの印象はあまり明瞭なものではなかったが、周りがそれにこだわるのが腹立たしかった。おそらく、わが家で飛び交う批評に対して心構えが出来ていなかったのだろう。みんないくつかの物事に捉われすぎていた。ぼくみたいに、他の物事を吟味しなかったのだ。ぼくはまた、いくつか本当のことに関しても反論することがあった。そういった真実が、当初、誇張して述べられたからだ。

ある日の午後、家に帰ると、コリングが食堂に座っていて、ペトローナが彼に青いふきん、次に緑のふきんと赤いふきんを見せていた。コリングは色が見えたのだ。彼は日当たりのいい場所にいて、じっくり時間と労力を費やしたのち色の名前を言っていた。しかも、この色探しは片方の目だけでやっていた。というのも彼は盲目のうえに、片目しかなかったからだ。もう一つの目は、視力回復を目指して行った手術で摘出されてしまったのだ。今、色を当てようするあいだ、彼はただ一つの目を、白っぽいピンクがかった雲と何本もの赤みがかった線を引き連れ、頑張ってぐるぐる回していた。こういったことを通してぼくたちもまた、その目は青ではないかと推測したものだ。彼は目の前に示された色を百発百中で言い当てた。でも一つしかない目が疲れるので、そう何度も実験はできなかった。ときおり彼はハンカチを取り出すと、もう片方の目が暮らしていたくぼみの上の瞼を拭いた。彼の視力が失われはじめたのは五歳のときだった。すでに一一歳のときには今と同じ状態だった。ずっと後になってぼくたちに教えてくれたところでは、もっと成功率の高い新しい手術を打診されたことがあったそうだ。でも彼は興味がなかったという。そしてペトローナが彼になぜやろうと思わなかったのかと訊くと、こう答えた。「あなたのような不細工な女性を見るぐらいなら、このままのほうがいいですから」

彼が彼女に対して無愛想だったのは、彼女の方でも散々やらかしたからだ。彼が昼食に招かれたとき、初めのうちは葡萄酒を振る舞われた。だがぼくたちは日頃から葡萄酒を飲む習慣もなかったので、あるうららかな日、葡萄酒がないということがあった。すると彼が葡萄酒を頼んだ。ぼくたちは人を使い走りして葡萄酒を工面した。また別の日、葡萄酒を切らしているのに彼が葡萄酒を頼んだとき、ペトローナは水の入ったコップを彼に渡して、葡萄酒ですよ、とやったのだ。彼は口をつぐんだままそれを飲み、ペトローナはいつものように笑いだした。さらにまた何度か葡萄酒を切らしたとき、やはりコリングが葡萄酒を頼みペトローナが水のコップを渡すと、彼はまず水のコップに人差し指を突っ込み、それから人差し指をなめたのだった。

コリングはぼくたちに、これまで二度ばかり結婚寸前まで行ったことがあり、結婚まであと一日あるいは数時間という違いこそあれ、いずれも相手に先立たれるという思いがけない事態に見舞われた、そう信じてもらいたがっていた。一度目は病、二度目は事故。ペトローナは大笑いをぶちまけた。以前彼に、嘘をついたら見破ってやると請け負っていたのだ。一度コリングが、ひげの生えた修道女がいたという話をしたことがあった。ペトローナが訊いた。「どうしてわかったんです、先生？」そして彼。「さわったんですよ」

三度目は結婚に成功した。だが彼は、妻ともう大きくなった二人の子供をパリに残し、演奏旅行に駆け回った。ブエノスアイレスでとある興行師に捕まった。そうしてモンテビデオにやって来た。

彼の父親は「名望家で偉大な人でした」。母親は「すごく下品な女で、洗濯婦でした」。そしてすぐに付け加えるのだった。「わたしは父親に似たんです」

ぼくはコリングに対する自分の幻想が入れ替りつつあるなどと考えたくなかったし、できることなら気づかずにいたかった。そんな瞬間には——母親について軽蔑を込めて話す人間と同じで——やはり思い出したくもないことがいろいろと起こる。普通、そんな入れ替りが一つでも起こりそうなものなら、ぼくは自分の中に作られようとしている判断や概念をうまいこと停止してみせた。そんな対抗幻想めいたモチーフの行く手を阻み、心の中で——彼のことを考えながら——「かわいそうに!」と言う。そうして、彼の言葉やしぐさが記憶に留まり続けたとしても、あの当初の意図は弱まるか変形してゆき、思い出の現場へと瞬時に駆けつけてはずっとまとわりついていつか嫌な思い出にしてやる、果てはもっと意地悪してやるぞと脅してくる、あの当初の邪念は消え去るのだった。

もしあの思念が島にたどり着こうとする生き物だったとすれば、ぼくは幻想の中で島を沈めてあの思念を溺れさせようとしていた。そこでぼくは島に出くわすが早いか、島にたどり着こうとする生き物を消し去った。だがコリングが母親について軽蔑を込めながら話すとき、その生き物は思いがけず必死に生きようともがくのだった。そんな瞬間にぼくがコリングを見つめると、顔立ち、肖像、さらに服までもが別の表情をまとった。彼について、その知識の謎、その数奇な人生についての考えが、今までとは違う意味を帯びた。あたかも一瞬のうちに、風景に当たる光を変えられてしまったかのようだった。今まさに、憎めないどころか魅了すらされていたあの無邪気なプライドの向こうに、釈明も独創性もない、苦い現実の重荷が姿を現していた。そしてまさにここで、一つの思い出が他の思い出を呼ぶ——あの島の生き物は一命を取り留め、もう他の思念を呼び寄せていた——。もうコリングの不潔さはそれほど独創的と感じなかった。今やそれは社会と関連していた。わが家の面々がいくつかの事物に捉われすぎる点で大げさだとすれば、ぼくはそれらに全然捉われなさすぎる点で大げさだ、とぼくは思った。だが、さらに別のことも生じていた。ある意味では、ぼくはそれらに捉われるだけでなく、幻想をまとった品物へと作り変えていた。コリングに会いに行ったあの午後、日も沈んで太陽が物たちに与えていたさまざまな色の思い出が胸に残るころ、ぼくもまた知らずのうちに、さまざまな色や、押し付けがましい影と連れ立って、ややお定まりでやや偶発的でもあるさまざまな意味に、身を重ねていたのだ。ぼくはコリングのいる風景をこのように照らし出したので、彼の欠点さえこれ幸いと利用して薄闇にしつらえ——そしてその欠点を、思わせぶりな薄闇を備えた品物として評価した——、それらの欠点は、いまだ知らぬ一つの総体へとひそかに集う際、予感されるその全貌を謎めいた形で意味づける様々の色調をもたらすのだった。

だがコリングがどぎつく下品で辛辣な一条の光を投げかけるとぼくは、その諸々の色調がすべて美しいまでに変幻自在というわけではなく、あの謎めいた全体に呼ばれるがままに集まろうともしないだけでなく、恥もなく分裂し、価値を下げ、解体し、風景を汚し画家たちの排除の対象となるあの手の雑多な味気ないがらくたの集まりのような形を見せることに気づくのだった。

それから二〇年以上が経った。今、あの思い出たちの上で一息つくあいだ、ぼくは赤いベンチに腰かけ、青いナイトテーブルに身を乗り出し、陽光が草木に投げかける緑や金色がかった反射光に囲まれている。この何もかもが、この時間にはいつもひとりぼっちの家の、土の床の開け放しの小屋の中。あの思い出たちを生きる今この現在、朝は日ごとに異なる姿で現れ、予測がつかない。にもかかわらず、もっとも日々異なるもの、つまり毎朝を過ごすときの気分、一つ一つの朝の活気を感じる特別な仕方、太陽が品々に投げかける光の違い、流れ、あるいは留まる雲の様々な形といったすべてを、ぼくは忘れてしまう。ただ残るのはぼくを囲む品々だけで、これはずっと同じままだと心得ている。毎晩眠りにつく前ぼくは、翌朝がどうなるかだけでなく、あのころの思い出がどのように見えるか、どうなるかが気にかかる。ときどきそのことに没入するあまり、突然この現在に不意を突かれる。正確に言えば、今朝ではなく——今朝は何もかもが心地よく、ぼく自身生きる喜びを感じ、周囲と切り離された心地で、いくつか辛いこともしばしのあいだ考えずにすんだ——、今生きているこの時代がわからなくなるのだ。ぼくはもう、当時の自分がどうだったか、今はどうか、今と比べて昔はどの点で優れていたか劣っていたかを知るなどという困難な試みはあきらめている。ときにぼくは、こうも長々とすり減らしてきたのに、人生とは長く寛容なものだなと思う。またあるときは、死んでしまった友人たちのことや自分がまだ生きながらえていることを思い、すると、今あるこの時間が盗まれたものであり、それをこっそり生きねばならないのだという気になる。またあるときは、ぼくが思い出を書き留めることになったのは、ぼくの中にいてぼくより物事に通じている誰かが、ぼくがもうすぐ何らかの病気で死ぬらしいので思い出を書き留めてほしがっているからだ、と考えたりする。さらには、家族の面々がぼくの死後どんな風に生き、どんな風にぼくを優しく思い出すのかを感じさえする。それでおしまい？　いや、ぼくは未来のことを、あの思い出たちがどんな形になるのかを考えながら貪欲に過去へと飛びかかる。だからこそぼくの目には、その思い出たちが毎日ああも違う形で現れる。そしてそれこそが、毎日の感情の中で残る唯一無二のものなのだろう。せっせと思い出たちを捉え未来へと投げかける努力は、死が地上を通過するあいだ自分を宙に浮かべてくれるものに近いのではないか。毎朝思い出を引っかき回すとき、ぼくは確かに思い出の中に手を突っ込んでいるのか、なぜそんなことをするのか、わかっていない。どうして、他人の話のときでさえ、自分自身の人生を引っかき回したり手を突っ込んだりしているのか。それに毎朝そんなことをしながら、夜のあいだに何が起こったのか、どんな秘密がぼくの知らないうちに、夢の少し前、あるいは夢のもとで結びついたのか、わからずにいる。

ぼくはずいぶんと思い出をかき回してきた。当初思い出たちに驚かされたのは、過去の奇妙な出来事を生き直すというだけでなく、今の自分という別の人格とともに思い出を考えていたからでもあった。でも知らずのうちにぼくは思い出たちを、さらに何度も、今想定するのとは違う形で頭に浮かべたに違いない。その姿を修正してしまうヴェールか何かの物質みたく、その上に概念をかぶせてしまったに違いない。その位置をずらしてしまったに違いない。初対面の印象を変えてしまったに違いない。以前とは違う順番で、あるものよりも先に他のものを見てしまったに違いない。どの思い出が色褪せ、あるいは消え去ったのかさえわからない。意識に到達するのは否応なく、具体的で明瞭なものだからだ。ぼくを大胆かつ優雅に、新奇な魅惑をふりまいてあざむいた思い出だってあったに違いなく、さらに他人の身に起ったのに、眺めていたぼくの特異な傾向のせいでわが身に起ったと思い込んだことと、すり替わってしまったのもあったに違いない。でも今やぼくの中ではいろいろな時期、後から付け足してきたものがこんがらがっている。絶対的な確信と誠意をもって、首さえ賭けたっていい。正確に言えば、首自身がぼくを賭けて、自分こそが新しい確信の持ち主だと請け負うだろう。その確信自身だって、皮肉抜きで純粋に己の存在を賭けて請け合うだろう。ぼくは本当に、コリングに対していつも心の奥では尻込みしていた一人の青年だったのだろうか？　それとも、若者が不可知のものについてあまりに早く信頼を抱いてしまう、あの性急さにつまずいただけだったのか？　正確に言えば、コリングを彩るあれこれの色調が恥じもせず結合しては四散を繰り返しぼくの感情を振り回したあの数々の試みのあと、彼に対するぼくの気持ちは、概念を弱めさえしてまで、固まりつつあったのか？　彼がぼくにどんな新しい面を提供し――と同時にぼくの方でもでっち上げ――またこうして再開するに至ったのか？　それとも損な取引に巻き込まれ何とか助かろうとリスクを冒してさらに出費を重ねる商人と同じで、差し出した労苦に見合うものがなかったから、全面的に失望するのは自分にとって都合が悪いということか？　それとも何が起こっていたのか？　それとも他にどんなことが起こっていたのか？

だが具体的な事実、互いが互いの証人となり、その真正性を保証しようと重なり合う諸々の事実に戻ろう。いつそこから「作りもの」という評判が取れたのかは不明だとしても。

ある日の午後、ほぼ夕暮れどき、ぼくは一八日通りを歩いていたが、イー通りにさしかかるところに当時あったカフェに、コリングがいた。彼とは久しく会っていなかった。例の先導役《ラサリージョ》と一緒だった。ミルクのような飲み物が注がれた大きなグラスが目の前に置いてあった。ぼくにアブサンの話をはじめ、その作り方を説明してくれた。大きなグラスに少量を注いで、そこに一滴ずつゆっくりと水を垂らす。それをペルノーと呼ぶ。今飲んでいるやつだ。

そのころ、上流階級の人士たちで、彼を保護するための団体が結成された。きっとバスク人の教会で彼を慕っていたカトリック信者たちで、その暮らしぶりを憐れんだのだろう。あのバスク人のところでも、何人か司祭の弟子がいた。当時のぼくは今よりもずっと月世界の住人じみていたから、あの団体が結成されたいきさつは知らなかった。ただモンテビデオじゅうを駆けめぐるこんな声を耳にしたのみだ。いわく、「コリング入浴、コリング入浴」。そしてその団体が、コンスティトゥジェンテ通りの福音派教会での演奏会を手配してやっているという噂も。(今考えれば、バスク人のところと福音派教会とのあいだで、あんまり人付き合いはなかっただろう。でもあそこには大きなオルガンとオルガン演奏会にぴったりのホールがあったから、教会を会場として使わせてほしいと頼んだことは単にありうる話だろう。)

いくつかの曲を、彼は軽く弾いた。誰だかの話では、彼が軽く弾くのは、目の見える人間と同じぐらい、あるいはもっと軽々弾けるのだと証明したいからだという。彼がいくつかの作品を軽く弾くのは、その和声学的見地からして単純でつまらない作品だったからなのかもしれない。あるいは、生涯でそれらの曲を何度も繰り返し弾いてきたので、新しいもの、あるいは修得済みのものとは別のものを弾くとき感じるあの快楽をもう得られなかったから。あるいはよく覚えていなかったから軽く弾いていたのだろうか――そしてこんな場合、演奏が速足になる傾向も付いてくる――。「三十六計逃げるに如かず」だ。だが実際は、いくつかの作品をあまりに軽く弾きすぎるので、世間の失望を買うことがあった。アルゼンチンの名ピアニスト、エルネスト・ドランゴッシュがモンテビデオを来訪して上流階級の集いに顔を出したとき、コリングがバッハの「オルガンのための前奏曲とフーガ」を演奏するのを聴いた。かしこまった人が彼を取り囲んで称賛を浴びせているときドランゴッシュは、まずお世辞を述べてから、実に秘かに、ついこの間ドイツに行っていたのですが、向こうではそのフーガはもっとゆっくり弾いていましたよ、と告げた。するとコリングはこう答えたのだ。「ああ！　それはドイツ人の方が、ふろんす人よりお尻が重たいからですよ」

　あの日の午後彼は、例の団体からアブサンはやめるよう言われたとき、自分のことは自分で決めると言ってやった、で団体を追っ払ってやった、とぼくに語った。

　ぼくたちはカフェを出て歩き、二人の住処までぼくは付き添った。オリマル通り沿いの、一八日通りとコロニア通りに挟まれたところにある安アパートだ。ぼくたちの会話も尽きつつあったとき、アパートに入っていく人たちとすれ違った。日が落ちてずいぶん経っていた。話のあいだ目が寄りかかる先で一番くっきり見えたのは、影が揺れ動いて小さな玄関口の中ほどにまで迫ってくる、その角度だった。突風のせいで道の真ん中に吊るされた街灯が揺れ、行ったり来たりしていたのだ。その他はおなじみの、汚れてくすんだ様々の形で、臭いを放ち、見知らぬ人たちが行ったり来たりして、等々。

　どこがコリングの部屋で、どこが彼に付いてアパートを転々とする一家の部屋なのか、いつまでたってもぼくにはよくわからなかった。一家は男の子ばかり、子だくさんの夫婦だった。子供たちは学齢期なのに相変わらず――しかも学校の時間なのに――コリングの先導役《ラザリージョ》をつとめていた。そのあとは新聞の売り子。コリングは学校で子供たちが習っている教育内容が全然足りないと思い、自分で歴史を教えてやっていた。ぼくがカフェに着いたとき、彼は子供に歴史の話をしている最中で、ナポレオンの話が終わるところだった。

あの安アパートには何度も、一日のうちの様々な時間帯にかけて通ったのに、コリングの部屋がどこなのかわからずじまいだった。夜、アパートは玄関のその黒く汚いとっ散らかった口をきゅっと結び、玄関は通りの真ん中で揺れながら光で闇を喰む街灯に口答えしていたが、昼には玄関の向こうに、屋根のない明るい中庭に干された服が陽を浴びているのが見えた（服は白、ピンク、赤、サーモンブラック、等々。一度、すみれ色の巨大な学生かばんが風をはらむ姿を見たこともある）。中庭には暗色の安っぽいニスが塗られた大きな石が敷き詰められ、あちこちに石鹸で泡立った水たまりができていて、その上に干した服の影が行き来していた。しかも影は順繰りにできる。まずは右側の部屋の前、そして左側の部屋。玄関口の右側では、コリングと先導役《ラサリージョ》が、思いがけないタイミングで姿を現わすのだった。

ずっとのち――どのぐらいあとなのか、その間どんなことが起こったかはわからないが――ある朝ぼくは、先導役《ラサリージョ》がその日世話をできないというのでコリングを迎えに行った。そのころは別のアパート住まいで、ぼくたち一家もミナス通りの違う家に越していた。その朝ぼくは、できることなら家から出たくなかった。つい二日前は、一曲完成して彼に聴いてもらおうと居ても立ってもいられず、迎えに行く時を今か今かと待ちかまえていたのにだ。でも今やその曲には飽きてしまい、飽きのせいで、評価も、かねてよりの期待感も、盛り下がってしまった。そして今回一番心残りなのが、ぼくは他のことに夢中だった点だ。シューマンの「謝肉祭」のために――あるいは、に対して――激情をほとばばしらせるようになっていたのだ。前の日から練習を始めて、それはもう猛烈に取り組んでいた。ぼくの精神はその美しさと、修得すれば得られるはずのありとあらゆる快楽をちらつかせては曲が持ちかける、数々の測り知れぬ約束とに満たされていた。そうした諸々が増殖し変容しては、今ここの快楽をさらに産み出し、がむしゃらに取り組まずにはいられないのだった。前の晩ぼくはずいぶん遅くまで、その曲に手と頭と全霊を駆り立てた。眠りにつく前には、コリングを探しに出かけるまで曲の練習をするから早起きしようと誓ったのだった。だがぼくは何かとものぐさにすぎるところがあって、その朝も起きるのに一苦労した。光輝く清らかな朝だった。目覚めたとき、朝はほど近くにあった。部屋が細長い屋根裏部屋で天窓にとても近く、天窓のすぐ向こうは空と朝だったのだ。目覚めるとぼくは謝肉祭のことを考え、その一日を味わうのだった。家族の誰かが思わず、気持ちのいい日だなあ、どこそこに行ったら素敵だろうね、などと言いたくなる、そんな一日だった。すると他のいろんな声が特別な響きをともなって聞こえ、その声にじっと聞き入る。やがてゆるゆると起き上がりたい気分になり、起きたご褒美にタバコに火をつける。強い光から目を護ろうと顔をしかめる。顔をしかめると、ほほ笑むかのように口が横に広がる。そこから本当の笑顔になるまで、あっという間だ。そして気持ちのいい朝で冗談も口をつく、さらに日中、つまり和解には格好の時間ともなれば、ずっとニコニコしどおしだ。中断されるのはただ、苦マテ茶の吸い口に唇を重ねるときだけ。そんなわけですっかり遅くなり、ぼくは謝肉祭には手をつけることなくコリングを探しに急いで家を出るはめになる。

ぼくたちが住んでいたのはミナス通りで、アスンシオン通りとリマ通りにはさまれていた。歩道には古いセンダンの木が植えられていた。ぼくは一八日通りに向かってミナス通りを進んだ。陽光があらゆるものを和らげていて、果ては日中の騒音を和らげているのもまさしく太陽なんじゃないかという気がした。奇跡のような朝だった。あらゆるものにふらふらと注意が泳いだが、常に早足を心がけねばならない。だが、馬の脚元に舞い上がるほこりや重そうな馬車の車輪の輻《や》にまで気を取られる。そのたびごとに足を早め直さねばならなかった。だが時間が経って、新たな慣性にもうまく順応すると、足どりも軽いままあっという間にコリングのところへ着いた。彼の口から、新しいアパートはガボト通りで、海の近くだと聞いていた。今度のアパートは前のよりもごみごみしておらず、汚さもいくらかマシだった。でも部屋の配置はかなり似ていた。中庭の中央にいくつか洗い場があった。そのうちの一つの端っこで、女が一人洗い物をしていた。

「こちらにコリング先生という方はお住まいですか？」

「ここに先生なんて住むもんかね」

「先導役《ラサリージョ》と一緒なのをご覧になったことはない？」

「そのラサリージョってのはどんな食べ物で？」

「目が見えない人の付き添いをする子供のことです」

「ああ、あの盲。あの部屋だよ。奥から二番目」

ぼくはノックした。女は大声で「お入んなさい」と言ったが、その声もしぐさもまるで「仰々しい真似はやめてさっさと入んな、ラサリージョの話だけでもうんざりだよ」を集約したようだった。がっかりだ！　若い、きれいな女だった。でも頭を覆うあの白い大きなハンカチの中からは、愛想らしきものは何も出てこなかった。

ドアを押すと、ぶわっ！……コリングの凄まじい吐息が襲ってきた。それでもぼくは中に入った。でもドアを完全に閉める勇気はなかった。二歩先にベッドの足があった。枕元が壁に接している。徐々に暗闇に慣れつつコリングが目覚めるのを待つあいだ、ぼくはいろんな物を見つけた。すでに、あまり声を上げることなく「先生」と呼びかけてはいた。だが向こうは答えなかった。目が見えないので、いつ目が覚めているのかぼくには気づきようもなかった。部屋は小さく、ガラクタで一杯だった。食器棚の破片に、脚の欠けたクッションなしの椅子。ほかにも壊れた家具がいろいろ。左隅には、すでに黒ずんだ白木の小さな洋服だんす。さらに、片側にだけ小さな鏡があるので片目しかないように見える。そして、コリングはこの鏡で自分の姿を見ることはできないんだろうなと思ったそのときだったか、当人が目を覚ました。お待ちかねのものを見つけたように、「おっ」と声を上げた。するとぼくにとっては奇妙そのものの出来事が次々と起こった。まず彼が、早いなと言った。そしてすぐさまピンクの毛布をのけると、首回りにカラーと、ゴムで留めるタイプの蝶ネクタイが姿を現した。それからチョッキが見え、ようやく手がポケットをまさぐって時計を取り出した——誰だかが大戦中、盲人たちに贈ったものだ――。盛り上がった点字部分の上を手探りして針に触れ、それから蓋を閉じてまたしまった。反対の手は――どれもこれも、起き上がらないまま――ナイトテーブルの棚へと向かい――片目の洋服だんすと同じ白木製だった――タバコとマッチを取り出した。鼻の下の影から煙を吐き出し咳き込むと、時計を取り出した方の手が――驚くような旋律をぼくに期待させるようになって久しい方の手だ――ベッドの下へと伸び、灯油缶で作ったバケツを取り出した。そこに痰を吐いた。だがびっくりしたのは、ピンクの毛布をのけて――ピンクというのは、いずれかの色で言うならばということだが――、ベッドのそばに立ったときだった。ぼくは――これもびっくりしながら――、デュマの小説に出てくる中世の小姓を思った。チョッキの先から、フリルスカート状にふくらんだシャツが始まっていた。世界地図でよく見るようなかすんだ染みが点々とついていた。そこから下はずっと、生っ白い裸。この突然の裸に接して、ぼくは小姓が着るぴちぴちのタイツだか布地だかを思い浮かべたのに違いない。それにきっとあのあばら家が、デュマの小説の舞台を思い出させたのだ。彼の人となりの終点にあったのは――頭から順に見ていったのだった――、ゲートルの上に折り重ねた靴下だ。ゲートルはやや光沢がかっていた。きっと寝ている最中、ベッドで何度も寝返りを打ったのに違いない。

ズボンを履くやいなや彼が左手側のドアに向かって呼びかけると、先導役《ラサリージョ》たちの母親がやってきた。ぼくに紹介してくれた。にこやかな、愛想のよい人だった。まさにそのとき、毛布に目をやると、そこにノミだか南京虫だか虫がわらわらしているのが見えたのだった。それから視線を上げると、例の片目の洋服だんすのらんらんと輝く目に出くわした。ぼくは別に身構えたりしなかった。だが、これを見て母や妹たちが上げそうな絶叫のことを思った。夫人は奥に引っ込むと、たらいを手に戻ってきた。夫人がまた引っ込むと、コリングは笑いながら言った。「今日は、あなたがいるのでお湯にしてくれました」。彼は椅子の背に掛けてあったタオルを摑むと、椅子に置いたたらいの中に先っぽを浸たした。濡らした先っぽで、両耳の後ろ、額、それとかつて片目が入っていたくぼみの方だけを拭き、椅子の背にタオルを掛け直した。そこでぼくは、鼻の下の染みのことも頭にあるひび割れたかさぶたのことも、合点がいった。ぼくはすぐにでも出ていきたかった。だが彼は急ぐことはないと言い、先導役《ラサリージョ》たちの父親は毎晩飲んだくれて帰りが遅く、妻を呼ぶときはいつもどなり声でね、などと語るのだった。

ぼくたちが上機嫌で朝のもとへ飛び出すと、彼はサン＝サーンスとのあいだに起こったある逸話について語りだした。ぼくはすでに、その件をパリで知ったというウルグアイ人一家から話を聞いていたので、詳しくは知らないまでも耳にはしていた。だからおそらく本当のことなのだろうと思ってはいた。コリングはぼくに、その興趣尽きぬ出会いが実現したパリの広間を描いてみせる。ぼくはそのパリの広間と対比するように、出てきたばかりのあばら家のことを考えていたが、すると突然あの虫たちのことが思い出され、腕を貸したらこちらに飛び移ってくるのではないかと気づいた。ぼくはその考えにびくつきながらも、気にしないよう努めた。とても気持ちのいい朝だったし、二人とも上機嫌なうえ彼がこんなに面白い逸話を教えてくれているのに、そんなことに気を揉むのはさもしくもあり裏切りにも思えたからだ。

コリングとサン＝サーンスの二人はそのパリの広間へ、決闘さながらに招かれた。というのも向こうに対して口々に、コリングが即興の天才だという「タレコミ」が寄せられていたのだ。すでに挨拶の段階で、サン＝サーンスはコリングにこう言い放った。「聞くところでは、あなたはお若いのにすごい腕前だそうですね。自分の若いころを思い出します。わたしも当時は変わったことをやっていたものですから」。ここでコリングは注をつけるように、サン＝サーンスはプライドが高いのですよと言うのだった。コリングのプライドの高さをいやというほど知っていたぼくは、二人の大嘘つきが握手を交わす図に「二大巨頭、歓迎の意を交わす」という説明書きのついた何だったかの絵を思い出した。そして実に、コリングはこう返したのだった。「いやあ、若造のわたしが今からやることが、もうお若くないあなたのと比べものになりますかどうか」。そして向こうは、「ではわたしから即興いたしましょう」。パレストリーナにバッハ、ベートーヴェン、シューマン、シューベルト、ショパン、ワーグナーにリストの様式で、即興演奏をすることになった。その場に集った音楽家たちでくじ引きをして、主題を決めた。まずサン＝サーンスがパレストリーナ風で始めた。作曲家が古いほど、当時の奏法に従わねばならないので即興は難しくなる。奏法がひどく限定されるし、法則もきわめて厳格だからだ。今日びの即興演奏家は、当時から今に至るまで編み出されてきた奏法や自由度に自然と傾くだろう。最初の和音が響いたとき、コリングはサン＝サーンスの肩に手を置いて訊ねた。「この和音も即興の一部ですか?」相手がひどく苛ついて、そうだ、パレストリーナの使う和音だと答えると、コリングが返した。「ええ、でも出だしでは絶対使いません。パレストリーナがこの和音を使うときは、しかるべき条件下で、別のしかるべき和音と関連させます。この手のは絶対に曲の冒頭には来ません」。以降事態は悪化するばかりだった。コリングがしょっちゅう横槍を入れたからだ。そこで、コリングは終わりまで待つようにという取り決めがなされた。コリングによれば、サン＝サーンスの即興演奏はどれもこれも、程度の差こそあれ下手くそだった。だがとりわけワーグナーはひどかった。（コリングは「熱狂的ワーグナー信者」を自認していたのだった。）ようやくコリングは、サン＝サーンスの即興で一番よかったのはリストだったと述べた。それからコリングが即興演奏を行ったが、サン＝サーンスは一度も横槍を入れたりしなかった。そして最後にこう言い放った。「この青年には負けました。しかしこんな真似、他の人には無理でしょう」。コリングの話は、こんな風に幕を閉じた。ついでの話として、二人は大の仲良しになり、サン＝サーンスがアルジェリアに所有する自分の別荘地に招待してくれたりもしたそうだ。

その間ほとんどぼくは、コリングがつまずかないようじっと地面を見張っていた。彼が以前、エクトル——一番最近の先導役《ラサリージョ》——は歩道から下りたり上ったりする際に教えてくれず、道にでこぼこがあるのも知らせてくれないとこぼしていたのを思い出したのだ。それで彼はしょっちゅうよろけ、ほとんど転ぶ寸前だったという。ぼくはコリングの一件を聞き取るのに骨を折っていた。注意力にムラがあって、何というか途切れ途切れだった。コリングが話の腰を折ったからでも、ぼくがあの日の朝の騒音や光景に気を取られすぎていたからでもない。コリングがよろけないよう始終気を配りすぎていたわけでもない。むしろ、よろけていたのは自分の注意力だったとでも言おうか。座りの悪い考え、つまり幸福になれるはずの時にやってきてはぼくを不幸にする障害物というか不安というか、そんなものにつまずいていたのだ。コリングが話している最中ふとぼくは、自分が彼の話に置いていかれていて、よろけながらその言葉を追いかけ、追いつこうとしているのに気づいた。そこでぼくは、まだ充分に刻み込まれておらず思い出へと転じゆく前の、彼の言葉の新鮮な記憶へと駆けつけねばならなかった。そして痕跡を、記憶の中に留まりつつあるまだ新しい足跡を追って走らなければならないのが、腹立たしかった。こだまを捉え、大急ぎでその内容を点検する自分が滑稽に思えた。もしコリングの語る逸話が、ぼくたちが歩く合間に広げられゆく一枚の絨毯だとして、さらにその筋にぼくの目が呼ばれていたとすると、ほかにもぼくの目を呼ぶものがあったと言えるだろう。それは、絨毯の下をうごめく物影のようなものだ。ぼくは物影とその動きを見ていたが、それがどんな物による仕業なのか見当がつかなかった。そこで不安を取り払うため、絨毯を持ち上げてその物が何なのか見つけ出す必要があった。だがコリングの言葉のあとを追わねばならず、その不安のうごめくさまを観察する時間はなかった。ただ彼の話が散漫になるか興味を削いだときだけ、不安の思念がぼくの注意力に入り込むのだった。思念たちは自分たちと異なるそれ以外の瞬間を覆い隠し、相手にしてくれと言い張る。すでにいくつか、うろつき回りだすのまで出ていた。頭にハンカチを巻いた例の女性の態度についての思念だ。きれいな人だったからこそ、ぼくは気取った言葉で彼女にアピールしようとしたのではなかったろうか？　彼女にとって、「ラサリージョ」というのは気取った言葉のはずだ。それにそのあとぼくが不安になったのは、彼女があんな態度で応えたのを感じ取ったからではなかったか？いつだってぼくは、ある種の出来事で同じはめに直面する。出来事にはっと目を覚まされる。ぼくはごく自然に、陽気に反応する。やがてその出来事が思わぬとき、不意打ちのようにやってくる。だがぼくは、その出来事があとで戻ってきてうろつきだすなんて知るはずもなく、思ってみもしなかった。どの出来事が戻ってきて、不安とともにぼくにこびり付くのか、そんなの知るよしもない。あの女の人にあんな反応で言葉を返されたとき、ぼくはじっと彼女に見とれていた。中に入るよう言われたとき、ただただ完全に見とれるがまま、しかもその言葉に従うままでさえあった。やがてぼくの記憶の中に、自分の受け身ぶりが刻み込まれた。ぼくだってたまには、即座にしかるべき反応を起こせた。だが自分のいまいましいテンポ、のろまぶりのせいで、ほとんどいつも一歩遅れたり、場違いになってしまうのだった。するとそんなときの出来事が、あとで戻ってくる。そしてそんな出来事を思い出すと、否応なく全身の筋肉がけいれんするのだった。

あの朝、他に記憶に戻ってきたうちの一つは、コリングの虫のことだった。まず驚き、それからあれが家の誰かに見られていたら起こっただろう騒ぎについて思いを馳せたのち、ぼくは、あれが実のところ自分にはしかるべき強い印象をもたらしていないのに気づいた。さらに、嫌悪を感じるにはあの虫たちの悪評について前もって思い巡らせておく必要があったのだろう、とも。というわけでぼくは、自分の感受性がおかしくはないか、自分は借り物の通念に嫌悪を覚えているのではないかと考えだした。そこに、かろうじて思考の形を取りつつある一連の思念が加わった。

コリングがその逸話の中でシューマンの名前を出したとき、ぼくは謝肉祭のことを思い出していて、全身全霊で練習に取り組みたいのにそれができない不安に襲われていた。この日、ぼくの移り気はいろんな敵に出会うだろう。人々、出来事、状況。最悪なのは和声の授業だ。日ごとにますます面倒で難しくなっていくからというだけではなく、そのうえ、すでに幻滅済みの自分の作曲をやらなければならないだろうから。そして今、他のことには目もくれず、ぼくはそのことを考え続けていた。まるで蒐集熱にでも目覚めたかのように、次々現れる厄介事に応対する必要を感じていた。たぶん、そうすることで、ふくらみゆく不幸をある意味正当化していたのだ。敵に対するぼくの抗議方法は、その対立のせいで自分がどんなにひどい目に遭っているか見せつけることだ。でも敵側はそんなことお構いなしで、負けるのはいつもぼくだった。その不快の情をひとたび走らせてしまえば、止めるすべがないからだ。怒りはますます鋭く、よりデリケートになり、不安はさらに募る。だからこそ、コリングの言葉のこだまを捕らえようとその言葉を追っかけ回す自分が、不幸でお笑いぐさに感じられたのだ。そして急にその後をつけ、立ち止まり、自分の移り気のこと、絨毯の下をうごめくあの物影のようにしつこく付きまとう不安のことを考え、またコリングの後を追い、沼の昆虫の脚や羽根のように張り付く数々の出来事についてまた思いを馳せたのだった。

昼寝のとき、ぼくの妹が、雑誌『アトランティダ』の政治記事を彼に読んでやっていた。これがぼくたちの関係の初期に起こっていたら、ぼくは否応なく——当時の気の弱さのせいで——たとえ興味がなくてもその朗読に付き合う気にさせられただろう。いつもながらに、朗読に入り込むのに一苦労したことだろう。やがてあとでそこから抜け出るのにも一苦労したことだろう。でも今は、双方に興味のない場合は一緒に同じことをやる義務はないと思えるぐらい十分な信頼関係があった。というわけで、ぼくはベッドに寝転がっていた。向こうからコリングの咳が聞こえ、ぼくは彼の人生について考えだした。彼は、自分の人生になど気にしていないようだった。古ぼけた人生を身にまとい、それで快適そうだった。というのも授業で何度か、きっと痒くてもう限界というとき、彼が突如、バネが外れたかのようにいきなり荒々しく、ぴしゃりと平手打ちをして、長いこと溜め込んでいた怒りをあらわにしてボリボリと体を掻く姿を覚えているからだ。今ぼくは、コリングが一体どうやってそこまで、あんな無頓着ぶりにまで行き着いたのか想像しようとしていた。もし、ファンの一人か誰かが彼の部屋に行って虫を駆除してくれるそうですよ、なんて話を聞いたなら、彼は一言「ふむ」と——ちょうどぼくが、間違いのない和声の解決法を提案したときみたいに——答えただろう。だがもし虫の駆除が何がしか直近の面倒や不便につながるのならば、もし部屋を出るとき、ちょっと待ってください、薬局で殺虫剤を買ってくるので、などと言われたならば、彼はその申し出を断っていただろう。

「いや、それなら結構。今まで通りで大丈夫ですので」

自分自身の快楽に関しても、彼は面倒臭がりなのだろう。近場でないところへと快楽を探しに出るのでなく、快楽に対して、出現した場所にずっと引きこもるよう仕向けるのではないか。ここにおいて彼の快楽は、体を掻くという直近の出来事のうちに腰を落ち着けることとなる。

コリングのだらしなさがぼくのうちに掻き立てる悲しみには、多種多様な色調が込もっていた。彼は生まれつき無気力なのだと考えていたころは、その悲しみにもどこか可笑しみがあって、哀しき風刺劇という具合だった。彼は他人の無理解の結果ああなのだと考えると、自分も耳が痛くなり、悲しみはどこか苛立ちを帯び、それを上機嫌で描き出させてはくれないのだった。ひょっとすると、誰かのことを深く悲しむには、何よりも優れた想像力が欠かせないのだろう。ぼくはかすかに、コリングはかつてはそうでなかった、少なくともあそこまで極端ではなかったという印象があった。彼が人生で試みてきたことすべての中で、一番勢いと持続力があったのが和声だった、という気がしていた。で、あとはすべて、先に消滅していったのだろう。おそらく以前は、大音楽家であるというプライドが人生の一挙手一投足にまで広がっていて、その行いにもっと一体感や関係性を醸し出していたのだろう。おそらくその若々しいプライドは、彼が自らの芸術の内にあるはずだと考えていたのと等しい美的尊厳を備えた物腰や型でもって自分を演出したいという欲望と一体のものだったのだろう。やがてあの放ったらかし癖が目立つようになり、音楽以外のあらゆるものへの関心が薄まっていったのに違いない。そしてそのだらしなさを、すでに数多の精神が幾度となく織り上げてきた不運の概念とでも言うべきもので正当化するようになっていったのだ。「他にやることがある」あるいは「芸術家には全てが許される」のだから自分自身のこと——身だしなみという意味で——など気にかけずともよいのだという通念が、もはや手ぐすね引いて彼を待ち構えていたのかもしれない。だがコリングは——少なくとも今は——自分の不潔さを別の仕方で正当化していた。「悪いのは周りの人間だ、見捨てたのだから」というわけだ。一度あるカフェで、彼にこう言われた。「このふろんす風の上機嫌の下にはね、ペシミズムが隠れてるんですよ!」当時、あんな話しぶりはぼくにとってキザなポーズに思えた。のちにぼくが耳にすることとなる数々の率直な物言いも、言い方があまりに不器用で気弱なので、はじめの一瞬、ぼくはその嘘くさい外面に腹を立てたのだった。あるいはどこか微笑ましい滑稽味があって、笑わずにいるのにずいぶん努力が要った。だが苦痛の主が、こちら側は知っているその適切な表明手段を常に備えているわけではない。最も不安を掻き立てるのは、苦痛が隠れてしまうことではなく、苛まれる当人が仮面を着け間違えたのではという辛い感覚に襲われることだ。そしてコリングは、ぼくの間違いを何度も誘った。すでに、優れた能力と不潔を併せ持つという点でもぼくは、他の謎めいた有名人に接すると優れた能力を認めるやどうしても不潔な部分を発見しようとするよう仕込まれていた。そして実際には、そんなことはないという場合も、ままあった。

あの日の午後、二人で居間にいたとき、しばらく前にぼくは謝肉祭を弾いていたのだった。だが今になってまで彼は、重要な作品に接する機会に恵まれたためか、はたまたぼくの熱中ぶりを見て取ったせいか、いくつかのパートの楽曲分析をしてはどうかと提案してきた。自分の作曲も弾いたのを覚えている。飽きがきたのと謝肉祭への熱狂が芽生えたのとで放置していたものの、一番上出来と思えた曲だ。彼が、曲を手直ししようとピアノ椅子に座り、曲の一部をいくつかそらで弾いてみせたのは、そのときだった。ぼくが彼の記憶力について考えたのもあのときだ。あれだけ先の見えていた彼の作品や人生をめぐるあれこれの概念も感情も、その辺りで形をまとってきたのに違いない。あの日だったかよく似た別の日だったかの午後、ぼくはやはり彼の記憶のことに思いを馳せ、そのあと彼に中国式音階を教わったことがあった。その前に彼から、とある四〇分の協奏曲を二度耳にしただけでばっちり記憶に入れたので、あとでピアノ用に記譜できたぐらいだという話を聞かされていた。それから中国式音階を教えてもらった。はるか昔、彼は中国式音階で曲を作ったことがあった。曲名は「満洲女」。彼の話では、中国式音階にはどこか天上的な響きがあるので、満洲の婚礼を描き出すのに利用したのだという。あるいは、中国式音階を利用するために婚礼を作り出したのだと。そして、作品に「へんげ」を付けるのに、思いついた荒々しい奇抜なメロディを利用した。それでもって婚礼の真っ只中にコサックの大隊を通過させ、婚礼に割り込んだのだ。やがて婚礼は再開し、終結部では大隊のこだまが響く。

あの日の午後、ぼくは悲しい気分だった。はじめは、コリングの作曲を聴いて子供がプレゼントをもらうときのような喜びを感じた。だがやがて、ぼくは悲しくなっていった。そしてその悲しみは、以前感じた喜びの中に、すでに始まっていたのだと気づいた。それは人のおもちゃを前にしたとき、はじめの一瞬が過ぎてから感じられる悲しみに似ていた。素敵じゃない、なのに相手は大好きなんだな、と感じるのだ。人が大事にしまってあるぼろぼろの聖遺物にも似ていた。コリングはかつてあの人形たち――婚礼の新郎新婦とコサックたち――を、クモの巣のかかったショーウィンドーに飾った。すべてがはるか彼方、青春時代の話だ。そして彼は、それが遠い話でクモの巣がかかっていることなどつゆ知らず、あの閉ざされた時の中に生きていたのだ。そしてぼくたちと言葉を交わすものだから、自分が今を生きていると思い込んでいたのだ。互いのことをほとんど知らないながら、ぼくたちは理解し合っていた。だがぼくたちは、別々の時間と人生を生きていたのだ。

彼は記憶力がよかった。でもぼくは、そんなことはさして気にも留めなくなっていった。それは彼の悪習みたいなものだった。もしも人が彼のピアノを聴きに来たりしたら、ぼくは、あたかも同じ実験をやるのにうんざりした一匹の年老いたサルを披露するように、彼の記憶を披露してご覧に入れただろう。だが記憶の中に物を溜め込む悪習に加え、彼には即興の癖があった。そしてそこに、記録保持者さながらの頑固さを発揮した。

今やコリングは、特定の列車、ほぼ常に同じ列車しか発着しない駅のようだった――たとえ、彼が突如列車を改造して、いつもと同じやつだとぼくがなかなか気づかない、なんてことがあったとしても――。最初はぼくも、どの列車も一つ一つ違いがあって、新奇な驚きを運んでくれるように思えた。ある時期まではそうだった。でもやがて、その変形または変化は自然さを失っていった。そしてどんなに違う路線を走ったところで、もうあまりに同じすぎて、どこの会社かすぐにわかってしまうのだった。突如ぼくは、自分が目にするコリングは鉄道会社の創業者というより管理職という感があると気づくようになった。ある作曲者のスタイルで即興演奏を頼まれれば、例えばベートーヴェン風の即興用に四つの音を与えられたら、もうあっと言う間に列車――つまりベートーヴェン――の出来上がりだ。そして奇妙なことに、彼の話では、彼自身ベートーヴェンの精神に入り込みもするのだった。聴いてみると何かが、ベートーヴェンの楽曲ではおなじみの形式や和音が見つかる。それは濃厚なベートーヴェン味がした。

だがそれを目の前に突きつけられたとたん、ぼくたちは騙されて喜んでいたのだと気づき、その不純物ぶりに腹を立てるのだった。それはなんだかベートーヴェンの残りかすみたいなもの、あとから引き出しうる帰結物からできていた。その蠟人形のベートーヴェンを聴くのは悲しかった。でも本物のベートーヴェンという列車に乗ることもできた。あの偽造品は不毛だった。そして本物のベートーヴェン作品に乗ると、すべては夢の中のように変化し、ベートーヴェンの楽曲は生命を持ちだし、他の乗り物など消え去ってしまうのだった。

だがもちろん、コリングは自作をベートーヴェンの曲として通用させたかったわけではない。その価値はまさしく、それがベートーヴェンの作ではないながらも似ている、という点にあったのだ。コリングはロマン主義的な偽札作りで、それを本物として通用させようとも、それで何かを買おうともしなかった。偽札で一儲けしようとは思っていなかった。逆に、あれは自分の仕業だ、そうすることで知識と能力に箔が付くのだと誇示することに関心があったのだ。あの妙技は寝ぼけた頭には驚きだろうし、天才だと思いもするだろう。その妙技から称賛の気持ちが芽生えたら、あれこれ考え続けることだろう。そしておそらくこんな風に思い至るだろう。いわく、他人の作品をこんな風に模倣できるんだから、自分の作品はさぞかしなことだろう！　ぼくにとって、彼の作品は悲しかった。一人の子供が悪趣味なおもちゃを愛していて、大事にしまってあるみたいだったのだ。

だがもっと悲しかったのはずっとのち、彼が家具を保管庫に預け救世軍で寝泊まりしていると知ったときだった。そんなある日の午後、ぼくの妹、「哀れなマリア」の妹が、こう言った。「母さんが、もう決めたって。うちにはお父さんが要る。お兄ちゃんの屋根裏部屋に行くはしごの部屋に住んでもらうから」。ぼくたちは喜びではち切れんばかりだった。

ある朝、家具が届いた。例の片目の白木の洋服だんすにナイトテーブル。ベッドと小さな仕事机。彼は夜着くことになっていた。家では、彼が着くとき、ぼくしかいないようにしようと決めてあった。そうして彼の足を洗ってあげようと持ちかければ、彼も受け入れるだろう。ぼくたちはとても嬉しかった。ぼくは悲しみを装って言った。「信じられないですよ先生、こんな風に見捨てられて！　虫のうようよしてそうなあんな場所で寝なきゃならなかったなんて！」ぼくが言葉を終えないうちに彼が答えだした。「わたしは、パリではジェントルマンでしてね」と、言葉の調子を強めながら、最後に「ジェントルマン」と尻上がりに発音したのだった。彼が足湯を受け入れるとぼくはたらいを運び込んで、靴を脱がしはじめた。彼は靴下を二重に履いていた。下に履いているのはそのままにしておいた。もし脱がしたら、足の怪我やニキビが痛んだことだろう。ゆっくりゆっくり靴下を脱がし、ぬるめのお湯に足を浸してやった。あのすべてを照らし出していたスタンドの光を、ぼくはいまだに覚えている。あまりに奇妙な状況だったから、ぼくの頭が、ぼくを元気づけるべく、冗談でいろんなことを考えついた。長く伸びた爪が下向きに曲がった鉤爪みたいになっているのを見つけたとき、頭がこんなことを考えだした。ダーウィンの言ったとおり、人間の祖先は猿なんだな。

彼のすぐれた即興と記憶の力がその頭と心の大部分を食い尽くすまでに発達した、あるいは彼の人格のどこかから抜け出て心の自然な輪郭の外で発達したように思えても、ぼくが彼の相場を図る株価が下落しても――オルガン奏者であり続けたのは確かで、この点では巨匠だった――、当時すでに彼の体調が楽観視できない状態にあったとしても、コリングが家にいると知りながら目を覚ましたあの最初の朝、ぼくは、いまだ評価されざる名声がそこに存在するかのように、彼の存在を感じた。ちょっとしたアクシデント、さっぱり見当のつかないありがたい諸事情があって、彼は家にやってきた。正体を隠したまま旅を続ける何かが、彼の謎に潜んでいた。そしてどれもこれも、古代の本を読むように無害なものだった。

夜になるとしばしば彼は起き上がり、仕事机の引き出しを漁った。ぼくの浅い眠りは彼の足音――いつも頑固に、靴を履いたまま寝ていた――によってばらばらほどけた。でもぼくの眠りのステップが道をそれることはなかった。ぼくの眠りは確固としていて、近くに残ったものは集まり、先を進んだ。

はじめて彼が手を洗うのを見たとき、彼は蛇口を開けっぱなしにしてたらい一杯に水を張った。それから指先で石鹸を摑むと、反対の手の両側に――すばらしい宝石を扱うようにゆっくりと――石鹸をすべらせた。それから掌がたらいの底に触れるまで両手を浸し、やはりゆっくりと動かすのだが、常に手の指をくっつけぴんと伸ばしたままで、まるで一つにつながったいろいろな物体を動かしているかのようだった。それから、潜水艦が水面に浮上するときのようにゆっくりと両手を乾かしてからタオルを求めた。一度、食卓に着く前に手を洗うよう誘われたことがあったが、彼はシンバルを叩くバンドマンのように両手を振り、両手から細かい塵を落とそうとするかのようにして、こう言った。「いつようありません」。

一度、彼がふざけて怒るのを見た。あの片目のタンスには、真っ白な紙の束が詰まっていた。彼にとっては文字の書かれた紙だった、というのも点字が盛り上がって記されていたのだ。ふざけて怒った日の朝、彼は紙の束を整理しながら言っていた。「これは全四巻の悲惨です」。だがぼくたちが涙が出るほど笑ったのは、彼が歌ったときだ。音を一つ一つ、変音記号も口に出して歌ったのだ。一音階の八音を歌うとき——オクターブを数えながら——こう言うのだった。「ドーーナーーチューーラルーーレーーもーーだーーよーー」。厳密に言うと、言葉にしたのは二つの音、ドとレだ。だが「ナチュラル」「もだよ」と口にするあいだ、一音階のうちの他の音もすべて声に出していたのだ。ショパンのメランコリックなノクターンのさなか、彼は突然こう歌った。「ミもシャープ」。こんな無邪気な喜びに心を任せずにはいられなかったのだ。

家ではみなが、彼は自分の先導役《ラサリージョ》に礼儀が尽くされないと腹をたてるのだと口々に言っていた。そのころの先導役《ラサリージョ》はエクトルという名前で、齢は八歳だった。雑誌をもらっては、食堂で読んでいた。シロップ漬けのお菓子があればお皿に載せて出してやった。ある日の午後、妹に呼ばれて、見つからない場所から先導役《ラサリージョ》の姿をのぞいてみようということになった。お皿のお菓子を食べたあと彼は、サツマイモ菓子の入ったスープ鉢に手を突っ込んで、シロップを飛び散らせながらかけらを取り出し、お皿の上に置いたのだった。

妹たちがぼくの屋根裏部屋に登ってくるたび、彼ははしごのふもとに立ち、登る様子をながめた。大きな黒い目をしていて、コリングの小咄で笑うたびに涙がこぼれそうになっていた。彼の自宅では二人ともよく食べ、葡萄酒も飲んだ。一度、彼の驚くべき姿を目にしたことがある。ぼくたちはコリングと一緒に、福音派の教会の一階にいて、ちょうど晩餐の支度中だった。コリングは誘いを受けたものの固辞したが、やがて団体の会長が引き揚げると、先導役《ラサリージョ》が、目をひんむいてコリングのコートにしがみつき、行儀もかなぐり捨てて必死に「せっかくですから、せっかくですから先生」と叫んでいたのだった。

コリングは大酒飲みだったが、酔った様子を少しでも見せたことはまずないと言える。飲むのは外でだった、というのもペトローナがブランデーのボトルを奪ってしまうのだ。まず彼がボトルを隠す――タンス、ベッドの下、等々――。それからペトローナが、毎度ながらのやり口で、中のブランデーを水にすり替える。彼は彼で、やがて、はじめから水を詰めたボトルを持ち帰るようになった。

ある朝、彼が死んでいると思い込んだことがあった。昼だというのに起きてこなかったのだ。先導役《ラサリージョ》が、飼い主の声に耳を傾けるあのビクターレコードの犬さながらじっと待っていた。ぼくが起こしに行くと、肌が紫色で息の音がしていなかった。ベッドの真ん中が床に届かんばかりの状態で、ほとんど座ったような形で寝ていたので、寝返りを打たすこともできなかった。というわけでそのあと、怖いからもう飲みすぎないでとお願いした。彼は神妙に受け入れた。それと、次のコンサートが終わってマットレスを買ったら、ベッドを修理してあげるとも伝えた。彼は入浴すること、下着を替えることも受け入れた。入浴が済むと、彼は白髪姿になった。ぼくたちは彼に寄り添い、まるで長い憎しみの果てに和解したような心地でその腕を取ったのだった。彼はぼくに、何だかの服をずっと前後反対に着ていたので落ち着かなかったと打ち明けた。それから、自分は「聖家族」――食事しに行っていた学校だ――で入浴するのだと言っていた。あと、日によっては靴を脱いで寝るようにすらなったと思う。でも彼が清潔な世界と渡り合うのは、そのころが最後だった。

新奇な事物の意味が――見知らぬ国にたどり着いたときのように――突然ある種の対象物を介して目の前に現れるように――タバコのケースの形、路面電車の色（それと、常に多種多様というわけでもない人々の精神）――、コリングはぼくに、様々な対象物を介して人生に新しい意味を吹き込んでくれた。ぼくは彼の行い、感情、反復される折々の瞬間を、それらもまた物であるかのように、あるいは物から与えられるような驚きを感じながら観察したのだった。ある晩ぼくがはしごを登るあいだ、真っ暗闇の中、彼が机の引き出しを開けて仕事をしていたことがあった。部屋の四隅にはそれぞれマッチ箱で作った札が山と積まれていて、一枚一枚に点字で和声の公式が書かれていた。その点字で彼は、ぼくには決して理解することのできない配合を作り上げていたのだ。話してくれたところでは、ある隅には室内楽曲、別の隅にはオペラ、また別の隅には器楽曲、残った隅には交響曲があるということだった。その晩彼はあまりに奇妙な配合をやらかしたあげく、ぼくにこう言った。「一ついいですか？ ストラヴィンスキーもプロコフィエフもあなたも、それからあなたみたいな変人全員、正しいですね」。かつて彼は、そういった存在に敵対していたのだった。またあるときは点字用の黒板――これは説明するのがややこしい――に何か書き込んでいて、アパッチ族を題材にした小説なのだと言う。いわゆるティットビッツ風小説で、それでもってパリにいる息子たちの生活の足しにしているとのことだった。また別の折、ぼくが月いちで恋人に会いに遠い街へ行ってきた帰り、こう言われた。「自分の家に美しい人がいながら、わざわざ外に美を求めに行くなんて。わたしがもう少し若ければ、資金繰りもしてあげられるのですが」。ぼくの妹、「哀れなマリア」の、彼に読み聞かせをしてやっていた妹のことだ。ぼくは、彼には見えない笑みで返答したのだった。最後に会ったときもあんな風に笑みを浮かべたはずだ。ぼくたちがまた引っ越したときのことで、ぼくたちはある郊外の家に、彼は繁華街にある別の家に落ち着くことになった。もうみんな表に出て、もぬけの殻となった古い家の戸締りをしているとき、彼から、自分の不潔ぶりもいよいよ極まったと告げられた。先導役《ラサリージョ》は笑い転げ、ぼくはあの笑みを浮かべたはずだ。それからぼくはまた別の遠い街へ旅立った。一年後に戻ると、彼が飲み過ぎのせいでパストゥール病院で死んだと聞かされた。実際のところ、何が原因で死んだのかぼくは皆目知ることがなかった。そのことを聞かされたのは、夕食後間もなくのことだった。大きな木の立ち並ぶ下を散策しながら、——こういうときよく考えるように——彼は死んだとき何歳だったのかと考えたのを今でも覚えている。わが家で暮らしていたときに四九歳の誕生日があったから、五〇歳のはずだ。それから、彼の謎について思いを馳せた。

もし、誰か他人の謎がぼくに合図を出していて、その合図が当人にも意味不明でありながら、ぼくがその人につられたり、その人に向かって本能的に動きかけたりする、なんてことがあったとしよう。するとぼくは、木々のあいだに隠れるようにして手がかりを追いたい気分に駆られる。と同時に、こんなに巨大な木の下で自分たちがどんなにちっぽけな存在か、しんみりした気分にもなるのだった。コリングがわが家で暮らしはじめたころ、彼の謎は合図や手がかりで満ちている、そうぼくは気づいた。でもその跡を追う必要なんてなかった。ぼくがぼんやり物思いにふければ、列をなしてやってくるのだ。それに、ほかにもいろんなことが、集まったり通り過ぎたりした。それはまるで、あの木々の下で過ごした晩、ぼくが手がかりのことを忘れて木々の幹を見つめ、樹冠を吹き抜ける風の音を聞き、星空の下で枝々が集まっては離れればなれになる様を眺め、木の葉たちはどんなにざわめき立てたところで、別に互いに言葉を交わしたりなどしていないのだろう、などと思いを凝らすかのように。ちょうどそんな感じだった。

コリングがわが家に来たとき、積み重なっては概念を作り上げ、幻滅の感情を引き起こしてきたあの数々の想念は、べつにコリングの人となり全体を占めていたのではなかった。彼の謎全体に広がっていたわけでもなく、跡形もなく消え去っていたわけでもない。あの概念やら幻滅やらは、コリングの謎に出入りするおびただしい事物の一部だ。謎は他愛ないものと化していたばかりか、他愛ない思念の出入りをも必要としていた。だがそんな思念は、新たな一部にすぎなかった。物や出来事、感情、想念、どれもが謎の一要素をなしていた。そして生の一瞬一瞬の中で、謎はあらゆるものを奇妙きわまりない仕方で調停する。その一瞬の諸要素が奇妙に集う中で、ある対象物がある想念のとなりに収まる――おそらく両者とも、今までもこれからも、何らの関係もない――。一つの微動だにしない事物が、動いている事物のかたわらに落ち着く。他にもいろいろな事物が来ては去り、割り込み、不意を突き、理解を得たり得なかったりして、あるいは集い自体がばらばらになる。突如、謎が予期せぬ動きを見せる。そこでぼくは、謎のなかに芽生える魂の正体は、多種多様なもの、たとえば出来事、感情、想念に身をやつす、一つの運動なのだと考える。だが突如、運動は微動だにしないものに身をやつし、その不動性ゆえに意表を突く一つの奇妙な物体と化す。突如、物体だけが影を持つのではなく、出来事や感情、想念までもが影を持つようになる。その影がいつ出現したのか、どこにあるのか、決して判明することはない。でもぼくが、影とは謎が投げかける合図なのだと考えると、やがて、謎もその影も道に迷い、ぼんやりとすげない様子で彷徨っていて、何らかの意図がそれらを統一しようとしているわけでもないことに気づくのだった。そうしてコリングの謎は、見捨てられた謎となった。

だがあのころから今に至るまで、謎は生き続け、思い出の中で生長している。そしてまた、いろんな瞬間に、予期せぬ形でやってくるのだ。今ぼくが思い出すのはあの長命のおばあさんの一人、外出係のおばあさんだ。彼女のチュールの一部には大きな穴が空いていた。そしてわが家に来ると、穴が口の位置に来るよう調整した。そしてそこから、マテ茶の吸い口を通すのだった。

一九四二年

III

ギャングの哲学

献辞

この未来の本をぼくは、「知性への深い敬意の印」として、我が人格に捧げよう。今こうして書き写すこの文句を自分がどこから取ってきたのか、判然としない。きっといろいろなところで目にしてきたのだろう。今回ぼくは、虚栄心をくすぐることで自分がしばし落ち着いた気分になるのだろうと思う。同時にぼくは、あまりに落ち着いてしまったら、こんな本など書かなくなるのかもしれないとも思う。だがともかく諸君は、ぼくがどうやってこの本を書くのか目の当たりにすることになる。ぼくは虚栄心なるものに不信感があるだけではなく、自分の中で虚栄心というものをいくらか信頼しているところもある。一方では自分はうぬぼれ屋なので、人に自分の虚栄心を見られたくないし、自分で自分の虚栄心が見えてしまうのもいやだ。他方では、虚栄心を完全に殺してしまうのもできれば避けたいと思っている。虚栄心が自分に何らかの快楽を与えてくれる、あるいはそれ自体が何らかの快楽だからだ。その何らかの快楽はおそらくあまりに強大なので、人生全体を満たし、幸福に輝いて生きることを可能にしてくれる。だがその幸福は、ごく微小なある一点に押しとどめられているのかもしれない。そしてその一点があまりに光輝いているので、ぼくはおそらく自分の虚栄心に気づいてしまう。おそらくその一点とは、縮めようとすればするほど力が集中し、やがてさらに勢いよく顔に向かって飛び出す、そんなばねに似ている。またある時には、虚栄心はばねのように暴れる力すら持っておらず、優雅にこちらの目をふさいでからかうのだ、という感じも受ける。昔、会話中に虚栄心に不意打ちをかけてしまったことがあるが、まるでテーブルに手をつこうとして、うっかり「タングルフット」――ハエ取り紙のことだ――の上に置いてしまった、そんな具合だった。まず行う動作、一番自然に出てくる動作は、反対の手でそいつを剝がし、虚栄心をそっちの手に持ち替えることだ。それから、ハエ取り紙を手から剝がそうと足で踏んづけながらもまだ虚栄心を追い求めている場合は、その紙がハエの脚ではなく自分用であるかのように、タングルフットの土台を貼り付けたまま出かけるとしよう。ここで、虚栄心とは不滅なのだから、追い求めるまいとは考えないこと。ぼくはこの先もずっとうぬぼれ屋でいよう。ぼくのこの率直さは賞賛ものだ、とも考えるべきではない。虚栄心あればこそ我々は、一冊の本を書くとき、優れた洞察力という栄光を勝ち取るべく、厚かましくシニカルなまでに率直になることができるのだ。もちろん、書くというのは致命的に必要な行為だと言おう。もし外部から取り入れられる元素であるアルコールやあらゆるアルカロイドの快楽が往々にして致命的であるなら、その原料が我々自身の内部から抽出される虚栄心というものの快楽が、どうして致命的でないことがあろうか？　もちろん虚栄心にもいろいろあるし、虚栄心からきわめて面白いことがなされる場合も多々あり、虚栄心は常に生産的なのであって、美的創造により正当化される虚栄心の快楽と、道徳の美的側面を打ち負かす快楽とは別物ではある。ご覧のとおり、もうぼくは歩み寄って、虚栄心を正当化している。

虚栄心の快楽が思考に対し自分を正当に評価するよう要求するとき、それが虚栄心の頼みであることを思考自身すら気づいていないときでも、思考はかいがいしく虚栄心を正当化してやる。もし拒んだりすれば、多大な犠牲を被ることになる。しかも、思考は実に様々な手段を有している！　そして手段を有するということは、それを適用してみたい欲望が大いにあることを意味する！　そして適用するというのは、適用にも才能がいることを考えると、これも一つの快楽ではないか？　まあでも、こういう話は理性の陰口、対象物ないしは作用なのだが、この理性というのもぼくにとってはかなり未知の存在だ。（おお読者よ、君もこんなことを考えた経験があるだろう！）ぼくは自分の理性を観察することがまずないので、いざ観察してみると——こういった観察は往々にして長い間隔を空けて行われるが――理性はまるで尾のついた流れ星、つまり彗星のような姿で現れ、この星自体もその尾も、ぼくには未知の存在に映る。こちらの惑星に衝突するのか、それともよくありげな話、ガスで窒息させるのか、それともどんな形で惑星を破壊するのか、見当もつかない。自分はすでに破壊されたあとなのかすらわからない。ぼくにはぼくで破壊――なにか暴力的な形で、衝突か窒息かは問わず――を想定する流儀があるけれども、向こうが別の仕方でこっちを破壊する可能性だってある――ゆっくりと密かに、さらにはこっちを納得させながら。今思いついたが、理性というのは自分の子供みたいなものだ。ぼくはその子の、あまり痛まない箇所をやや乱暴にひっぱたいているのだ。でもぼくは父親ではないし、結局のところその子を好いている。向こうもたまには、言うことを聞いてくれる。

おいおい！　それがギャングと何の関係が？　君は頭が一つ、曲がり角の後ろに姿を消したのを見ていないとでも言うのか？　ドアの開いたところに現れた影は？　頭に銃口を突きつけられるまでわからない？　それとも――よく聞きな――どこに突きつけてほしい？　どういう筋が望み？　未知の領域がどうあってほしいか思うところがあるなら、あるいはこの作品がどうなるかすでに思い浮かぶところがあるなら、登場人物を雇って書かせるから（おお読者よ、今すぐにでも！）教えてほしい。

それとは別に君には、この本を読む際、できるだけ読書を中断するようお願いしたい。おそらく、ほぼ確実に、君がその中断のあいだに考えることこそが、この本の最良の部分だろう。謙虚だろ？

さあもう謙虚さはかなぐり捨て、事実に向き合いな。今回がまさに、謙虚さの背後に隠れた何かを発見する一例というわけだ。

タクシー

親愛なる同業者。そう、そう、今読んでいる君のことだ。ここに並ぶ文字の目、穴、本体のすき間から、尖った角の後ろから見てるんだからな。君も同じことをやろうと試み、二人して文字のあいだを移動する際に武器を隠したりすれば、傍目からは無邪気に隠れんぼでもしているような格好になる。つまずいたらご用心！　ぼくが今朝パーカーの万年筆にインクを補充していたときの笑顔を見ていてくれたら！　その笑顔の裏に何があるか、君が知ったなら、君に言ってやれたなら、自分が知っていたなら！　もうご存知かもしれないが、ぼくは笑顔の裏にいるやつと仕事しようとしているのだ。（内心の声。誰と、何のことで、どうして仕事するのか、さっぱりだ。）ああそうか、わかったぞ、つまり、わからん！　まあ、腰に手をやって確信《ピストル》をつかまなければ、ぼくの負けだ。確信《ピストル》について、ぼくは最期の言葉を吐く。素敵な武器じゃねえか！　こいつは嫉妬深く、反復的で、遠くまで届く。ある一点に到達するだけで、人を殺せる。

ぼくは借り物の隠喩に乗り込み、〈事務所〉へ向かう。隠喩はブルジョワの快適な乗り物で、いろんな場所に行ってくれる。だがその前に、運転手にどこへ行くのか具体的な場所を伝えねばならない。不可知のものに到達したいとこちらが告げれば、向こうはどこへ連れて行けばいいか察してくれる。精神病院だ。道に迷いもしないだろう！　乗せてもらっていると、ぼくの目にちらりと何かが映る。だがスピードまでがきっちり計画されている。もし他の車よりスピードが遅ければ、後ろの連中が鳴らすクラクションに耳をやられる。もっと飛ばせば衝突しかねないし、後ろにナンバーがついているのを忘れてはいけない、ナンバーがあるからには、否応なく誰かが責任を負うことになる。自分で車を開発しさえすれば！　だが委員会の承認を得て特許を取得しなければならない。時間、ほかでもない時計という時計が取り決めるところの時間を無駄にしてしまう。いくつかの場所には歩きで行こう。しかも、ナンバープレートのついた車を盗むのもありだ。こいつは便利と感じるようになるだろう。何かを利用してそれが便利だと感じるほどいいことはない。隠喩は、かつて徒歩で通ったことがあるものの、そのときは特定のやつらを相手にしていたせいであまり注目を向けていなかった場所とよく似た場所を通過する。なぜだかさっぱりわからないが幸せな気分にしてくれたあの数々の場所と似た場所を隠喩が過ぎていくのは、幸福な偶然だ。この様々な場所が、ときどき部分的に、あの数々の場所を思い起こさせるのだ。隠喩には、時間を綜合し思い出を引き出すという利点がある。自分の職業柄、あの数々の場所には影のかかった片隅がいくつもあった。今目にしている影は同じものではないが、あの様々な影を思い起こさせるところがあり、不思議なことに、通りのなす幾何学模様に違いはあるにもかかわらず、かつて見た影を呼び覚ますところがあり、さらに新しい、風変わりな影をも見せてくれる。それでも、以前通ったときははるかにたくさん影があった——この影というやつは、ぼくに極めて強い影響を及ぼすものだ。ぼくは必ずしも自分が影を横切ったり眺めたりするとは考えず、むしろ影の方が自分を侵略しているように感じる。こんな風に高速で隠喩が横切っていくなか、どこかぼくを完全には満足させてくれないどころか、その正反対の気分にさせるものがある。一方ではぼくはご満悦だ。というのも特定のやつらを追いかける最中、今ぼくが理解できないものかとどこか期待している影たちもまたぼくを侵略していたと判明するからだ。その期待に関しては、どこまでのものなのか、それがどのように感じ取られ理解されるのか、ぼくはよく知らない。感じるということに関しては、感じるというのがそもそも何なのかよく知らない。知るということに関しては、知るとは何なのかを知らない。そして特に、ぼくは自分の望むものについて、知らないし、感覚も持っていないし、理解していないし、期待もしていない。以下同様。無知であるということが何なのかもよく知らないまま、おそらくぼくは芸術的に、あるいは気品たっぷりに、無知であることを望んでいるのかもしれない。無知であると確信しているのではないかとぼくは恐れる。確信もなく無知でありたい。一番怖いのは、一つだけ確信を抱きながら無知であることだ。おそらく、いつかぼくが自殺するとしたら、一つだけの確信‐綜合を抱いて自殺するだろう、だが最悪の死に方はこうだ、よく聞きたまえ。すなわち誰か他人が、一つだけの確信‐綜合を抱いて僕を殺すこと。今こうして隠喩に乗るあいだ、ぼくはいっそう上出来に影をたくさん溜め込んでいるような、それをポケットに詰め込むような心地がして、指をぎゅっと握りしめる。突然、影が肉体を持っているように思えたのだ。しかしそれにしても、影の中になんと多くの体が見つかることか！　今、通りを眺めると、隠喩が、猛スピードでかっ飛ばし、空間内における時間の綜合を行い、こうして空間を縮める幻想を与えるなか、何か一時的にぼくを苛立たせるところを持っているのに気づく。通りを横切る際、あまりにいろいろ轢きすぎるのだ。異なるリズム、異なる質の思考でもって、考え、感じなければならないのだろう。影の謎はあまりに唐突に、つかの間のものの謎へと転化してしまう。でもぼくは、一体何を捕らえようとしているのか？　捕獲本能に襲われているだけなのか？　ぼくはやや居心地の悪さを覚えるが、なぜか時として、そのことに気づくと、気分が落ち着く。だがすぐに、ぷつり。本能が警察を嗅ぎつけたか？　いやだ、ぼくは警察の彼方、特に、警察に押し込められる場所の彼方にいたい。もうこの隠喩のおかげで落ち着かず、えらく反感がわいてくる。この隠喩を使うのはブルジョワだが——使いはするが作ったわけではなく、しかも作る側の人間をいかに苦しめることか！　しかも物によっては、開発者より使用者に属しているような感じを与えるし、このブルジョワめ、たいしたギャングだ！——さて、この隠喩は通常、あらかじめブルジョワの敷いた道を走る。拡声器から時空間の綜合が聞こえてくるが、残念ながら響いてくるのは、身近でも聞くような新味に乏しい言葉ばかり！　映画館の偽の暗闇でゆったりくつろぐなか、ぼくたちは偽の明るみを見るが、そこでは他の人たちがああも偽物の生を送っている。だがぼくは、あれだけの暗闇と虚偽の中に、何かを嗅ぎとる。居合わせた観客は外ポケットに「いろんなもの」を入れている。だが内ポケットの中身ときたら！　もちろん、隠喩にもいろいろな種類がある。いやはや！　なんだか隠喩に乗ったことのないお百姓みたいだ。ぼくはいろいろと空を飛ぶ隠喩に乗って物事が小さく見える経験もしたし、両側は何も見えないような深くを走る地下鉄に乗ったこともあるのに！　まあいい、今はこの隠喩でゆっくりとして、いろんな影を思い出すことに努めよう。隠喩の明らかな利点の一つは、その隠喩とは無関係の物事を考えることができるという点だ。さっきぼくが居心地悪く感じたのは、今見ているものと以前見た影とを関係づけようとする意図のせいだったのかもしれない。ぼくは隠喩の旅を利用しようとしていたのだ。そして人間が行為を意図するというのは大変なことだ。神以上に大変だ。ひょっとして彼自身がそもそも神なのかもしれない。だがそれでも、意図しなければならない。意図しなければ、自分が意図される。

隠喩の値段が、ぼくの懐具合には過ぎるほど跳ね上がっている。ぼくは、停車するよう「警棒」が合図する状況を、これ幸いと利用する。だがぼくの考えはなおも続く。考えたちは、あまりに内に留まりすぎた、もしぼくが考えたちに囚われるのを望まないのならば自分たちは外に向かって働きかけるしかない、そう悟った。そこでぼくはおもむろにタクシーのドアを開け、群衆の中に消えた。

ファン・メンデス　または考えの雑貨屋　またはわずかな日々の記

第一日

私の名前はファン・メンデス。もう少しあとで、なぜ書くのか述べよう。どうやら独創性が出そうな気がする。この独創性の感覚は、何度も経験したことがある。かつて、ある特定の件について私より理解している男と話しに行ったことがある。私は彼に、それがよく理解できないのだと打ち明けた……それでも思い切って、我々は誰もが世間を突然驚かす何らかの独創性を持っているのだというあの信念を胸に、話しかけたのだった。

書きはじめるにあたり、タイトルについて考えた。タイトルとは語られること全体の綜合、そして著者の美意識の綜合を意味するから、これは大変だ。タイトルのせいで本を読まない人は多い。タイトルに惹かれて本を読む人も多い。タイトルをあれこれ目にしつつもタイトルに関する意見など信用しないよう教育を受けてきた人も多い。私は一つだけのタイトルでは納得できなかったので、三つ選んだ。しかも、いろいろな種類の読者に合わせることができるし、一番いいのがどれか彼ら同士で議論すればいいから、この方が効率的だ。あれがいいと言う人、いやこれだと言う人、あれとこれの組み合わせがいいと言う人、三つを足して割るのがいいと言う人、そんなのは不真面目だと言う人、不真面目だからこそ面白味を感じる人、面白さは真面目か笑えるかなどという問題とは無関係だと知ってはいるものの面白味を感じない人、等々。だが私は、面白い作品が生まれるかどうか進めてみることにする。その作品は、私が論考の収録を予定しているその他の面白い著作とは一線を画すものになるだろう。私たちは時として、作者がある場所に到達するのにたどった道、だが虚栄心から隠し通している道を知ることに面白味を感じるではないか。明日になってこれが不出来に思えたとしてもあえて発表するつもりだし、私の思考の過程を知ってもらうためには、明日になって前日の私を否定などすまい。作品に価値がない場合も、価値がない方が過程と評言に富むというのもご理解いただけよう。私は自分の誤りをしっかり書き込み、あるものが下品であると他人の体験談で知りながらも自分はそう感じない場合でも私はそれを告白し、己の精神から自然とそれが消し去られ軽蔑を受けるまで、味わおうと思う。もし作品が不真面目に終わった場合は、ふざけて物を書く人間の多くに当てはまるように、真面目に受け取られるべくふざけて書くという密かな虚栄心があったのだと思うことにしよう。重大なものに関しては、言葉で言い表そうとしたところでもう怖いものはないし、言い表す理由もない、というのも今日、真実と感じられるものをあれこれ言葉にするのは下品とされているからだ。どう言い表すかにもよるのも確かで、するとワイルドが「作品に不意打ちされる芸術家などいない」と登場する。だからこそ私は誰に対しても、特に自分自身に対して用心したい。まるで十本の指が私をくすぐろうと脅かし、それを避けねばならないかのように。もう一つ用心しなければならないのは、分類するという悪癖だ。秩序というのは手段としてはいいが目的としてはよくないのは確かだが、誰もがそれを忘れ去り、思考を秩序づけるという手段を目的にしてしまうのだ。

さて、警戒のあまり、警戒する人間の多くがつまずくように万事がつまずきませんように。だが今まさしく、皮相な感覚につまずいてしまった。それは今書き込んでいるノートの快感だ。今すぐノートを埋め尽くして、映画のフィルムを早回しするようにざっと読んでみたいのだ。ノートを埋めて映画遊びをするには、自分自身、悪癖、そして様々な哲学的観念への用心が役に立つだろう。こうした諸々が全て皮相にすぎないのはわかっているが、皮相なものはより事物の呵責なき運命に近い。というのも皮相であるというのはきわめて自然なもので、そこでは事物のことは比較的問題にならず、運命とよく似た姿をとるからだ。だがそこで私の目には、〈深遠な〉人々の哲学的視線の糸がこちらまで届くのが映り、それはそれで、皮相な人々に負けず劣らず滑稽な気取りに思える。前者も後者も、ともに運命の対象なのだから。ただし両者の違いは、〈深遠な〉人々は運命の重要性を究明するのにより興味を持つという点だ。彼ら自身がその重要性を創り出すからである。我々は痛みが到達したとき、そこに過度の重要性を置かずにはいられない。確かに、〈深遠な〉人々は苦痛を予期し往々にして苦痛を避ける。だがやはり往々にして、苦痛の予期によって苦痛がより早まることもある。

今私は全員、つまり〈深遠な〉人々も皮相な人々もひとまとめにして、私の映写機でフルスピード上映してみようと思う。疲れたらもうストップだ。だがその前に、なぜこんなものを書こうと思ったのかお話しせねばなるまい。

ある日私は、自分が理性を失う寸前だと気づいた。理性を保つべきか失うべきか断定する勇気はなかった。そこで私は、自然に生きようと心に決めた。自然に理性を失えばそれでいいし、自然に理性を失うことがなくてもそれでいい。私はこれを、他人に私の事例を知ってもらい自分の事例を予見・回避してほしくて書いているわけでもない。他人が理性を失うのが好都合か否かわざわざ自分が意見するなど、そんな気取った真似は絶対許さない。私がこれを書くのは、今自分がなぜ書くのか述べてみる必要を感じるのと同様、己の身に起こることを書きたいという欲望に駆られているからだ。この欲望に襲われたのはずいぶん前のことで、ちょっとした物語がある。こうした諸々は私には奇妙に思えた。というのも、ひどいことが進行中なのではないかと思いはするものの、起こっていることがよくわからなかったのだ。そこで私は、自分自身を観察してみようと決めた。一瞬たりとも自分から目を離さなかった。

自分と他人を比べてみたとたん私は、思っていたよりさらにひどいことが進行中なのに気づいた。さらに、どれだけ己を観察しても自分自身のことなど決して理解できない、書けもしない、書けたとしてもなんの有用性も快楽も得られないだろう、と考えた。そこで私は、自分の欲望を叶えまいと心に決めた。だが私の欲望は、時の経過とともに、まるで実在物のように乱暴に食い下がった。まるで私の内部に、不条理かつ避けがたい存在感を放つ一人のキャラクターが生まれたかのようだった。

今日は今日で

わがキャラクターに今日、こう言われた。「何よりもまず、率直に書くこと」。適当なことを！　勝ち気だが無知な人間の率直さがあり、また自分自身に対する率直さ、つまり言うのが好都合なことを率直に言うという意味での率直さがある。これは強気－シニカル－知的人間のものだ。弱気人間の防衛策の一つもまた、たとえ反対意見であっても率直に物を言ってもらうことなのかもしれない。だが何もかもが対立というわけではなく、彼らは率直なだけだから許してほしいと思っているのであり、その率直さで人を驚かせようという望みは失っていない。私は率直さを排しながらも、文体においては率直であろう。後になればわかる。最後には全ては許されうるのだ。もしある人が恐れを感じないなら、その人は英雄だ。もし恐れを感じているのならそれは危機を意識しているからで、ならば賢者だ。しかしやがて良き哲学が訪れ、恐怖も勇気も同じぐらい必要なものであり、どちらも持っていなければダメだとのたまう。だが私は折り合うのには反対だ。そんなことをしたら物事がうまくいってしまうし、だとすると感情が生まれないので、うまくいかないのに等しい。この点に関しては、完璧さの方向性と感情の方向性がある。私は感情の方向性を目指したい。折り合って両者をまとめ上げようとする人もいるが、私はそんなことができるような平静さを持ち合わせていない。今日は起きたら小さなスピードマシンがあったから、飛行機に乗って、他人の思考が住む街の上を旅しよう。だが機械が止まると落ちてしまうので、立ち止まって考えないようにしよう。書くことに関しても、折り合ったりすまい。物事が深まるようにゆっくり書きたがる人たちがいれば——私は止まることができないのだ——、ある程度自然体で、かつその自然さをどうやって出すか少しだけ考えながら、その平均として書く人たちもいる。こんな折り合いが私には腹立たしい。私は落ちてしまうから一瞬たりとも止まれないのだ。時折私は、何かを断言したり、一つの概念を完成あるいは推敲したりすると、飛行機が航行中エアポケットを発見するかのように本能的に誤りを感知する。だが気にせず続けよう、速度の冒険に出て、誤りがあっても様々な考えの運動を感じてみたいのだ。しかも、他人の思考の街の上空を通過する際に急降下などしたら恥だ。そう、立ち止まって予見などすまい。ある女が誘惑の方法を予見して他の女より襟元を開けていたが、動いたはずみに片方の乳房が出てしまい、彼女はその美しい手で、全員の前で乳房をつかんで入れ戻すはめになる、なんてことがあった。そう、ゆっくり考え込んだりすまい。立ち止まって予見するのは、映写機と一緒に起きスローモーションでフィルムを見るときにしよう。そのとき思考は、跳躍する馬の脚のようにゆっくり進行するだろう。かつておこなったのはまさにそれで、私は人生を、スローモーションで見るように過ごしたのだった。今私はゆっくり歩いていて、何やらあらゆるものが軽やかに歩んでいるように思われる。やがて私の思考がまたフルスピードで再生されるだろう。私は思考を笑い飛ばすだろう。ゆっくり再生される日もあれば軽やかなときもあるだろう。それから私は不条理の詩を作って、びっくりさせてやろう。それこそ俊敏な精神の望むものだ。カフェに行って、友達に向かって次から次へと出鱈目を飛ばそう。彼らが笑い、疲れ、私に軽蔑を向けたのち、今度は泣いてみせ、私が狂っていると思わせよう。それから私は笑い、座って静かに会話し、自分は狂ってなどいない、びっくりさせたかったのだ、自分にはびっくりするような虚栄心があって、役者になって注目を浴びる必要があるのだと告げてやろう。それから物事をゆっくり見直し、予期してみよう。これぞ恐怖学校だ、というのも私は恐怖学校で学びながら空想を予期してきたのであり、空想的なものを常に予期しておきたいと思うあまり、いつも空想を創り出してきたのだった。批判や恐怖を予期しておくのは、傑作の基礎の一つだ。それだけがすべての真実ではないのは確かだが、一気にすべての真実を話そうとするのが知的とは思えない。世界は広いから、どんなことを言おうと当てはまりうるし真実の一部たりうるのであって、問題はそれを知的虚栄心をもって述べることだ。しかも真実なるものは私に、自動車事故を思い起こさせる。悪いのは一方の運転手でもう片方は悪くないと誰もが考えたがる。まるでどちらも悪いとか、それぞれが少しずつ悪いといったことがありえないかのように。さて、もう疲れてきて私の機械も止まりかけている。冴えないことばかり言ってきたのがすでに恥ずかしい。だがスピードの出ている中ではすべて流されるし、場にふさわしくなる可能性も増える。そうでなかったら、私はつまずいていただろう。今私は賢者となり、ゆっくり自惚れることとしよう。自分が誰よりも優れていると思おう、たとえ向こうにとっても私自身にとってもそんなのは間抜けだと明らかにわかっていても。だが往々にして、たとえ実際は違っても、自分の方が上だと感じる頑迷が勝利するものだ。これは強気な人間特有のものであり、我々が女性に向けて使う詩だ。何となく、理由の説明もなく、自分が優れていると感じる点に詩がある。ここで論理はお呼びでなく、常に論理に従って行動するのではなく、感覚に従って行動すべきなのだと証立ててくれる。私は今、たとえ実際は違うとしても自分が優れていると感じていて、私に理性がないと気づいた女性がいたらやすやすと攻略してみせるだろう。この魅力に対応する女性は、攻略され、さらにのち、外的な力に比べれば不明瞭だが同等に実在感を備える秘密の力で勝ち誇ることに、魅力を感じる女性だ。私は強気になり、秩序の肋材を用意しよう、というのも彼女は、あっと驚く空想の中を飛べるよう、己の人格と精神を支える必要があるからだ。私は真実を思考し言明する道具にはなるまい。形而上的なものに到達するには、非個人的になり、全てを異なる仕方で分析する様々な人格を有することが必要だろう。これは女性には適していない。女性が必要とするのは我々がはっきりとした人格を有していることであり、そうすることで彼女たちが我々を押し出す際、我々が強固かつ確実な慣性を発揮し、彼女たちの予期する場所へ私たちが到達することなのだ。もし我々が非個人的存在になってその意図を理解してしまったら、私たちは道半ばで引き返し、強気も節度も確信にも欠けるために、彼女たちの考えを見破ってしまうだろう。これは彼女たちが譲れないところだ。たとえ実際には我々に、自分の血と心を譲り渡しているとしても。

今私はゆっくりとこんなことを考えてきたが、これは明日フルスピードで思考を見渡したら楽しくなるだろう。

さらにもう一日

今日わがキャラクターは、私が静かなのを見て私を正気だと思い、私がこんな書き物までしてどこまで行くつもりなのか訊くのには今こそもってこいだと考えた。曰く、もしこれを読んだ誰かに一体何が言いたいんだと訊かれても、私はかしこまった答えは何も言えないじゃないか。そしてまさしく、私の様子がかしこまっていると思ったキャラクターは、何か読者への助言となるような、読んだ結果何らかの教訓や人類を導く新たなスローガンを見出すことのできるような作品を私に書いてほしがっている。そうすれば私は一つの善い評価の内に収まり、優越感にひたりながらときどき眉を顰めて考え込み……というわけだ。

そこで私は意を決し、彼には理解できないことを説明してやった。曰く、私はどこへ行くかなどまったく興味なしに書いているのであり――たとえそのこと自体がどこかに行くことになるとしても――、さしずめ次の目的地は、悦びを引き出し必要を満たすこと以外にない。私の中にあるこの必要というのも別に、何かを教えることになどまったく関心はない。もし私の書くものが結果として、楽しませ感情を揺さぶるものに関心を示しているのであれば、それも結構。だが私は少しずつ埋まってゆくこの素晴らしいノートを埋め、やがて埋まった日にはフルスピードで読んでみるという以外、何もしようとは思っていない。

さて、早速もたついてしまった。つまりしたくもないのにくどくど説明などしてしまったわけだが、例のキャラがしつこいので何はともあれ振り払わねばならなかったのだ。だがさらにもたつくわけにはいかない。表に出て、ひとつ恋でもするとしよう。ただしその恋が重々しくなりすぎないようにしよう。気取りのない、軽く単純で繊細な、患いの少ない恋がいい。もちろん、精神の必要が満たされるものがいい。それなら精神が活発で健全になる。シニシズムが入っていようと構わない。その方がかえって、各人に一番ふさわしい地点に近付くことになるだろう。リスキーだが、こう言った方がいいだろう。つまり、今世紀の大半の若者にとって一番ふさわしい地点に。私は今世紀風に恋をすることにしよう。私たち現代の若者は、病的な、重々しい、滑稽な恋の例ならいくらでも知っている。

出かけるのに服を着替えるあいだ私は、自分が今世紀風の恋などできるのかと考えていた。確かに前世紀までの恋、遅鈍な恋、病的な恋というのは衒学的で重苦しく、あまりに集中力を要求し、機知に欠け、いかにも重々しい見かけをまとう。だがその方がより気高く、深みもあり、責任感に優れてもいる。とはいえ、そういった恋を心得ているからといって、私たちがその方を好むというわけではない。往々にして我々は、いろいろなことを心得ない方がいいと望む。ともかく、この私がどういう風に恋するかという諸々の話は、私を観察するあのキャラの考えたことだ。私は自然体で生きるとしよう。キャラの忠告が資するのは、おかげでこのノートが埋まるという点で、この欲望はきわめて私のものだ。

ある風の強い日

今日はとても奇妙なことがいくつも起こった。恋をしに出かけたところ、正面から見るとよく似合っているのに横と後ろから見ると不恰好な帽子をかぶった婦人に出会った。帽子が頭にはまらないかのような、少し邪魔臭くはないのかと思えるような特殊なかぶり方をしていて、私はその帽子をもう少し深く襟首の方へかぶせてやりたくて、居ても立ってもいられなくなった。ちゃんとかぶれるまでもう少しなのに、そのもう少しのもどかしさといったら！　私はそのことばかり考え、気になって仕方がなかった。自分は金持ちにはなれないだろうな、とも考えた。もし金持ちだったとしても、あのとき、もう少しだけでいいから帽子を深くかぶってくれるよう、私財を投げ打っていただろうから。だがきっと私が大げさだということに収まり、彼女は自分で襟首まで深々と帽子をかぶる結末となったに違いない。さらに私は、このノートを埋めたくてたまらなくなった。帽子の強迫観念に反応したくなったのだ。私は浜辺へ向かい、沿岸近辺を散歩しはじめた。だがあの帽子を深くかぶせられなかったことで、機嫌が悪かった。突然強い風が吹いて私の山高帽が飛び、髪の毛が前方にたなびいた。これで私はさきほど以来の強迫観念から解放された。私は風について考察を始め、二つの計画を思い描いていた。一つは、この風の印象についての考えを心理学の論文にすること。もう一つは、この風について短篇小説の形で書くこと。論文の方はこんな感じだ。つまり、ある人の胸や脳髄が締め付けられていると、その人は自分が下等であると考える傾向がある。反対に、物事を説明するのは単純だとか、説明などどうでもよいという風には考えなくなる傾向にある。彼の精神は曇り、どんな物事の説明も重々しさを帯びる。夜中に物音を聞いて怖がる子供も同然だ。ドアが風で音を立てたのだ、あるいはその物理的な原因は不明でも今はともかく静かに寝よう、と説得するのは一手間である。健康であるほど、人は安らかに眠る。私が風の不意打ちを食らい、まさにあの帽子のことを考えている最中に山高帽を飛ばされたという偶然が起きたことで、私の曇った精神は、これ幸いとその謎の中へ飛んでいった。もし私が内に籠もっているところでなく強迫観念にも囚われていなかったら、ただ風に吹かれただけだ、なぜあの瞬間だけ強く吹いたか物理的原因を突き止めるなど間抜けもいいところだ、そう考えたことだろう。さて、もし風で一つ短篇をこしらえたのなら、あの婦人の帽子と私の山高帽という偶然の一致に潜む謎を印象づけるようなものになったろう。私の興味を惹いたのは自分が浜辺を歩く様子と吹く風のあいだでリズムにずれがあったことだと説明しようと思っていたのに、実のところ、風が私の山高帽を吹き飛ばし髪の毛を前方になびかせたことで生まれる滑稽さには、そこからはみ出る何かがあった、そう思わせたことだろう。物笑いの種になった時点で私は、まるで自分を笑い者にしたのが一人の人間であったかのように、まさか風に意図があるなんてと思ったのだ。まあ、短篇なら開かれて謎めいたものに、論文なら限定されたものになるだろう。そしてもちろんここで、真実を見つけることと美しいものを作り上げるのと、どちらにより誇りを感じるか考えだすことになるだろう。私は、二着のスーツを身につけるようにして、両者を備えたいと思う。ある日は心理学の教授、別の日は文士。だがそれでも、別のもっと素晴らしいことが起こるだろう。ノートを埋め続けよう。

傑作の日

今日は傑作の日だ。世界がひっくり返る——そしていろんな賞をかっさらう、そんな作品だ。ベッドから起き上がるやいなや、私はこの今日という日がいかに重要なものとなるか察知した。自分が輝しくインスピレーションに溢れているように思え、すごいことが起こりそうな予感を覚えた。傑作のタイトルはごく自然に浮かんだ。よくよく考えねばならないことだから、まだタイトルを付けようとは思っていなかったのだが。思いついた経緯は奇妙そのもので、その奇妙さたるや、ある偉人が両親から付けられた名前のようなところがある。単に醜い名前だからというのでなく、そこには後々その業績と生涯と対照をなすような、滑稽で皮相な意図が含まれているからだ。ある人について、その名前から価値のなさそうな人物だという印象を受けたものの、実は偉大な人物だった、そんな経験はないだろうか？　当初その人の名前を呼ぶときの不安、渋面を必死で抑える心地といったら！　やがて慣れてくると、その同じ名前を、一人の間抜けではなく偉大な人物とふたたび結びつけられるようになる。だが、一人の人間に付けられたラベルとその内面との不一致というのは痛ましく、失望させられるところがある。偉大な創造者の人生や天才の骨相学、偉大な俳優や何かの偉大な記録保持者の思想でもよくあることだ。さて今朝私は、傑作を書き上げるのは簡単だ、時間と生が人を捉える形次第なのだ、そういうものなのだという確信が強ければ失敗することはないのだ、と気づいた。インスピレーションが湧き上がるのに加えて今すぐ始めたいという欲望に駆られ、私は角の雑貨屋にノートを買いに行った。こんな皮相な事実も、作品が出来上がったあかつきには大いに論じられることになるかもしれない。きわめて馬鹿なことから時として真に偉大なものが生ずるのは、誰もが認めるところだ。雑貨屋でノートをいろいろ見せてくれるよう頼んだとき、このあとすぐ傑作のタイトルが決定することになろうとは、私は夢にも思わなかった。だがそれはこんな風に起こった。ノートの一つの表紙の色がえらく気に入ったのでそれを買うことに決めた。ノートの商品名は「やってみよう」。で、まさにギャンブラーが最初に見た数字に運を感じるように、「やってみよう」というタイトルにしたら間違いなく傑作が書き上げられるはずだと予感したのだった。「やってみよう」というタイトルこそ、傑作が生まれるための秘術《カバラ》だ。えらい驚きだ。偉大なことがこんなにも自然に起こるものかと気づいたのだ。私は一日中、朝の出来事について考え、今日はこれ以上何もひらめかなくてもすでに十分だと思った。自分の作品をその他の作品と区別する名、傑作の秘術《カバラ》となる名を見つけ出したのだ。もう夜だし、眠くてたまらない。

翌日

今日私は、いろんなことに気づいた。まず——そしてこれはさして重要ではない——、昨日ひらめいたことはどれも、いまいましい絵空事だということ。そして、別のノートに恋するようになってこのノートに不実を働いたこと。ここでわがキャラは、忠実さについて講釈を垂れる。だが私は、多くの人間が自らの考えや教え、理論、等々に対し示してきた忠実さのことを思い出し、彼が二度とこんな忠告をしようなどと思わなくなりそうな顔をしてやった。最後に気づいたのが、このノートに対する不実と別のノートに書きたいという欲望のおかげで、私は実に興味深いもの、つまりこのノートの進行を目にしたということだ。どうも機械が止まりがちになり、私はここで切り上げねばならず、私を観察するキャラに予防線を張っても無駄なことで、私は自分が観察されているとはつゆも思わなくなれば墜落してしまいそうな、そんな気がする。だがそれとともに私は、もう続けられない行為を前にまだ残る楽天主義を発揮して、このノートを埋めながら自分がえらく楽しみ、ノートの中に山ほどダメな考えを撒き散らしたと考える。これはきわめて重要なことだ。なぜなら自分の考えがろくに価値のないときでさえ、我々は常にそれをどこかに押し込むチャンスをうかがっているのであり、そうやって私は自分のダメな考えを殺したのだから。

ロチャ、一九二九年

訳者あとがき

南米大陸の東側、ブラジルとアルゼンチンという巨人に挟まれた、ウルグアイという国がある。人口は三〇〇万を超えて久しいが、いまだにその国民性を物語るフレーズとして「私たちは三〇〇万」としばしば口にされるこの小国に、「奇人」と呼ばれる作家の系譜がある。「チリは詩人を生んだ。アルゼンチンは短篇作家、メキシコは長篇作家、そしてウルグアイは奇人」というジョークが生まれるほどに、このステレオタイプは今日に至るまで、ウルグアイ文学の一側面を言い当てるものとされている。その中でも「奇人中の奇人」と称されるのが、訳者自身の編纂でここにお届けする『案内係』の著者、フェリスベルト・エルナンデスにほかならない。

本書をすでに繙かれた読者は、なるほどと頷かれるところもあろう。だが、なぜ奇人なのか？　そもそも奇人とは何か？　そして、フェリスベルト・エルナンデスとは何者か？

作家の生涯

フェリスベルト・エルナンデスは一九〇二年、ウルグアイの首都モンテビデオに生まれた。スペイン語圏においてエルナンデスという名字はきわめてポピュラーであり、文学史においてもガウチョ詩の金字塔『マルティン・フィエロ』（一八七二）の作者ホセ・エルナンデスを始め多数のエルナンデスがいる。区別しやすいよう、さらにその生涯と作品が掻き立てる親密感にも誘われつつ、以下慣例に従い彼を「フェリスベルト」と個人名で呼ぶこととしよう。

作家である前に、フェリスベルトはピアニストだった。若き日の彼を魅了したのはまず音楽であり、一家の古い友人であったセリーナ・ムリエに師事して九歳よりピアノ練習を始め、のちにはクレメンテ・コリングに作曲と和声を学ぶ。さらに同時期、劇作家ホセ・ペドロ・ベジャンの知遇を得ることで文学への情熱にも目覚めることになる。

このピアノ習得は、裕福な家庭の子女の手すさびではなかった。中等教育を終えたフェリスベルトはすぐさま、無声映画のピアノ伴奏で糊口をしのぐようになる。そのかたわら、当時のウルグアイ有数の知識人であった哲学者カルロス・バス・フェレイラのサロンに足繁く通い、大きな知的影響を受ける。「手に職」のピアノ演奏で生計を立てつつ作曲も手掛けていたフェリスベルトは一九二五年、初のソロ公演を行い、さらにマリア・イサベル・ゲーラとの結婚に加え、作家としての第一作となる短篇集『某《なにがし》』を刊行する。以後『カバーのない本』（一九二九）、『アナの顔』（一九三〇）、『毒を仰いだ女』（一九三一）と短篇集を発表するが、その著作はバス・フェレイラを含む少数の読者の称賛を受けるにとどまった。

ピアノ奏者として雇われていたカフェでの職を失い、また地方での公演旅行などに追われ家庭にほとんど関わることのできなかったフェリスベルトは、公演旅行中に生まれた娘の存在にもかかわらず、離婚に至る。一九三〇年代を通してフェリスベルトが発表した作品は乏しく、ウルグアイ内陸部やアルゼンチン、ブラジルと公演旅行に飛び回っていたこともあり作家としてはほぼ沈黙していたが、ピアニストとしての腕前を友人たちから称賛されるたびに当時の彼は、「ぼくは作家になりたいんだよ!」と文学への意志を口にしていたという。他方、私生活では一九三七年にアマリア・ニエトと結婚し、一女を授かる。画家であったアマリアとの精神的交流はフェリスベルトを大いに感化したようで、さらには同時期おそらく彼女を介して、ヨーロッパから帰国したばかりの芸術家ホアキン・トーレス・ガルシアとも親交を結び、美的感覚を深めていく。また生計手段として、ピアノ演奏に加え書店経営や速記術の習得に乗り出す。書店経営は早々に頓挫するが、速記術に関しては、即興的な話し言葉を保存できるその特質を創作にも利用することになる。

一九四二年、作家として生きていく決意を固めたフェリスベルトは、生活の糧であったピアノを売り払い、アマリアとも別れる。そうした中で発表された『クレメンテ・コリングのころ』が、フェリスベルトの運命を大きく転換させることになる。かつてのピアノの師との日々を題材としたこの自伝小説が、ロートレアモン、ジュール・ラフォルグと並ぶモンテビデオ生まれのフランス語詩人、ジュール・シュペルヴィエルに絶賛されたのだ。欧州の戦火を避け生地に滞在していたシュペルヴィエルはその「主題に対する謙虚さ」に感銘を受け、以降フェリスベルトの文学上の父ともいうべき存在となる。翌年発表の『はぐれ馬』は、やはり幼少期のピアノの師であったセリーナとのエピソードを扱った自伝小説だが、執筆に際しフェリスベルトは彼の助言を大いに仰いだ。この頃からフェリスベルトは作家パウリーナ・メデイロスと親密な関係を結ぶが、文学観・政治観の相違やシュペルヴィエルとの師弟関係に対するパウリーナの嫉妬もあり、関係は冷え込んでいく。ただし二人の友情は終生続いた。

そのようにして彼を庇護する一方シュペルヴィエルは、ブエノスアイレスを拠点に活動していたロジェ・カイヨワにフェリスベルトの作品を推挙し、彼の短篇作品が『スール』『ブエノスアイレス年報』といった、ボルヘスも関わるアルゼンチンの主要文芸誌に掲載されるようになる。もっともボルヘスは、作家としてのフェリスベルトを毫も評価しなかった――「フェリスベルトは酷かった」との評が、ビオイ・カサーレスの回想録に残されている――。他方フェリスベルトの側も作家ボルヘスには何の興味も示さなかったようで、現在までに公刊されている彼の書簡集でボルヘスに言及しているのは、自作を掲載してくれる編集者としての "Borjes" に触れた一文（しかもビオイと混同している）と、仏『フィガロ』紙で自分の名前がシュペルヴィエルやボルヘスと並び挙げられていると述べる一節のみである。

シュペルヴィエルの支援はさらに続く。彼の尽力によりフェリスベルトは奨学金を得て一九四六年よりパリに滞在し、当地でヨーロッパの文壇に紹介される。そしてブエノスアイレスでは一九四七年、スダメリカーナ社から短篇集『誰もランプをつけていなかった』が刊行される。当時大きな影響力を振るっていた文芸批評家エミール・ロドリゲス・モネガルの酷評を浴びる――後年ロドリゲス・モネガルは弁明を試みたが、当の書評における侮蔑的な口調は隠しようもない――ものの、南米指折りの有力出版社により刊行されたこの短篇集はウルグアイやアルゼンチンの批評界で好評を博したばかりか、本人の与り知らぬ場所へと流通し、驚嘆の的となった。コルタサルは後年、すでに泉下のフェリスベルトに宛てた手紙の体裁で、かつて自分が暮らしていたブエノスアイレス州チビルコイにフェリスベルトが演奏旅行で訪れていた事実を指摘し、そのニアミスを悔やみながらも、『誰もランプをつけていなかった』に幻惑された体験を熱烈に告白する。あるいはカリブ海沿岸の都市バランキージャで同書を手にしたガルシア・マルケスは、その驚きを自伝『生きて、語り伝える』に記している。のちにラテンアメリカ文学ブームを牽引する若き作家志望者たちのこのような興奮を、当の作者は知るよしもなかった。

一九四九年に帰国したフェリスベルトは、中篇『オルテンシア』を発表し、三番目の妻マリア・ルイサ・デ・ラス・エラスに捧げる。パリで出会ったこのスペイン女に惚れ込んだフェリスベルトは（もっともパリでは、車椅子生活を送るイギリス人女性とのロマンスも知られている）、帰国後彼女を呼び寄せ結婚するも、結婚生活は早々に破綻し三たび離婚となる――やや脱線するが、このマリア・ルイサについては興趣尽きない事実が明らかにされている。アフリカ大陸のスペイン領セウタに生まれた彼女は、本名をアフリカ・デ・ラス・エラスといい、「パトリア」（「祖国」の意）のコードネームで活動したソ連のスパイだった。スペイン内戦やトロツキー滞在下のメキシコで暗躍したのちアフリカは、南米に潜入して共産主義のスパイ網を構築すべく、折しもパリに滞在していたこのウルグアイ人作家に接触して配偶者の地位を手に入れ、まんまと目的を達成する。離婚後もモンテビデオで長年スパイ活動に従事したのちソ連に渡り、晩年にはレーニン勲章すら受けた彼女の謎めいた生涯については、今日フィクション・ノンフィクションを問わず多数の関連書籍が出版されている――その一つが、〈フィクションのエル・ドラード〉にも収録されたキューバ人作家レオナルド・パドゥーラの大作『犬を愛した男』（寺尾隆吉訳、二〇一九）である。他方フェリスベルトの政治的姿勢に関しては、主に表現の自由の観点からラジオで反共産主義的な演説を行ったことが知られているものの、真剣に政治問題に取り組んだ形跡は見られない。マリア・ルイサの素性についても、まず知っていたはずはないというのが通説である。

前の十年とは打って変わって一九五〇年代のフェリスベルトは、ほとんど作品を発表していない。彼が作家活動に専念できるような職を充てがうよう友人たちが連名で嘆願したことさえあり、レイナ・レジェスと四度目の結婚を遂げるも数年後に離婚するなど私生活では苦境が続いたが、時代は徐々に彼の作品を受け入れる用意を整えつつあった。ウルグアイ文化に多大な影響力を及ぼしていた週刊紙『マルチャ』文芸欄の担当が天敵ロドリゲス・モネガルからアンヘル・ラマに代わっていたのは、この点僥倖と言うほかない。モダニズム的教養に強く規定された審美眼を持つロドリゲス・モネガルに対し、シュルレアリスム等のより新しい文芸思潮に通じたラマは、新しい文学の発掘に精力的に取り組み、その一環としてフェリスベルトの紹介に尽力した。四九年には『マルチャ』に短篇「ワニ」を掲載し、さらに一九六〇年にはモンテビデオの出版社・アルファ社の叢書〈今日の文学〉の責任編集者として、この「ワニ」と「水に沈む家」を収めた短篇集『水に沈む家』を刊行する。この書籍がＡＮＣＡＰ（アルコール・燃料・セメント公社）文学賞を獲得し、さらに翌年には「水に沈む家」のイタリア語訳がアンソロジー『万国の最高に美しい短篇集』に掲載されるなど、その作品は国内外で着実に評判を呼んでいった。彼が白血病に冒されたのは、そんな矢先のことである。新しい恋人マリア・ドローレス・ロセジョーを遺し、その後さらに高まりゆく名声をついに知ることなく、フェリスベルト・エルナンデスは一九六四年その生涯を閉じた。

作品について

死の翌年、未完の自伝小説を含む作品集『記憶の大地』が刊行され、一九六七年から七四年にかけてモンテビデオのアルカ社より六巻本の全集が刊行されたのみならず、一九七三年にはフランスのポワチエ大学でその作品をめぐる国際会議が開かれるなど、「イスパノアメリカ文学における近代性の創設者」（フエンテス）としてのフェリスベルトの評価は確立している。とはいえ、コルタサルやファン・ホセ・サエールの偏愛を受け、ガルシア・マルケスを瞠目させ、ロベルト・ボラーニョからも一目置かれ、さらにはセサル・アイラやエンリケ・ビラ・マタス、ファン・ビジョーロといった現役の作家にも敬愛されるなど実に多彩な傾向の作家たちに評価されるフェリスベルト作品を、何らかの流派と関連づけて論じるのは困難を伴う。『誰もランプをつけていなかった』イタリア語版序文に書かれたイタロ・カルヴィーノの次の評言は、その特質を語って余りある。

フェリスベルト・エルナンデスは誰とも似ていない作家だ。ヨーロッパにもラテンアメリカにも似たような作家は見当たらず、あらゆる分類や枠組みから逃れる〈変種〉だが、ひとたびページをめくればその紛れようもない姿が現れるのである。

「誰にも似ていない作家」とは、いったいどのようなものか？　この〈変種〉がラテンアメリカ、なかんずくラプラタ地域の文学に占める特異な位置を確認するためにも、その作品を一望してみたい。

フェリスベルトの創作活動は、『某』から『毒を仰いだ女』に至る短篇群に代表される一九二〇年代から三〇年代の初期、『クレメンテ・コリングのころ』を含む自伝小説群に代表される四〇年代前半の中期、そして『誰もランプをつけていなかった』を含む短篇群に代表される四〇年代中盤以降の後期に大別される。本書では親しみやすさを鑑み、時代を遡るようにして、第Ⅰ部に後期短篇群、第Ⅱ部に中期自伝小説、第Ⅲ部に初期の単行本未収録短篇群の順番で作品を選び、配列している。以下、収録順に解説していこう。

第Ⅰ部ではまず『誰もランプをつけていなかった』所収の一〇篇から六篇を訳出し、さらに晩年の作品として「ワニ」「ルクレツィア」「水に沈む家」を選んだ。いずれも、国内外で最も広く知られたフェリスベルトの姿を映し出す作品である。加えて冒頭に、カイヨワの求めに応じて書かれた自作解題「わが短篇に関する偽の解説」を付した。

自作解題から作品集を始めるのは、いささか奇妙に思われるかもしれない。だが「偽」の語が示すようにその解題は、植物さながら固有の生を宿した短篇を前にした作者の無力を語るのみである。論理的構造を欠き、意識の押し付けを拒む短篇たちは、だからといって全き混沌などではない。そこには何らかの法則がある。ただし短篇自身も作者も、その内実を知らない。「誰もランプをつけていなかった」の一節を借りれば、作者に解説を期待するのは、「夢に出てきた姿形に質問をするようなもの」だろう。かくしてフェリスベルトの作品を読むことは、そのような法則を自ら探り当てる営為となる。

その「誰もランプをつけていなかった」は、ある一夜の何気ない情景を描き出しているようでいて、以降の作品を読み解くためのヒントに満ちた一篇である。あちこちの物や人へと散漫に視線をさまよわせては夢想や過去の思い出に浸る主人公の中で、やがて銅像や鳩といった人間ならざる存在が固有の生命を帯びた存在として立ち現れ、逆に人間の方は、あたかも「壊れたふいごのついた道具」よろしく朗読を行う語り手や、小咄を披露しようとしてぎこちない姿を曝け出す政治家のように、さながら物と化す。加えて立ち込める沈黙が、非人間的存在たちが秘密裏に結ぶ親密な関係の印象をさらに掻き立て、期待と謎が空間を満たす。その空隙にふと、押し留められていた思いが溢れ出す。

右に挙げたモチーフやテーマがその他の作品で執拗に繰り返されていることは、一読すれば明らかだ。まるで同一の素材が幾重にも異なる模様を生む万華鏡めいたこの反復と変奏こそが、誰とも似ていないフェリスベルト独自の基調を醸成する。作者自身とずれを孕みつつ重なる語り手が、多くの場合明確に構築されることのない漠とした舞台設定の中をさまようかたわら、出来事や思い出が脈絡もなく連なる。そのとりとめない展開を辛うじて繋ぎ止めているのが、彼の眼差しだ。「動物がゆっくり獲物を呑み込むように」目で対象を取り込む彼は、それらを連想に委ねることで我がものと化し、その視線なくしては決して成り立つことのないはかない関係性を、そのたびごとに織り上げる。彼はひたすら「こちら側」に留まりながら、その関係性が醸し出す謎の前に立ちつくし傍観する。むしろ、傍観するためにこそ謎を待ち受ける。

その眼差しの存在感をありありと感得できるのが、多分にカフカ的な趣を湛えた表題作「案内係」だろう。主人公の特殊能力が一体どんな帰結に至るのか展望もつかめぬまま、読者は暗闇の只中であたかも星座の中心に位置するような案内係の眼光を頼りに物語を読み進めるほかない。ユーモアと幻想性に富んだ本作は、フェリスベルト入門として最適の一篇かもしれない。次の「フリア以外」ではちょうど対極的に視覚を欠いた状況下で触覚の存在感が際立つが、かような身体性へのこだわりは、きわめて自伝的な「初めての演奏会」でも印象的だ。

このように個人の親密な世界を構築してみせるフェリスベルトも社会派的な視点に欠けるわけでない点は、「家具の店〈カナリア〉」と「ワニ」が証し立てている。「ワニ」については、読み解くために一つ前提知識を提供しておきたい。スペイン語を含む多くの西洋言語で、「ワニの涙」と言えば「嘘泣き」を意味する。獲物を呑み込むワニが目からまるで涙のような分泌液を流す姿に、人間は偽善のイメージを投影してきたのだ。作中、主人公に向かって「ワニぃぃぃぃぃぃ！」と野次が飛ばされるのは、その成句に基づいてのことである。だが「ワニがなぜ泣くのか自分にはさっぱりわからない」とうそぶく主人公は、とぼけているだけなのか、それとも本当に知らないのか。いずれにせよここでも眼差しの存在感は健在で、いわゆる労働疎外あるいは感情労働の寓話に、えも言われぬ軽みを与えている。とはいえ「家具の店〈カナリア〉」に見られる戯画的な調子はより抑えられ、物語にはいつしか悲哀が滲み、やがて溢れ出す。

この軽みとない交ぜの悲哀は、続く二篇にも流れている。「ルクレツィア」は、おそらく収録作中もっとも読者を当惑させるものだろう。実在の歴史的人物を絡め二つの世紀を自在に往還するその筆致は、SF作品のような印象すら与える。だが冒頭部でも明らかなように、その語り口は極めて意識的に選択されたものだ。その意味では一番読み解き甲斐のある作品と言っても過言ではない。読み解き難さにおいては、最後の「水に沈む家」も引けを取らない。親密さと不可解さ、理解と誤解とが目まぐるしく反転するつかみどころのない語りの果てに主人公は、他人を十全に知ることなどできないのだと悲しい啓示を得る。しかしまさにその悲哀を引き受けることでこそ、彼は物語を紡ぐ資格を手にするかのようだ。本作をフェリスベルトの到達点とする声が多いのも、然るべきところだろう。

いわゆる日本文学で俗に理解されるところの私小説とは異なるが、自伝的要素から出発して多分の虚構化を加えたフェリスベルトの短篇は、近年スペイン語圏でも流行した「オートフィクション」を思わせるところがあり、事実彼をラテンアメリカ文学におけるその先駆者として位置付ける研究も多数存在する。いずれにせよ自伝的探究は作家フェリスベルトにとっての重要な転換点であり、本書第Ⅱ部が提示するところである。長い沈黙ののち作家としての道を再び歩みはじめた彼が四〇年代前半に発表した『クレメンテ・コリングのころ』

『はぐれ馬』、そして同時期に執筆されながら未完に終わった『記憶の大地』の三作はいずれも幼年時代をめぐる自伝小説であり、その先頭を切る『クレメンテ・コリングのころ』(以下『コリング』)を読むことで、私たちはフェリスベルトの詩学をより明瞭に理解できるだろう。

実在の地名や人名が登場し、よりリアリズム的な作風を思わせる『コリング』は、しかしながら実にフェリスベルト的なリアリズムでもある。「でもぼくは、知っていることだけでなく、それ以外のことについても書かなくてはならないと思っている」と冒頭から宣言する語り手が書き留めるのは、「緑のハート」でも展開されたような、彼の意図などお構いなしに訪れ自在に変質し、思いもよらぬ形で結びつく思い出の運動である。このような記憶のスペクタクルは嫌が応にもプルーストを想起させる――フェリスベルトが『失われた時を求めて』を愛読していたのは事実である――が、やがて彼の書法はプルーストと袂を分かち、固有の主題へと向かう。コリングのピアノ演奏会において、音楽自体ではなくそれに先立つ沈黙の様相が詳述される場面などは、その好例だろう。かような書法を駆動させているのが、見たものを出来合いの通念で片付けてしまうことのない、魅せられながら見る子供の眼差しだ。

通念に抗う粘り強い思弁性は、作家フェリスベルトの原点でもある。独学とはいえ若き日にバス・フェレイラの「生ける論理」、さらにはベルクソンやウィリアム・ジェイムズ、ホワイトヘッドらの思想を吸収したフェリスベルトは、その初期より体系や図式を排した直接的現実への絶えざる興味を示していた。第Ⅲ部に訳出した二篇は、生前単行本に収められこそしなかったものの、そんな初期作品の特徴を遊戯的かつラディカルに体現する怪作である。

「ギャングの哲学」は、内容や発表媒体から察するに、元来一冊の本として構想され、中絶した試みの断片である。とはいえこの小品、未完の作品と片付けるにはあまりに変だ。本の活字の間から読者を呼ぶ語り手は、一体何者か？　解釈を呈して読者の興を削ぐことは避けたいが、いずれにせよその語りは、言語そのものをめぐる興味深いメタフィクションとなっている。しかも「献辞」において私たち読者が「できるだけ読書を中断」し、様々なことを考えよと呼びかけられている以上、重要なのは書かれていないものにほかならない。つまりこの中絶した書物は、書くことの不可能性、あるいは書物なるものの未完性という主題へと、思いがけず結びつくのだ。

次の「フアン・メンデス　あるいは考えの雑貨屋　あるいはわずかな日々の記」は末尾の日付からしてかなり初期に執筆された作品と判るが、ここでは同様のテーマが、書く行為自体の快楽と絡めて展開される。このような要約はシュルレアリスム的自動書記を想起させる――フェリスベルトがシュルレアリスムに通じていたことは確かだ――が、いわゆるアヴァンギャルド運動が持つ集団性は、フェリスベルトには馴染まない。目ぼしい同志もない一匹狼の初期創作活動は、しかしながら時に驚くべき前衛性を見せる。この躍動する思弁性は、ボルヘスもさることながら、対岸のアルゼンチンで独自の前衛文学を展開したいま一人の「奇人」、マセドニオ・フェルナンデスを思わせる（彼もまた、ファーストネームで呼ばれる作家だ）。とはいえ、形而上的次元を肥大させ不死の幻想すら味わわせるマセドニオ作品の酩酊感は、フェリスベルト作品とは無縁のものだ。フェリスベルト作品の思索は何らかの堅固なテーゼに行き着く代わりに語り手を戸惑わせ続け、必ず現在の不意打ちを食う。何よりもかような不意打ちを、彼自身が待ち受けている。

このように捉えどころのない「文学らしくない」作風を、フェリスベルトはよく自覚していた。未完の作品「ファルミへの旅」で、語り手は自らを迷子のアヒルに喩え、こう述べる。

幾人かの哲学者の友人はこのアヒルを呼びよせ、哲学的思考を捨てぬよう勧める。幾人かの文学者の友人はこのアヒルを呼びよせ、思考のドラマが彼らに呼び起こす恐怖を吹き込む。（……）哲学者や文学者の友人の幾人かはこのアヒルを音楽へと追いやり、お前の天命、適性、資質はあっちだよと声をかける。そして幾人かの音楽家の友人には、逆のことを言われる。

文学にも音楽にも哲学にも安住せず、ゆえにお仕着せの思考や表現を懐疑し異化しおおせるこのアヒルは、確かに「奇人」と称するほかないようにも思える。だがそれは、決して苦し紛れの形容ではない。「奇人」の呼称は、先に述べたアンヘル・ラマが一九六六年刊行した、『此処　奇人たちの百年』なるウルグアイ文学撰集に由来する。「百年」とは、モンテビデオ生まれのフランス語詩人ロートレアモンの『マルドロールの歌』が書かれて百年を意味する。「奇人」は、その『マルドロールの歌』を収録したニカラグアの詩人ルベン・ダリーオによる撰集『奇人たち』（一八九六）を踏まえたものだ。つまり規範に背を向け独自のスタイルを追究する西洋の作家たちを紹介したダリーオに倣い、ラマもまたこのような書題を掲げることで、ウルグアイで支配的となってきたリアリズム文学から逸脱する周縁的作家たちの系譜を打ち立てようとしたのである。そしてロートレアモンに始まり、オラシオ・キローガ（一八七八―一九三七）やL・S・ガリーニ（一九〇三―一九八三）、アルモニーア・ソメルス（一九一四―一九九四）、マローサ・ディ・ジョルジョ（一九三二―二〇〇四）らを経てトマス・デ・マトス（一九四七―二〇一六）に至る総勢一五人の作家を収めたこのアンソロジーにやはり所を与えられているのが、フェリスベルト・エルナンデス「案内係」にほかならない。

ラマの野心的な提起は長く命脈を保った。現在でも奇人の称号は、例えば本邦では『場所』(寺尾隆吉訳、二〇一七)で知られるマリオ・レブレーロ(一九四〇—二〇〇四)に受け継がれているし、奇人の系譜に連なろうとする若い作家も後を絶たない。ここで留意すべきは、ラマがこのような提起を行った意図だ。『奇人たちの百年』の序文でラマは、このような「奇人たち」をリアリズム文学とだけでなく、アルゼンチン幻想文学とも対比させているのである。

〔奇人文学は〕二〇年前にアルゼンチンの批評が『スール』グループの影響下で培ってきた図式でいうところの、支配的リアリズムに対置される幻想文学のラインではない。確かに幻想的な要素に頼りはするものの、それを世界の探求への意欲に沿う形で利用する。そのようにして〔奇人文学は〕、イギリス自然主義文学がロマン主義的発明に対して行ったリアリズム的肉付け(例えばヘンリー・ジェイムズ)に端を発し、一九四〇年以降アルゼンチン文学を頽廃させてきた幻想的ステレオタイプを回避するのである。

『スール』、一九四〇年、ヘンリー・ジェイムズといったキーワードには、明らかにアルゼンチン幻想文学への対抗意識が窺える。というのも一九四〇年にビオイ・カサーレス、ボルヘス、シルビーナ・オカンポが編纂した『幻想文学撰集』に寄せたビオイの序文には、「おおよそ定まったジャンルとしての幻想文学は、一九世紀、英語において出現する」と記されているのだ。確かにボルヘスやビオイの作品が現実と虚構を転倒させるような企みに満ちているのに対し、フェリスベルトの作品は、時に超自然的な要素が見られるとはいえ、現実との緊張関係を押し出すのではなく両者を混ぜこぜにするがまま夢想に沈滞していくようなところがある——

その点では、先に名を挙げたシルビーナと通底する部分もあるのだが——。とはいえ、実に論争的な批評家であったラマの言を、必ずしも鵜呑みにする必要はないだろう。いずれにせよ「奇人」の語には、文化的な等質性を超え「アルゼンチンとは違う何か」を伝統として打ち立てようとした彼なりの戦略が込められている。その上で、フェリスベルトは奇人なのか、ウルグアイ的奇人はアルゼンチン幻想文学とは何か質的な差異が見出せるのか、あるいは彼をそのように呼ぶことで私たちは何を言うことができるのか、考え進めることができるだろう。もちろん、その作品の「奇妙さ」に戸惑いながら。

*

国家や政治や歴史といった主題を峻拒し、独自の世界を掘り下げ続けたフェリスベルト作品のマイナーな魅力は、広範な読者に恵まれる類のものではないかもしれない。「おそらく世界に彼を面白いと思う人間は一〇人といないだろうが、私はその一〇人のうちの一人だ」と述べたバス・フェレイラや、「今までもこれからも、多数派のものにはならないだろう」と喝破したオネッティの評言は、多くの読者にとっても同感と思われる。他方、その独特の想像力は映画や音楽など多様なジャンルにおいて霊感の源泉となってきた。ここでは数ある例の中から、ブラザーズ・クエイの映画『ピアノチューナー・オブ・アースクエイク』(二〇〇五)の名を挙げておく。ビオイ『モレルの発明』やレーモン・ルーセルなどの幻想文学からふんだんにモチーフを取り入れ、妖艶と退廃に満ちたこの作品の主人公が「フェリスベルト・フェルナンデス」を名乗る地震の調律師であったことは、思い出しておくに値するだろう。さらにブラザーズ・クエイは二〇一三年、作家へのより直接的なオマージュである短篇映画『間違っていない手　F・Hへの捧げ物』（*Unmistaken Hands: Ex Voto F.H.*）を発表している。また音楽では、タンゴ・エレクトロニカバンド「バホフォンド」のメンバーにして曾祖父はかのジュール・シュペルヴィエルの兄弟というウルグアイ人音楽家ルシアーノ・シュペルヴィエルが、ピアノ曲「ややフェリスベルト風に」を捧げている。題名は、若き日のフェリスベルトが作曲した小品「ややモーツァルト風に」への目配せにほかならない。「シュペルヴィエル」からのこの思いがけぬ返答を、作家の公式サイト（http://www.felisberto.org.uy）で聴くことができるフェリスベルト自身の作曲と合わせて試聴されたい。

翻訳にあたって収録作の底本としたのはエル・クエンコ・デ・プラタ社による校訂版全集（*Narrativa completa*, Buenos Aires, 2015）であるが、他の校訂版全集（*Obras completas*, Montevideo: Arca, 1981-83; *Obra incompleta*, Montevideo: Cruz del Sur / Caballo Perdido, 2015）も随時参照し、より妥当と思える場合はそちらの表現に従った。また必要に応じ、英訳（*Piano Stories*, New York: Marsilio, 1993; *Lands of Memory*, New York: New Directions, 2002）および仏訳（*Œuvres complètes*, Paris: Seuil, 1997）も参照した。

現時点でフェリスベルトの邦訳は、「水に浮かんだ家」（平田渡訳、『エバは猫の中　ラテンアメリカ文学アンソロジー』サンリオ文庫、一九八七年／『美しい水死人　ラテンアメリカ文学アンソロジー』福武文庫、一九九五年）と「私に似た女」（平井恒子訳、野々山真輝帆編『ラテンアメリカ傑作短編集〈続〉中南米スペイン語圏の語り』彩流社、二〇一八年）の二篇が存在する。既訳の存在する「水に浮かんだ家」を本書で「水に沈む家」と題して再び訳出したのは、いずれも名篇揃いの右のアンソロジーが二冊とも絶版となって久しく、コルタサルによって「忘れがたい短篇」の一つにも数えられたこの美しい作品に触れる機会を再度提供できればと願ってのことである。今回は入門篇ということで悩んだ末に収録を見送った他の魅力的な作品に関しては、またの機会を待ちたい。

独学の人フェリスベルトの散文は、決して流麗なものではない。ロドリゲス・モネガルには書評上で添削という仕打ちすら受けたほどである。だがそのとっぽさこそ、フェリスベルトが守り通してきたものにほかならない。定型の表現や思考型に陥ることなく独自の言語活動を貫き通すこと、即興性と自然さを保持することで、詩情の不意打ちを呼び込むこと。本書の翻訳に際しても、読みやすさへの配慮はもとより、そのとっぽさを消し去ってしまうことのないよう心がけた。読者が『コリング』の語り手さながら、フェリスベルトと一緒につまずいてくれたら、そしてつまずいたその先に思いがけぬイメージの広がりを見出してくれたのならば、これにまさる喜びはない。無論、それを拙い翻訳の言い訳にするつもりもない。

訳文の成否は読者の判断に委ねるほかないが、一点のみ釈明させていただく。いくつかの作品で「海」という単語が出てくるが、同じ作品内で「河」とも称されていることがある。舞台は明らかにモンテビデオ（もしくは容易にそれを想像させる街）だが、その傍を流れるのは当然ラプラタ「川」だ。しかしモンテビデオの人々は対岸の見えない大河を前に、しばしば親しみを込めて、それを「海」と呼ぶのである。

本書の出版は、〈フィクションのエル・ドラード〉監修を務める寺尾隆吉氏の長年にわたるフェリスベルトへの関心抜きにはありえなかった。作家の孫にあたり、フェリスベルト・エルナンデス財団の館長を務めるワルテル・ディコンカ氏の協力も記さないわけにはいかない。本書の出版を告げる電話口で、初めて財団を訪問したときと変わらぬ喜びを露わにお祝いの言葉をかけていただいたうえ、訳者の質問に応じて財団の所蔵資料を徹底的に精査し、「初めての演奏会」で最後に主人公が弾く「オルゴール」がアナトーリイ・リャードフの曲であることを突き止めてくださったのには、ただただ頭が下がる。フェリスベルト研究者でもある文芸批評家イグナシオ・バフテル氏には幾度も翻訳上の疑問に答えてもらい、いつにも増して終始心強いサポートを受けた。音楽関連の疑問点は、クリスティアン・ソト、内田小百合、笛田千容の各氏より貴重なご教示を賜った。今回の翻訳を間接的に支えてくださった多くの方々とともども、記して感謝申し上げる。

最後に、訳稿の提出を辛抱強く見守ってくださった編集の井戸亮氏に、深く御礼申し上げる。ようやくお届けできたフェリスベルト作品を氏に面白がっていただけたことは、訳者にとって限りない愉悦であった。

二〇一九年一月一三日　フェリスベルトの命日より五五年目の朝に

浜田和範

著者／訳者について

フェリスベルト・エルナンデス
Felisberto Hernández

一九〇二年、ウルグアイのモンテビデオ生まれ。
若い頃からピアニストとして生計を立てるかたわら創作に励み、
処女作『某』（一九二五年）を発表する。
『クレメンテ・コリングのころ』（一九四二年）が
ジュール・シュペルヴィエルに激賞され、渡仏の機会を得る。
同時期に発表された短篇集
『誰もランプをつけていなかった』（一九四七年）が
密かに作家たちの絶大な支持を獲得するも、
生前は栄光に浴することなく、一九六四年にモンテビデオで没する。
他の代表作に、
『はぐれ馬』（一九四三年）、
『水に沈む家』（一九六〇年）
などがある。

浜田和範
はまだかずのり

一九八〇年、東京都生まれ。
東京大学大学院総合文化研究科博士後期課程単位取得満期退学。
現在、慶應義塾大学ほか非常勤講師。
専攻、現代ラテンアメリカ文学。
主な著書には、
『抵抗と亡命のスペイン語作家たち』
（共著、洛北出版、二〇一三年）、
主な論文には、
‘Como matar a toda una familia de inocentes’: imágenes de familia
en las últimas obras de Felisberto Hernández
(*Revista Landa*, vol. 3, N°. 2, 2015)
などがある。

Felisberto HERNÁNDEZ, *El acomodador y otros relatos.*
Este libro se publica en el marco de la "Colección Eldorado", coordinada por Ryukichi Terao.

フィクションのエル・ドラード

案内係

二〇一九年六月二〇日　第一版第一刷印刷
二〇一九年六月三〇日　第一版第一刷発行

著者　フェリスベルト・エルナンデス
訳者　浜田和範
発行者　鈴木宏
発行所　株式会社　水声社
東京都文京区小石川二―七―五　郵便番号一一二―〇〇〇二
電話〇三―三八一八―六〇四〇　FAX〇三―三八一八―二四三七
［編集部］横浜市港北区新吉田東一―七七―一七　郵便番号二二三―〇〇五八
電話〇四五―七一七―五三五六　FAX〇四五―七一七―五三五七
郵便振替〇〇一八〇―四―六五四一〇〇
http://www.suiseisha.net
印刷・製本　モリモト印刷
装幀　宗利淳一デザイン

乱丁・落丁本はお取り替えいたします。
ISBN978-4-8010-0270-8

フィクションのエル・ドラード

襲撃	レイナルド・アレナス　山辺 弦訳	二二〇〇円
気まぐれニンフ	ギジェルモ・カブレラ・インファンテ　山辺 弦訳	（近刊）
バロック協奏曲	アレホ・カルペンティエール　鼓 直訳	一八〇〇円
時との戦い	アレホ・カルペンティエール　鼓 直／寺尾隆吉訳	（近刊）
方法異説	アレホ・カルペンティエール　寺尾隆吉訳	二八〇〇円
対岸	フリオ・コルタサル　寺尾隆吉訳	二〇〇〇円
八面体	フリオ・コルタサル　寺尾隆吉訳	二二〇〇円
境界なき土地	ホセ・ドノソ　寺尾隆吉訳	二〇〇〇円
ロリア侯爵夫人の失踪	ホセ・ドノソ　寺尾隆吉訳	二〇〇〇円
夜のみだらな鳥	ホセ・ドノソ　鼓 直訳	三五〇〇円